文學新象 283

食罪者

SIN EATER

梅根．坎皮希——著
羅慕謙——譯

高寶書版集團

目錄
CONTENTS

現在

目錄
CONTENTS

獻給我的姊妹

吃掉你準備的食物、你的罪就變成我的罪——小說中，奇特而真實的「食罪者」究竟是什麼？

神奇海獅（網路人氣歷史說書人）

雖然很多人沒聽過，但這個傳統的確已經流傳許久了：在十九世紀的蘇格蘭或威爾士，有些親族會將食物放到垂死親人的胸前，接著他們會雇用一個人來吃掉這個麵包，而在整段儀式結束之際，死者的罪孽也將被洗淨。這個專門被請來吃掉罪食的人被稱為「食罪者」（Sin Eater），他們是誰？這種儀式是怎麼來的？當他吃完食物後，是死者的罪孽已被這樣的善行一筆勾消、還是死者的罪已被「轉移」到了這個可憐的食罪者身上呢？

而這，就是梅根．坎皮西 (Megan Campisi) 第一部小說《食罪者》（*Sin Eater*）的靈感來源了。故事的主人公是年僅十四歲的玫．歐文斯 (May Owens)，她是孤兒、每天都只想著下一餐飯的著落，最後受不了飢餓的她因為偷了一條麵包被抓，之後法庭判決她：成為食罪者。這個判決頓時讓她墜入萬丈深淵，她的脖子被套上枷鎖、舌頭被烙印，成為一名「無影之人」——這代表著她從此不再有朋友、不再能夠跟人擁抱、更不能與別人建立家庭，她將與世間一切美好的事物訣別，除了工作以外，她必須永遠保持緘默、永遠被拒絕於社會之外。

事實上，真實的「食罪者」處境的確與小說相去不遠：根據現今為數不多的歷史資料，這樣的習俗是基督教與異教融合下的產物。中世紀時，某些貴族在臨死之際向貧苦之人提供食物、好換取他們的祈禱。這本來是一種臨死前的善行，然而隨著時間經過，這種行為背後的動機卻開始產生了本質上的變化，最後竟然變成一種規避末日審判的方法——利用贈與罪食的行為，來轉嫁自己（或他們所愛之人）的罪，而食罪者則成為別人的替罪羔羊。

在十七世紀以前的歐洲，人們對來世或煉獄的看法很認真。敬畏上帝的人們害怕自己因為犯罪而墮入地獄，因此他們需要食罪者，但另一方面又很鄙視他們：當時的人相信，隨著食罪者吃下的罪食越多，他們的靈魂也會越墮入萬劫不復的深淵。根據一八五二年Matthew Moggridge 的紀錄，「食罪」的儀式是這樣的：「……當一個人去世後，他的朋友們就會叫來該地的食罪者。當他到達時，死者的胸前就已經放上一盤鹽和一塊麵包。當他吃完時，他收到了兩先令六便士的費用，接著他就以最快的方式消失在眾人的眼前。……因為他在這一帶被徹底嫌惡，他被視為一位賤民、一位無可救藥的迷途者。」

也就因為如此，只有極端貧困或絕望之人，才會走上出賣靈魂的絕路。每個食罪者背後大概都拖著一段漫長而淒慘的身世，這也包括最後一位被記錄在案的食罪者 Richard Munslow。他本來是一位家境殷實的農夫，然而厄運突然降臨在他的身上——一個星期內，他四個兒子就有三位突然過世，悲傷至極的他便用了這種方法，來消除他兒子的罪進入來生，就此走上了不歸路。

不過跟歷史不太相同的是，比起真實的食罪者傳統比較興盛於十七、十八世紀左右，作者梅根雖然表示小說的時空背景是虛構的，但從文章裡我們還是很容易能找出她影射的是到底哪個年代：「……老國王啟用了新教，他還是國王的時候，每個人都要信仰新教。……他的長女瑪麗絲繼承王位，成為女王。她自己信仰舊教，於是又命令民眾返回舊教，如果你不聽從，就把你燒死。大家把她稱為『血腥瑪麗絲』……她死後，她妹妹貝特妮就成為女王。她又信什麼教呢？沒錯，新教。於是她又命令民眾改信新教。」

是的，小說的時代背景，就是十六世紀的都鐸王朝。那是宗教改革之火燃燒整個歐洲的年代，是各種陰謀暗殺盛行的年代，更重要的是那也是英格蘭史上絕無僅有的女性當政年代。接下來我就稍微解釋一下，那個時代的英格蘭到底發生了什麼事吧。

說到英國國王，最有名的大概就是渣男之王亨利八世了，小說中的「老國王」就是以他為原形。他一生娶過六位妻子，而妻子們的下場正如同一首打油詩說的：「離婚、砍頭、死、離婚、砍頭、活」。而也就是為了第一任妻子：凱薩琳王后的離婚問題，亨利八世才脫離了羅馬教廷、發起了英國的宗教改革。

不過事實上，亨利八世的確是有自己的壓力在的：身為國王，亨利八世最重要的一項任務，就是為了生下能夠繼承王位的繼承人。不過自從一五〇九年與凱薩琳王后結婚之後，整整二十年都沒辦法生下男性繼承人，唯一平安長大的就是未來被稱為「血腥瑪麗」

的瑪麗公主。而就在國王三十四歲的時候，他遇到了情婦：十七歲的安．布林。

國王愛安．布林愛到無法自拔，他寫信給情婦：「整整一年多，我都在瘋狂的追求愛情，不確定會不會失敗，能不能佔據你心裡的一個位置，讓愛情生根發芽……」而在兩年後，國王終於下定決心向王后提出分開的要求。

王后聞訊大哭。長久以來，篤信天主教的王后在民間的聲望極高，人民——尤其是婦女極力支持王后，而教廷對倆人的婚姻更是遲遲未作出判決。但在一五三三年，一件事情的發生突然讓亨利八世驚覺不能再這樣拖下去：安．布林懷孕了！

如果安．布林懷下的是男嬰，那就是能夠繼承王室的唯一子嗣。就因為如此，亨利八世鐵了心要把正宮凱薩琳給驅逐出去。一五三三年五月二十三日，英國最高的宗教人士坎特伯里大主教（當然是親亨利八世的人擔任）代替了教宗、正式宣布亨利與凱瑟琳的婚姻無效，教宗隨即把亨利開除教籍，連帶使得英國正式加入了新教陣營。但亨利八世不在乎，他把一切都押在安．布林的肚皮上，一年之後孩子終於誕生——卻是一名女嬰。國王癱坐在椅子上，問身邊的臣子：「你們曾想到這樣嗎？」而那名女嬰就是未來的伊莉莎白一世女王，但在她即位之前，還有另一個人排在她前面：十七歲的瑪麗公主。

當父王與母后凱薩琳離婚後，瑪麗公主受盡了委屈。她被禁止與母親見面、甚至在三年後母后過世時，都被禁止參加她的葬禮；她必須宣誓效忠新的王后安・布林，就在瑪麗初次反抗後，她的金援馬上就被停掉了。另外，瑪麗原來的侍女也被撤換，新來的侍女完全是新王后的人馬，一再提醒她「妳只是個私生女而已！」甚至告訴她：國王已經示意，不久後就要把她送上斷頭台！終於在身心靈都備受煎熬的情況下，瑪麗病倒了。

最後，瑪麗甚至還必須照顧新生的伊莉莎白小公主。有人說，這是曾作為凱薩琳前王后女官的安・布林的復仇：沒錯我曾經服侍過妳，但妳的女兒將會來服侍我的女兒！而就在這人生的至暗時刻裡，唯一能帶給她慰藉的，就是母親終生信奉的天主教。也因此在二十年之後瑪麗繼位時，她盡了一切方法要英國人民改回舊教，甚至不惜用火刑的方式來殺雞儆猴。但當然，火刑被證明極不受歡迎，反而是那些從容就義的新教教士，讓人民寄與無限的同情。一五五八年，瑪麗憂傷的過世了，最後繼承權，就交給了她的妹妹伊莉莎白。

而這，就是整部小說的時代背景了。從這段歷史中，你不難看出為什麼作者要選擇十六世紀作為他的舞台——那不只是要信天主教或是新教這麼簡單的問題，而是摻雜了各種複雜的情緒：父女、姐妹、夫妻，都因為信仰的問題與對方決裂；為了自己的上帝，人們可以毫不猶豫的運用各種陰謀詭計與暗殺等方法。在小說中，主人翁——也就是那位被判決成為食罪者的玫．歐文斯，就是在擔任食罪工作時，被無端捲入一場巨大的宮廷陰謀之中。

然而，在種種衝突陰謀之外，人們也能在這時代看見一點光亮：這是英格蘭漫長歷史中少有的女性當政年代，在女性服從男性的中世紀裡，作為整個社會群體中最低階的女性，玫．歐文斯看見自己與伊莉莎白（小說中叫貝特妮女王）的相似性：她們都是女性、都無法掌握自己的命運——在真實歷史裡，伊莉莎白的姊姊瑪麗一世選擇了西班牙王子作為自己的夫婿，也就是因為如此，民眾始終都擔憂英國終將成為西班牙的一個附屬之地；這也就是為什麼在那個年代裡，人們反對女性當政的原因之一：女王作為妻子總得順服丈夫，而丈夫所屬的國家或勢力，終將操縱整個英國政局。

但伊莉莎白不同，她終生未婚保持獨立性、成為英國歷史上絕無僅有的「童貞女王」，並在英西海戰中擊敗日不落國西班牙，讓英國在未來幾個世紀裡，逐漸站上歐洲政治舞台的正中央。而主人翁玫・歐文斯也是如此：在背後這個巨大的陰謀、謀殺之中，她唯一能夠憑藉來扭轉命運的，就是自己的智慧與堅強的性格，在被社會遺棄的「無影人」身份掩護下，一點點抽絲剝繭、最終發現了真相。

到底她要怎樣扭轉乾坤呢？一起來進入書中的世界吧。

前言

直到一世紀左右前，食罪者仍存在於英國部分地區。食罪者被社會摒棄蔑視，其具體人數與姓名幾乎已完全遺失。我們只知道食罪者會在死者的棺木旁吃掉一塊麵包，象徵性地解脫其罪過，算是一種符合基督教信仰的民俗儀式。

以下的故事便起源於此靈感，但此外完全為自由想像。有些人物類似歷史人物，但這絕非真實的歷史，而是虛構的小說。

《彙編：大小不一各式罪過及其罪食》節錄

1. 通姦——葡萄乾
2. 產下私生子——葡萄
3. 背叛——羊排
4. 致盲——豬肉派
5. 血祭——香料酒
6. 火燒——腰子派
7. 密謀——白蘭地甜奶凍
8. 欺騙——乳酒凍糊
9. 不敬——奶油酥餅
10. 作偽——雪莉酒甜奶凍
11. 酗酒——香料酒
12. 忌妒——鮮奶油

13. 挑錯——鰻魚派
14. 懶散——醃小黃瓜
15. 亂倫——李子乾
16. 怠慢訪客——大蒜
17. 信奉異教——蜂蜜蛋糕
18. 撒謊——芥末籽
19. 色慾——玫瑰果
20. 吝嗇——大蒜
21. 謀殺（出於自衛）——兔心
22. 謀殺（出於盛怒）——豬心
23. 破誓——糕狀麵包
24. 原罪——麵包
25. 下毒——鴿肉派
26. 口角——內臟派
27. 強姦（幼童）——羔羊頭浸羊奶
28. 強姦（婦女）——閹雞頭
29. 懦弱——牛舌

30. 報復——豬血腸
31. 褻瀆——薑餅
32. 毀謗——烏鴉肉佐李子
33. 密探——公雞腦餡餅
34. 造謠——燉魴魚
35. 偷竊——烤鴿子
36. 叛國——牛排
37. 無業遊蕩——小麥粥
38. 使用巫術——石榴
39. 盛怒——軟骨

皇室家譜

哈洛德二世國王

- 卡斯提爾的康絲坦慈
  （女兒：瑪麗絲）
- 艾勒絲・波林
  （女兒：貝特妮）
- 珍妮特・切尼
- 伯格的克蕾莉亞
- 海倫・庫佩柏
- 卡崔娜・帕爾
  （再嫁泰特斯・西摩，
  女兒：米蘭達）

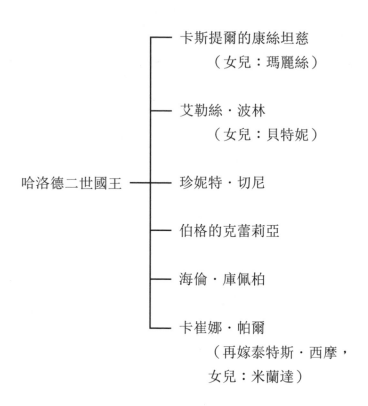

之
前

燕麥粥

鹽巴代表驕傲，芥末籽代表撒謊，大麥粒代表咒罵。還有葡萄，紅潤飽滿地鋪在松木棺材上——其中一顆葡萄裂開了，深紅色的種子戳出果皮，猶如碎片戳出血肉。還有燉烏鴉肉佐李子跟一條自製的麵包，小小的，做成線軸的形狀。為什麼要把麵包做成這種形狀？我心想，而且為什麼這麼小？此外還有別的食物，但是不多。我母親的罪過不多。她跟狐狸一樣精明，一嗅到是非爭端，她就雙眼警覺、手腳輕巧地溜開了。只有在確定會贏的時候，她才加入打鬥。我只知道鹽巴、芥末籽跟大麥粒所代表的罪過。都是孩提時代會犯下的罪過，父親母親會因此教訓你，小孩子會在街上唱成打油詩。

傑克被人抓作弊，只好坐在角落裡，
吃完一塊冬季派，又會變成好小孩。

接著食罪者來了，她拖著臃腫的肚子走進擺著棺木的起居室。棺木的木板才剛鋸好，還很粗糙，釘子已擺好位置，但還未入木。她身上散發出鴉蔥新苗的味道，儘管離五朔節還有整整一個月。我為角落裡的小矮床感到羞愧，因為我們家不夠富有，無法讓我有自己的房間。食罪者粗聲粗氣地表示要張椅子，我們的鄰居貝絲立刻搬來一張凳子。凳子整個消失在食罪者的裙襬下，我想像她的大屁股把整張凳子吞沒的模樣，不禁笑出來，但馬上用雙手摀住嘴巴。

貝絲把我帶到窗邊，在我耳邊輕聲說：「不要看。」她聽到我吸口氣想開口，知道我是我母親嘰嘰喳喳的小麻雀，於是繼續說：「食罪者步於眾生之中，無影、無聲。」

「但是我可以看到她啊——」我低聲說。

「無影、無聲。」她打斷我。

我聽說過食罪者的舌頭上有烙印，但是這個沒張嘴。

貝絲又說話了：「食罪者吃了這些食物，我們身上的罪就變成她的罪，讚美主。妳母親會直接上天堂，玫，沒有一點罪過會牽累她。」

我走回去坐在父親身邊。他一臉看起來像是門前別人拿來要洗的床單一樣，皺巴巴地掛在那，皺褶怎麼抖也抖不掉。

「我會把你的臉洗乾淨，」我低聲說，「洗好再掛起來。」

父親又露出那表情，每次我說了什麼不太正常的話他就露出這種表情。他的臉開朗起來，彷彿我剛跟他報了什麼好消息。「我們到底該拿妳怎麼辦才好呢？」

紅潤飽滿的葡萄，線軸形狀的麵包，烏鴉肉。它們深深嵌入我的腦海，猶如燕麥粥緊緊黏在食道上。

現在

1　烤鴿子

披肩下的麵包仍散發熱氣，砰砰的心跳聲穿透它脆硬的外皮，我沿著路邊的水溝沒命地跑。一個棕色的大鼻孔晃到我面前，吐出熱騰騰的馬氣息。

「繼續走！」馬車車夫大喊，他從旁邊一條巷子走出來，趕著母馬擠進大街混亂的交通裡。母馬搖頭晃腦，馬銜抵在黃色的牙齒上。我的路被擋住了。

太明顯了，我怒罵，一邊從水溝裡爬出來，回到平地上。把戰利品塞在胸前兩乳之間，擠過倔強不走的母馬跟一輛堆著乾草的推車。

「嘿！就是她！」麵包師傅大喊。我不敢回頭，只管撒腿狂奔。鑽進一條狹窄的巷子，到了路口，望向一邊猶豫了片刻，然後跑向另一邊，經過一間馬廄跟一間鐵匠鋪。但是緊追在後的麵包師傅兒子可沒有猶豫，他一手打在我頸子上，把我撂倒在地。一側的臉陷在泥濘裡，我可以從敞開的門看到鐵匠腳上的靴子。剛剛跑得那麼急，我上氣不接下氣。我用雙手把麵包往上推，用牙齒扯掉一塊。還不如現在吃掉，我心想，如果要進監獄，還不如先把肚子填飽。

◆

「玫・歐文斯。」獄卒把我叫出牢房，連同所有這週被關進來的女孩們，總共二十人。三個從外地離家跑來，但是在這裡沒有親族，也沒有乞討證。兩個娼妓，沒給保安官繳保安費，好賄賂他們睜隻眼閉隻眼。五個扒手。八個是行騙或更嚴重的罪狀。最後還有一個跟我一樣是良民。她宰了隻流浪狗吃，沒想到那狗是從一個勛爵家溜出來的。真倒楣。

我們魚貫走出監獄，走進初春早晨的濃霧中。濕氣凍得讓人痛徹骨髓，畢竟之前我們那麼多人擠在牢房裡，那麼溫暖舒適。我們沿著道路中央行進，擋住推車與拉車，惹得馬車車夫紛紛怒聲斥喝。法院就在隔壁，但走這段路是我們的懲罰之一。一雙雙眼睛全看到我們的恥辱。他們高聲罵我們壞女人，罵我們是**夏娃**。

我真希望可以把五臟六腑顯示給人看，就像可以把臉展現給人看一樣。這樣一來，大家就會知道我其實一點都不壞。或者是人們可以看到我的頭髮，看到我的頭髮就跟女王的頭髮一樣，是黑色的捲髮。這樣一來，大家就會知道我是個好人，就跟女王一樣。我不是夏娃。夏娃跟造物主住在天堂裡還不滿足，跳進人間找到亞當，要作為田野與果園的守護者的亞當把她帶到造物主的樹前，然後偷偷摘下樹上的果實。把果實吃到只剩下一口後，她把這最後一口餵給亞當吃，結果造物主生氣了，說夏娃背叛祂，於是把她貶到地獄去。她是真的很邪惡，比出賣造物主之子的猶大還邪惡。

獄卒把我們帶進一座壯觀的大樓，屋頂高到連長得最高的人也碰不到。我們在長凳上坐成一排，二十個打哆嗦的小女孩。我猜我們當中有些已經是女人了。我自己兩年前就變成女人了，儘管我不覺得自己感覺像女人。但是話說回來，我也不知道當女人又應該有什麼感覺。我轉動手上的戒指。戒指很細，凹凸不平，也不是真的黃金，但是我總想像它是金的。這是我父親唯一留下的遺物。我總戴著，紀念我父親。

「現在呢？」我問那個吃狗的女孩，她就坐在我旁邊。

「法官會做出決定。」遠端一個髒兮兮的女孩說。這女孩偷了一只銀杯。

「他叫記錄官。」獄卒說。

「為什麼叫記錄官？」我問。

「我的命運已定。」一個長得像隻老鼠的女孩說。她試圖賣掉自己的私生子，想必是為了一併洗清遭到玷汙的名聲。

「沒錯，但是還要等記錄官宣布。」髒女孩跟老鼠女孩解釋。

「為什麼叫記錄官？」我又問一次。「因為他要做記錄嗎？」

獄卒噓我一聲，要我閉嘴。

「聽起來像驢屎。」老鼠女孩輕聲答，環顧大家一圈，等著我們點頭認同。大家都不搭理，於是我也低下頭。

「記錄官什麼時候會來？」我問獄卒，但是他已經站起來了。

記錄官從側門進來，走到一張高高的木桌後，爬上一張高高的木椅。有一片刻，看起來就像個小孩爬上他父親的椅子，我忍不住笑出來。獄卒跟記錄官一臉嚴厲地望過來，但是我立刻擺出一副正經的樣子，其他人也沒揭穿我，就連老鼠女孩也一樣。我突然感到一陣愧疚，趕緊把頭低下來。

「切希．斯朵？」記錄官喊，獄卒揮手要她站起來。「無證流浪乞討。」

「我從切司特鎮來的。」切希小聲說。

「這裡不是切司特鎮。」記錄官頭也不抬說。

「但是我找不到工作，待在家裡也不是辦法！」切希辯解說。

就連我也知道這不成理由。沒有固定住所的人就是會被保安官視為無業遊民抓起來，除非有女王發的特殊許可證。

記錄官只管盯著眼前的羊皮紙。「妳可以找到兩個可靠的證人為妳擔保嗎？」真是傻問題。「這裡除了我們就沒有別人了。」我跟吃狗的女孩說。「就只有獄卒，但是他正好是她哥哥的機會也太小了吧？」記錄官把一枝大木槌重重敲在桌子上，我閉上嘴巴。

記錄官宣布切希的刑罰，就跟髒女孩說的一樣。刑罰是鞭笞，然後用根像男人大拇指一樣粗的鐵桿子，燒燙後在耳朵軟骨上戳個洞。「如果妳再出現在這法庭，」記錄官繼續說，「妳就會被吊起來，直到妳斷氣。」

這話也很傻，畢竟哪個人會被吊起來而不斷氣？但是我沒跟任何人講，只是在腦袋中對自己說，緊接著又責備自己。我腦中浮現一個不仁的想法：食罪者會在我的墓旁吃白蘿蔔。

記錄官一個接一個宣判我們的刑罰。有的是絞刑，有的是鞭笞。老鼠女孩的刑罰是被活活燒死。記錄官看都不看我們一眼。也不問問題，除非是問我們有沒有可靠的證人為我們擔保，儘管他心知肚明我們不可能有證人。每次他這樣問，我胸膛裡就像爆開一團星狀的火花。到第六次還是第七次的時候，我生氣了，儘管我不是那種性情暴躁的人。我真想叫他閉嘴別問了，或至少看我們一眼。

「玫．歐文斯。」他喊。

「在這裡。」我大聲回答，大聲到不只是把我自己嚇了一跳，連獄卒也吃了一驚，狠狠瞪我一眼。但是我辦到了，我讓記錄官抬頭看了。

他久久看著我。應該說是盯著我，一雙眼睛瞇成兩道深色的細線。其他女孩都因這陣莫名其妙的沉默抬起頭來，從各自的白日夢醒來。「玫．歐文斯。」他又說，這一次一個字一個字慢慢地講，在舌上翻轉每個音節。「原姓**戴孚瑞**。」

「我是歐文斯家的人。」我說，語氣忍不住尖刻起來。我的手指立刻移向父親的戒指。我不知道記錄官怎麼會知道我母親的原姓。他連眼睛眨都不眨。兩枚黑色的小月亮，死死盯著我。說不定他可以看到我的五臟六腑，就如同我之前希望的一樣，就像被女巫下了魔咒。

然後他突然大喊：「溫妮．佛萊徹。」瞬間魔咒就解除了。我們全目瞪口呆地瞪著記錄官。「溫妮．佛萊徹！」記錄官望向獄卒，獄卒又望向我們。溫妮．佛萊徹有些猶豫地站起來。「偷人錢包。有可靠的證人為妳擔保嗎？」

宣判了最後一個女孩的刑罰後，記錄官便又從側門離開了。獄卒揮手要我們起身。

「但是我沒有得到刑罰啊。」我對他說。我連個罪狀都沒有。記錄官就只喊了我的名字，還有用那眼神盯了我好一會兒。

我們走過骯髒潮濕的正午街道回到監獄。

「那我怎麼辦呢？」在牢房門口經過獄卒時，我又問。

他只聳聳肩，像是懶得理我，然後走了。我望向其他人。

「那我怎麼辦呢？」她們全避開我的目光，就如同之前我們避開老鼠女孩的目光一樣。

◆

沒得到刑罰，幾乎比被判了刑還更難以忍受。被判絞刑的女孩三天後會行刑。

「我會跟她們一起被吊死嗎？」我隔著牢房的欄杆問獄卒，但是他好像變成石頭了一樣。

「我應該做好準備嗎？」

其實我們也沒多少可以準備。溫妮跟其中一個娼妓說，如果她願意吃掉她的罪過，她就會把鞋子留給她。除非是特別有錢，否則監獄裡的只人會得到基本罪食，基本罪食通常是保留給死前無法懺悔的人。那娼妓拒絕了。

「但是妳的靈魂反正早已沒救了。」溫妮說。「妳又不會有損失。我的罪不多，就只有偷竊跟說幾個謊，我發誓。」

另外一個娼妓還沒等溫妮開口問，就搖頭說：「沒有人可以看著食罪者。沒有人可以碰她。如果人們不能看我碰我，我怎麼工作啊？」

老鼠女孩比較有成果。她用一塊硬幣的代價請吃狗的女孩把一只盒式吊墜帶去給她妹妹。吊墜送達後，她妹妹會再給她一塊硬幣。

「要等到秋天了。」吃狗的女孩提醒她。她整個春季和夏季都還關在監獄裡，她家人要付清她的罰金就是這麼長時間。

「反正不會壞。」老鼠女孩說，把吊墜放在吃狗的女孩手中。聽她這樣開玩笑，我露出微笑，但是她的目光漠然地移開了。

◆

接下來那半天，我一直在想我父親。回想他修理鎮上的磨坊砍傷手後，躺在床上，在藍色補丁的被褥下全身發抖。回想我把大夫請來了，但是大夫只是把他上下打量一番，說憑我的錢無法再為他做什麼了。回想父親要我告訴他我從窗口看到的景象，也不在意我把見到的一景一物全描繪出來，像是飄過的雲朵變成什麼形狀。回想我下不了決心去請食罪者來，結果錯過了時機。一天早晨我在溫牛奶時，父親的靈魂便出竅了，留下一具軀殼與一個孤孤單單的我。他的陰影在家裡流連了好幾週。不像真的陰影那樣是深色的，而是一個空虛的空間，形狀就是我父親的形體。

我總會從眼角餘光瞄到，然後轉身，確定他就在那。但是等我轉身去看時，卻什麼都沒有。

最難熬的就是沒對象去述說我見到的一景一物，像是如果在水盆裡洗手時看到一隻蜘蛛。或是如果把晾乾的床單抓著一角上下揮動，就可以甩出漣漪。

於是我把見到的景象告訴鄰居貝絲。我第一次去找她閒聊時，她很歡迎我，說說笑笑的，把我叫做小麻雀，就跟我母親生前一樣。但是幾天之後，我發現她見到我時，肩膀下垂了一點。幾週之後，每次我去找她，她就會大聲嘆氣，彷彿如果輕聲嘆氣我就聽不到似的。

於是我去跟喜歡在我家休耕菜園的雜草裡獵食的貓講話，或是去跟我母親擺在壁爐台上那一小袋花講話。我會迫不急待地去跟少數幾個仍把衣物拿來送洗的客人打招呼，聽他們說「非常謝謝妳」，然後答「沒什麼」。有時候，我會邊洗邊跟衣服講話，彷彿它們就是客人本身。但是我想念有人回話。所以儘管我知道她不樂於見到我，我還是會等在窗戶的遮板後，一看到貝絲出來去她的菜園，我就會跑過去跟她分享我的見聞。

然後有一天，她跪在菜園裡，腳邊躺著六根髒兮兮的胡蘿蔔。我還記得，其中一根胡蘿蔔又短又奇形怪狀的，像隻斷掉的手指。我過去想告訴她有隻烏鴉在啄一塊老皮革。還沒講到老皮革，她就站起來。

「不行，不行，不行，妳不能再來了，我受不了了。」她喊。「我不是妳母親。我自己有莉亞跟湯姆要照顧就夠了，沒心力再照顧妳。」

「但妳是我鄰居啊。」我說。

「我已經盡夠鄰居的職責了。」她毫不留情地說。「妳需要的是親族，妳在河邊有夠多親族。去跟他們喋喋不休地講說哪隻狗今天早上是什麼味道，講說哪片雲形狀像羔羊吧。」

親族是我此刻最不需要的人。

◆

連續兩個早晨，被判絞刑的女孩們列隊走出監獄。我問：「那我怎麼辦呢？」但是獄卒連眼睛眨都不眨。

我們只剩下幾個人了。這樣比較好，因為我們只有一個尿壺。牢房裡人多時，尿壺一下就滿了，要尿就只能尿在角落裡。如果我早就知道監獄裡有這麼多尿，就會拿桶子來裝了。有人會買舊的尿。我母親跟我就會用尿來漂白衣物，給衣物填料的人會用尿來洗淨新羊毛。染布工也用尿，但是我不知道是什麼用途。

更多的女孩被關進來了。尿壺又滿了。新人裡有不少小偷，像是在皇室廚房裡工作的那四姊妹。她們有個好習慣，就是貝特妮女王跟隨從待在城裡時，她們會把女王桌上吃剩的飯菜賣掉。

每年的春季與秋季，貝特妮女王會帶著隨從從都城坐大船沿河流一路駛到我們城裡來住上一段時間。我們會全去看她領著僕人、女官及一箱又一箱的行李抵達。她來就表示有工作跟金錢。但是我們的小城會有點不像樣地膨脹起來，路上擠滿了人跟車跟馬，擠滿了表演最新消息的時事劇演員、擺設攤子的補鍋匠跟首飾商、躲躲藏藏的遊民跟乞丐，就跟打油詩裡唱的一樣：

聽、聽，聽狗吠，且看叫化子進城，
食罪者與飲魂師，穿絲絨袍的戲子。

在皇室廚房工作的四姊妹自成一個小團體，有說有笑，有時候還抱成一團一起哭。我坐在她們旁邊，假裝自己也是其中一分子。這樣我就覺得自己有朋友，她們似乎也不介意。

「在我們母親的年代，販賣吃剩的飯菜根本不違法。」一天早上她們的大姊說。「而且是工作的一部分！」

「大家都感覺到這年頭有多拮据。」一個妹妹抱怨。「你們知道嗎？女王要她的女官自己擔負生計，」她對我們大家說，「吃的啊、蠟燭啊、柴火啊，就算她們全聽憑女王使喚。可恨的女王！」

「別講了，萊拉！」大姊訓斥。

「這話妳只能在腦袋裡對自己說。」我大聲說。

「珍瑪就見過女王把刀子插進一個女官的手，因為那女官對女王的意中人微笑！刀子整把穿過去，戳在桌子上！」萊拉說。

「這種話妳還是不能說！除非妳想被割掉舌頭，然後被吊在王宮的城牆上。」大姊說。

「一場婚禮很快就會解決這問題了。」另外一個姊姊說。「以後就不會再有選擇意中人的問題了。」

「前提是這些爭著娶她的人不會又引起一場戰爭。」大姊嘟囔道。

「噢，想想看，一場皇室婚禮！」萊拉說，「會有多少錢、多少吃的啊！」

「我希望她不會嫁個外地人。」大姊說。「我們本地裡有這麼多人選，從南方到西方，一路到北方。」

「北方人不算外地人？」我問。每個人都知道北方男人穿裙子，除了袋包布丁什麼都不吃，而且什麼都操，男人、女人，甚至是自己養的羊。但是她們只是繼續講下去，彷彿我根本沒開口。

「妳們還記得那個穿著紅色長統襪的年輕追求者嗎？」最小的妹妹說，說完四人笑成一團，沒多久又聽到輕嘆一聲，然後四人就依偎在一起，猶如鴿籠裡的鴿子。

我們的鄰居貝絲會說，這就是女王跟國王作戰的方式。

「但是他們以前真的作過戰。」我小時候曾跟她抱怨。「我爺爺就是去打仗死了。」

「沒錯，不過那時候是老國王當政。老國王死了，留下了很少的後代。只有兩個女兒瑪麗絲跟貝特妮，結果全國都在為了誰的宗教更好在互相爭鬥。」

「通常不就是最年長的嗎？」

「妳要不要現在就去王宮跟他們講？『不好意思，閣下，舊教跟新教已經沒什麼好爭的了。

把皇室的奶媽叫來，問她誰先斷奶的吧？』」說完貝絲就跟女兒莉亞咯咯笑個不停。莉亞儘管比我整整大一歲，還老覺得只要扯到乳房就很好笑。

宗教這回事是有點難釐清，但是我只知道這麼多：老國王啟用了新教，他還是國王的時候，每個人都要信仰新教。如果你是行聖餐者，是舊教徒，就會被處死。舊教的聖壇全都被毀了，念珠也在垃圾場上燒掉了。但是後來他死了。

他的長女瑪麗絲繼承王位，成為女王。她自己信仰舊教，於是又命令民眾返回舊教，如果你不聽從，就把你燒死。大家把她稱為「血腥瑪麗絲」，儘管我覺得應該叫做「灰燼瑪麗絲」，因為人們是被燒死，而不是流血而死。瑪麗絲女王曾兩度宣布自己懷孕了，但是兩次都沒生出小孩。所以她死後，她妹妹貝特妮就成為女王。她又信什麼教呢？沒錯，新教。於是她又命令民眾改信新教。就這樣反反覆覆，來來回回，但這不是玩笑。如果你不信新教，肅清官會一家一家地把你找出來毒打一頓。不過我發現大家沒把她叫做「血腥貝特妮」，至少沒有大聲講出來。雙方的對抗到現在還沒有結束，不過現在大家關注的焦點是哪個求婚者會贏得女王的芳心，成為國王，跟她生下繼承人。

◆

更多天過去了。我在稻草堆裡為自己弄了一個舒適的角落。有這麼多的呼吸聲與鼾聲，很難入睡，但是有人作伴還是一種慰藉。

「監獄裡沒有妳想像的那麼可怕。」我告訴一個新來的女孩，個頭幾乎還是個孩子。「不過要小心臭蟲就是了。」

她掀起連身裙的裙擺，露出腿上的點點叮痕。所以她已經知道了。

連續下了兩天雨，雨水從屋頂滴下來，在牢房的泥土地中央滴出一條小溝，逼我們分坐到小溝的兩側。我父親一天內就可以把這屋頂補好。

「東西就是想被修好，」他總說。「仔細聽，它們就會告訴你哪裡需要修理。」他會把一把鎖舉到耳邊。「你說有個栓子卡住了？讓我來看一看。」

我記得有一天他把一個羊毛商的項鍊帶回家修理。當時是盛夏，我九歲。項鍊斷了，父親在修理的當中，把中間的紅寶石給我看。好漂亮。然後他把石頭翻過來，我看到背面其實只是玻璃，臉都沉下來了。

「無所謂，」父親說，「還是一樣漂亮。」

歐文斯家的人每個都會修理東西。歐—文—斯。我把音節一一分開，每個音節在我耳中都又寬又廣，猶如和煦的春風。我也是歐文斯家的人。

我十歲時，父親說該是我選擇一個職業的時候了。「我洗衣服，」我說，「就跟母親以前一樣。」

「妳母親洗衣服，是因為她除了洗衣服之外，什麼都不會。」他跟我說。

父親不知道其實她會很多事情。她知道如何在羊毛商女送來洗的精緻床單裡像隻小貓睡午覺。她知道如何穿上貝里太太的華麗睡衣，假裝自己是戴著徽章與皇冠的女王。睡衣是絲做的，她當時跟我說是蟲子拉出來的。聽到這話後，我收集了一袋的蚯蚓，裝在我們家最特別的餐盤裡送給她。我以為她會很高興，但是她把蟲子跟盤子全丟回給我，不准我吃飯就叫我上床睡覺，除非我想吃蚯蚓。

我想像那些蚯蚓現在全在土壤裡，爬在她的屍骨上吃她。對死者不敬：烤鴿子。

我母親家是戴孚瑞。這名字聽起來像蘋果碰傷了的顏色。我們全都有一樣的頭髮，黑色的，摸起來像羊毛，但不是養來剪毛的羊，而是養來吃肉的羊。還有一樣半邊臉的微笑，臉頰上一樣的凹窩，猶如指甲的壓痕。

我小的時候很少見到母親這邊的親族。父親說他們不像我們，他的意思是他們不是正經的人。他沒真的這樣說，但是我知道。

母親去世一年後，外婆來到我家，還帶著兩個大男人，是我的舅舅。她伸出一隻彎曲變形猶如樺樹枝的手指指著我，說：「最近才聽說這東西的新發展，我們現在就把她帶走。」

父親試圖抵抗。「根據法律她是我的。」

「是嗎？」外婆說。

那是我唯一一次聽到父親咒罵。

大麥穀粒在墳上，
褻瀆者的靈魂被原諒。

他不是我舅舅的對手，才一拳他就倒在地上了。這就是為什麼我會去跟戴孚瑞家住在一起一年，這輩子最淒慘的一年。

戴孚瑞一家人住在河邊，地上的土每踩一步就撲哧作響、下陷一分。住進去的第一週，外婆用繩子把我綁在餐桌上，防止我逃走。她就跟顆老核桃一樣又緊又硬，裡面的果仁又黑又酸。

「妳舅舅會逼妳父親付錢，然後我們就可以過好日子了。」她說。

父親沒有錢讓我們過好日子，但是我沒說出口。

然後我兩個表哥來了。兩人年紀跟我差不多。他們拿來一個大小剛好可用來玩矇眼捉迷藏的布袋。布袋套到我頭上，然後兩人的手立刻就到了我身上，脫掉我的衣物，連內衣也不例外。我伸手想把布袋扯掉，但是一個表哥把布袋牢牢拉住。等我全身赤裸後，他們便對我上下其手，還伸到腿間。掙扎之中我跌倒了，重重摔在壁爐的石頭上。我聽到腳步聲，還有外婆又粗又響的聲音，然後兩個表哥就不見了。布袋從頭上脫下，內側留下兩道眼淚與鼻涕的痕跡。外婆把我的繩子割斷，但是威脅我如果我離開廚房，就會再把我綁起來，讓兩個表哥為所欲為。

因為戴孚瑞，我總是痛恨臉頰上的凹窩，痛恨我有他們的特徵。

「但是妳比他們還勝過一分。」我回到父親身邊後他對我說。「因為妳在下巴上也有個凹窩。他們沒有人有這個特徵。這很罕見，下巴上有凹窩。二十人當中只有不到兩人有這東西。」

每次我想父親，就會去轉動手上的戒指，有時候轉到都割傷皮肉了。

◆

在監獄裡過了一週，新一批的女孩也要去法院了。她們各個看來既期待、又緊張、又困惑。我覺得自己更年長、更老練了。然後，就在最後一個女孩走出牢房時，獄卒喊道：「玫・歐文斯。」

突然間，我滿懷期待，卻又緊張和困惑。「有什麼新消息？」我問。

獄卒只是把頭轉開。

今天有兩個穿著黑袍的新教教士站在法庭的側門。我希望他們是來為我們祈禱的。記錄官一個接一個宣判每個女孩的刑罰。就跟上次一樣，他先宣布罪狀，然後問有沒有證人可擔保。在皇室廚房工作的四姊妹得繳筆罰金，但是今天就可以回家。

記錄官一直等到最後，等到所有的刑罰都宣布完了，才叫我的名字。這一次他草草完事。他不看我，連頭抬也不抬，只說到什麼減輕刑罰。我的刑罰被減輕了。我只聽到我不會被吊死，也不用繳罰金。我會得到不同的懲罰。其他女孩開始竊竊私語。熱血衝到我腦後，在我耳中砰砰作響。一個小小的、綠色的希望之苗在我心中發芽。四姊妹其中一個對我肯定地點點頭，我也對她露出微笑。所以我沒聽清記錄官說：「宣判成為食罪者。」

「對不起，請再說一遍？」我傻傻地問，彷彿記錄官有心情回答小女孩的問題。

記錄官對教士做了個手勢。一個教士手中拿著什麼閃閃發亮的東西，另外一個拿著一個小盒子跟一根叉狀的棍子。他們兩人走向我，突然間我恨不得拿張床單遮住臉，躲起來。第一位教士舉起一個沉甸甸的黃銅頸圈，前面掛著一個大大的S，後面有一個厚厚的鎖。他把頸圈舉在我頭上，唱誦：

食罪者步於眾生之中，
無影、無聲。
吾人之罪成為她身之罪，
隨之入土。
無影、無聲，
食罪者步於眾生之中。

教士把頸圈放到我頸子上。頸圈又重又冰，只有他手碰過的地方才沒那麼冷。我突然想到馬銜，像是接著他就會把它套進我嘴裡。但是接下來發生的事比這還可怕。第二位教士抓著頸圈的鎖，把鎖扣起來。就連我的腸子都可以感覺到鎖裡的栓子牢牢卡進鎖裡。

我抓住頸圈，手指沿著它往後摸，找到鎖。我使盡力氣去拉。我有洗衣婦的強壯手臂。粗厚起繭的手指。黃銅陷入我的頸子，但我繼續拉。用力拉到我都快摔倒了。鎖緊緊扣上了。

我開始大喊「為什麼是我？」但是話才一出口，眾人的聲音就從四處響起，齊聲唱誦造物主的禱言：

造物之主，永恆之光，以祢之名，奇蹟創生。
萬切護佑，吾等罪人，此生此時，離世之辰。

我提高音量又試一次：「求求你！」但是我幾乎聽不到自己的聲音。我的聲音完全被造物主的禱文淹沒了。沒有人聽得到我。沒有人願意聽我。

第一個教士的雙眼盯著天花板，但是他開口講話時，我聽得出來是在對我講：「食罪者背負眾人之罪，緘默一生，直至入土。食罪者永遠不能懺悔，也不能被赦罪。然而，如果她依照造物主的意旨，虔誠順從地盡忠職守，她死時，夏娃就無法索取她的靈魂。她的靈魂會升上天去找造物主。但是造物主無所不知。她必須一生一世、一言一行都服從造物主的意旨。」

「讚美主。」第二個教士說，接著法院裡所有的人也跟著說，就跟你說完禱文時一樣。

第二個教士打開手上的小盒子。裡面有一根針、一盒墨水跟一把鉗子，就像鐵匠用的那種。

我開始爬下長凳，但是第二個教士立刻拿起棍子，用分叉的部位逮住我的脖子，把我推到牆邊抵住，於是我就像個嘮叨的女人被處罰時那樣困在頭枷裡。第一個教士舉起鉗子，撐開我的嘴，夾住我的舌頭。

他花了好長一段時間用針跟墨水把一個S刺進我的舌頭。久到我的舌頭都乾了，連針扎都快感覺不到了。久到我的啜泣都變成了陣陣的喘息，然後又變成打嗝。弄完後，教士才放開我。我的舌頭在嘴裡又痛又腫，我可以嚐到血，還有那把我永遠標記為食罪者的噁心墨水。一直到死，我一直都會是食罪者。

旁邊那女孩挪動身子遠離我，彷彿我的皮肉已經開始變黑起泡，像得了瘟疫一樣。其他的女孩，之前還對我展現出一臉的讚嘆、鼓勵與忌妒，此刻全像吸飽了血的水蛭一樣往後縮。這是她們最後一次看我。這是最後一次有人正眼看我。

2 羔羊頭

我跌跌撞撞走到路上時，行人看到我都立刻別開頭。有些快步躲開。我也快步前進。走進水溝，邊走邊閃開水坑與乞丐。

那頸圈一套在我脖子上後，法庭裡每個人都把頭轉開了。我當時只想著舌頭上的抽痛，所以花了一點時間，我才發現他們都在等。然後又花了更多一點時間，我才發現他們在等我。我的雙腳輕如雲，我的頸圈重如石。我像個醉鬼一樣，踉踉蹌蹌地從其他女孩面前走過去，每人的眼睛都盯著地板。我從記錄官面前走過去，他的眼睛只顧盯著羊皮紙。我從兩個教士面前走過去，兩人的眼睛只顧著仰望天空。

◆

離家幾週之後，再度看到自己家，我的胸口就像是被一個大腫塊堵住了一樣。我家什麼時候變得這麼破敗？好幾片屋瓦都腐朽了，前窗的遮板都歪了。菜園裡的野草都長到跟窗台一樣高了，像是要把整棟屋子都吞沒了。我露出苦笑。父親總是說「記住你的出身」，而我的出身就是如此破破爛爛。

我想跑走。跑去另外一個沒人認識我的城鎮，假裝我從來沒成為食罪者。我辦得到嗎？不顧路上的土匪強盜？但是無論我跑到哪，人們都會知道我不屬於那裡。我會被保安官抓起來，像監獄裡其他女孩被鞭笞，被繞熱的鐵桿子在耳朵上燒個洞。或者更慘，被像戴孚瑞家那樣的人抓起來，綁在桌子上或是被逼去賣娼。然後我想起脖子上的頸圈跟舌頭上的S。我被打上標記了。無論我到哪裡，我都是食罪者。

我踏到門前時，窗戶的遮板後傳來窸窸窣窣的腳步聲。我去推門，但是門鎖上了。

「這是我家！」我大喊。瞬間舌頭又痛起來，還嚐到血味。無論是誰佔據了我家，這人一聲也沒吭。

貝絲從隔壁的屋裡走出來，看這喧嚷是怎麼一回事。「哎呀，這不是玫的聲音嗎？」但是一看到我，她的下巴閉起又張開，像蠑螈在吃蒼蠅。

「貝絲！」我說，舌頭痛得我流下兩行熱淚。

貝絲驚叫一聲，開始唸主禱文。她把兩手擋在前，像是想保護自己。

這時莉亞從廚房後門走出來。「這不是玫嗎？」她說。「她有個——母親！妳看到她脖子上那東西了嗎？」

「莉亞！不要看她！」莉亞的目光立刻轉到地上。「如果她開口講話，妳就開始唸妳最神聖的禱文逼她閉嘴。無論她說什麼。」

「可是，貝絲，我不知道該怎麼辦啊？」我說。

「她舌頭怎麼搞的？」莉亞驚叫，「她舌頭上有條蛇！」

「造物之主，永恆之光。」貝絲唱誦。「跟我一起唸！莉亞！」

「造物之主。」莉亞有些遲疑地說。

「貝絲，我該去哪裡？」我懇求。

我看到貝絲猶豫了。

結果是莉亞幫我了，儘管我不確定她是否意在幫我。「母親，她該去哪裡？」

「唉，她只能去找另外一個食罪者了。現在有兩個了。她們可以互相作伴。」貝絲停頓下來，等我離開。「去城北，」貝絲敦促我，「她就住在那。」

◆

食罪者總是女性，畢竟第一個吃下罪的人也是女性：吃了禁果的夏娃。有人說，這也是為什麼有這麼多的罪食都是水果。但是除了水果，也有其他的食物，像是鮮奶油跟韭蔥，就根本不是水果。罪食的歸類是有些道理的，比如說類似的罪常常有一樣的罪食，像是覬覦跟忌妒的罪食都是鮮奶油。但是也有些罪食根本沒道理。比如說為什麼偷竊跟對死者不敬的罪食都是烤鴿子？就好像岩跟石這兩個字是一樣的意思，但是聽起來完全不一樣。

關於食罪者也有很多邪惡的迷信。人們相信食罪者每吃下一條罪，就更接近夏娃。如果你看著食罪者，夏娃的眼睛就可以看到你。如果聽到食罪者的聲音，你可能會被引誘，所以除非是在聽取罪狀跟食用罪食期間，只要食罪者一開口說話，你就要唱誦主禱文，蓋過她的聲音。碰觸到食罪者更可怕。這是個詛咒，會燒傷好人的皮肉。我摸摸前臂的皮膚，但是沒有特別的感覺。

我想起漢斯與格蕾塔。在這故事裡，漢斯與格蕾塔的父親母親要他倆去森林裡採集蘑菇跟漿果。兩人一路把橡實丟到地上，好找到返家的路，但是橡實被松鼠吃掉了。森林裡開始變得又冷又黑，漢斯與格蕾塔以為他們恐怕會餓死或凍死，但是接著他們就看到燈光。燈光的來源是一棟用黑莓、香蒲、玫瑰果等東西做成的小屋，全是人們在收成不佳時會吃的食物。東西不是他們的，但是兩人太餓了，所以他們還是開始吃起玫瑰果跟香蒲。這時小屋的門開了，一個老食罪者走出來。她招呼兩個小孩進屋去爐火邊取暖。漢斯與格蕾塔進去了，還跟她道歉偷了她屋子上的食物。食罪者只是對兩人微笑。後來漢斯窩在爐火邊睡著了，但是格蕾塔沒睡著，聽到食罪者低聲唱：

迷途孩子在遊走，我誘小羊入虎口。
且看他們偷與罪，聽我得意笑嘿嘿。
一把丟進火爐裡，翌日找到老父親，坐在墳邊吃烤鴿！

故事裡，反而是格蕾塔把食罪者推進爐火裡，兩人也找到回家的路。每次我聽這故事，總想像自己是格蕾塔。

◆

我走在王宮的北牆後，這裡的風最冷冽了。城北是那種母親會用來嚇唬女兒的地方：「再頂一句，我就把妳賣到城北去！」我從來沒搞懂把女孩賣了可以幹嘛，但是我的想像力夠豐富。也許太豐富了。

城北的邊緣看起就跟城裡其他地方沒兩樣，只不過更骯髒一點，更貧困一點。這裡的屋子都是茅草屋頂，不用屋瓦，也不用石板。有間屋子甚至用張毛氈替代牆壁，在風中啪啪地飛舞。我走進一條巷子，看到兩個小男生穿著過大的衣服在嬉戲，就像我穿上母親的睡衣裝成大人，只不過這兩人是在屋外，彷彿這就是他們平常的穿著。

兩個男生在用木棍去戳一隻豬的膀胱。一瞥見我，他們就閃到路邊，想看我卻又不敢。走過他倆身邊時，大的把小的一把推向我。那小男生嚇得大叫一聲，轉身用拳頭去搥那大男生。

成排的客棧跟酒店顯示我來到了城北的中心，三三兩兩的娼妓站在門口招攬顧客。「想不想看一眼？一角錢。摸一把兩角錢。」

她們瞄到我的頸圈，一陣耳語立刻傳開來。每雙眼睛全都轉到別處去。但是走過去後，我感覺到她們的目光停留在我的背上。我仍舊不知道該去哪。

客棧那條街之後是一條算命家的小巷子。城北就跟城裡其他部分一樣，同樣的行當都聚集在同一條街上，只不過這裡的商店是那種人們不想在造訪時被撞見的店。一個算命師在門口燒著香。說不定是吉普賽人。貝絲說吉普賽人就跟女巫差不多。

接下來那條巷子都是藥草店跟藥房。有些窗內還展示著奇怪的東西，像是未出生的豬仔泡在罈子裡，或是身體像毛毛蟲的小蟲子，但是有好多好多雙腳。看到這蟲子我不禁毛骨悚然。

到了街尾，還是沒見到食罪者的家。腳底板隔著鞋底踩在地上好痛。我的雙手在洗衣服時已經習慣了操勞，但是雙腳可沒有。

一個穿著輕薄黑袍的藥師從店門口踏出來，色瞇瞇地從我的臉望向我的胸。

我盡量穩住聲音，問：「好先生，請問哪裡可以找到——」

一陣嘶聲打斷我。他縮回袍子裡，唱誦造物主的禱文，一隻手在胸前與臀邊畫十字，這是造物主的手勢。「不要詛咒我！」他大喊，逃回店裡，像是從來就不想出來。

一雙雙的目光尾隨著我的背，但是我一轉頭去看，窗戶的遮板就啪地關上了。巷子裡空了。比空了還要空。空蕩的巷子感覺起來還有些生氣。但是這條巷子已經死了。

我的內心也死了。幾年來，我常常感到空虛。空虛，寂寞。但是此刻，比空虛還可怕。一片死寂爬進我的心。我仰望天空。天空好高，一片蒼白，根本懶得在乎我。我不知道該怎麼辦。

父親的聲音突然浮現出來。東西就是想被修好。

我吸進他的聲音，再吐出來。我轉動手上的戒指。我身在藥房巷。

食罪者會住在什麼樣的巷子裡？我問路上一顆石頭。

比藥房巷還要悲慘的地方，石頭答。

誰比藥師還要不幸？我問石頭邊一隻甲蟲。

乞丐、掃糞人，它說，染布工。

我記得我們的河流有個轉彎的地方叫做屎糞溪。河流變寬變慢之處，屠夫把動物內臟扔在這裡，掃糞人把全城的屎糞丟在此處，全是要讓河水沖走的，你可以聞到那腐爛與屎糞的臭味。河岸附近一帶也叫做屎糞溪。清道夫會把從全城掃來的垃圾在此處一塊空地上燒掉。染布工一定就住在這裡。他們的工作實在太臭了，所以被迫住在離王宮有一定距離之處。屎糞溪是世界上最難聞的味道聚集丟棄之處。沒有一處地方比屎糞溪更不幸。我猜我知道食罪者住在哪裡了。

一旦用鼻子去聞，就不難找到了。我先是來到屠宰間跟垃圾場。然後穿越屎糞場跟染布工住的小巷子，甚至還經過以前的「改教院」，一座石造的大房子，已經像餅乾一樣傾頹瓦解了，是以前改信新教的猶太人被老國王命令居住的地方。它也位在屎糞溪，並不令人意外。

經過這些地方之後，最後是一條狹窄的小巷子。這裡的房子一間一間緊緊相鄰，全彎向河流，彷彿要被壓進水裡溺死。小巷子中段，有一棟兩層樓的屋子，屋門的上方掛著一個S形的舊黃銅標誌，就跟我頸圈上的一樣。茅草屋頂都腐爛了，牆壁急需抹上灰泥，窗上還有遮板。門沒門上，於是我推門進去。

她坐在一張凳子上，手裡拿著一只酒壺。她看也不看就揮手要我走。我不知道能去哪，於是我留下來。

她身高中等，滿身都是肉，使她看起來像個巨人，儘管我懷疑她恐怕個頭還不比我高。她一定已經吃過上千條罪了。酒喝到一半她的頭突然不動了，像是在傾聽。然後她轉過頭來。

我不敢正眼看她，但是我感覺到她的目光如蒼蠅般在我身上爬竄。我頸子上的S在爐火的照耀下閃爍了一下。她止住呼吸，然後一口氣整個吐出來，猶如一袋穀粒掉落滿地。然後她又把頭轉向爐火，從酒壺裡又痛飲一口。

「我該怎麼辦？」我問。我的意思是此時此刻，但是也在問未來。**我該怎麼辦？**

她把頭又甩過來，鬆散的像個牽線木偶。看來已經喝醉了。

我低頭，然後又抬頭。我該看她嗎？她是食罪者，但是我也是。我不知道這種狀況下該怎麼做才符合禮數。

我偷瞄她一眼。栗子般的大眼睛。一團蜂蜜色的頭髮，皮膚也是蜂蜜色的。她其實很漂亮，但是臉上的表情像是已徹底破碎，再也無法修復。她打了一個飽嗝，把酒壺伸給我。我聞到一股香味。鴉蔥。然後腦海中浮現出那幕景象。她，更年輕一點，更瘦小一點。她就是為我母親吃掉罪食的食罪者。

她仍舉著酒壺。我從來沒喝過酒。

你有什麼損失？酒壺問。

我接下酒壺，仰頭喝下一大口。溫熱的酒流過嘴唇，淌下下巴。舌頭被辣到不行，我驚叫起來。只有幾滴真的喝下去了，其他都被我咳出來了。她把酒壺搶回去。

「我該怎麼——」我又開始問。話還沒說完，她就跳起來，雙手抓住我的臉，手指壓在顴骨上，兩隻大拇指頂在下巴下。我以為她想把我的眼睛挖出來，開始用我強壯的洗衣婦手臂打她。不過她要的不是我的眼睛，她要的是我的嘴。她把我的嘴緊緊夾起，指甲都戳進臉頰跟下巴了。我其實跟她差不多強壯，但是一發現她只是想闔上我的嘴巴，我就不抵抗了。她把我的頭搖了一下，狠狠地搖了一回，要不是我嘴巴被緊緊壓住，牙齒早就撞在一起了。她的意思再明白不過了：我不准說話。就連跟她也不准說話。

她回到凳子上。我在爐火邊找到一條骯髒的毯子。

我是食罪者，我對著火紅的餘燼說。這代表什麼意思？

這代表你再也不會看到別人對你眉開眼笑，餘燼對我說。

這代表你再也不會感覺到與人擁抱時對方的胸貼著你的胸。

這代表你再也不會跟莉亞或湯姆坐在一起嘻笑玩耍，一起一邊吃黑莓一邊看燕子往下撲。

餘燼繼續說，劈劈啪啪地作響。我用雙手摀住耳朵，不想聽它吐出的字句，但是它們依然直接鑽進我的心。

你永遠也不會結婚。

你永遠也不會生子。

你永遠也不會有情人，就連朋友也不會有。

你唯一有的就是她。

我看著她，食罪者，一座盯著爐火的木雕。

死寂又爬回我心底。我握緊父親的戒指，雙手緊緊握著。

她現在是我的親眷了，我跟戒指說。

我有屋頂遮風避雨，有爐火溫暖我。這都是好事。我又看一眼食罪者，她的肉緊緊撐著衣服。我總是夢想能有這麼漂亮、豐滿的身材，我以後也會有這樣豐滿的身材。

蔓延的死寂感減緩了下來。我的雙手因為父親的戒指放鬆下來。在髒毯子上睡著時，我的舌頭還在隱隱作痛。

◆

她用腳踢醒我。早晨了。她穿著跟昨天一樣的衣服，但是頭髮往後梳起來了。我迷迷糊糊地坐起來，毯子還披在肩上。爐火熄了，初春的清冷從四面八方滲進來。

她走到門邊等著。我匆忙地把連身裙往下扯，把襪子往上拉，把頭髮往下撥，把衣領往上提。伸手去感覺顴骨，摸到四個半月形的割痕，是昨晚她的指甲劃出來的。舌頭依舊感覺腫腫的，但是沒那麼痛了。我餓壞了。

爐子上有一只布滿蜘蛛網的舊鐵鍋。她看我一眼，哼了一聲。又一次，她連講都不用講出來：吃飯是工作。

屋外有四個小男生正試圖把一隻甲蟲從石頭下誘出來。食罪者一踏出門，他們全立正站好，像一群小士兵一樣。

「貝納．賀林頓要聽罪。」最胖的小男生說，說完就轉頭看其他人。

每個人都傳達了各自的訊息，要食罪者去聽罪或食罪。所有人都說完後，胖男生點點頭，然後四人又回到石頭邊。那想必是隻大甲蟲。

我似乎不是非得要跟著她，但看來我也並非應該留下來，於是我跟她走。她踩著又重又長的步伐，像是鞋底很厚。

到了城北的邊緣，在客棧那條街上，坐在微弱晨光下的娼妓見到她全低下頭，也沒偷瞄她的背。那兩個穿著過大衣服的小男生竄到水溝裡，不在她的路徑上玩耍。沒有人讓路給她，因為根本沒有人跟她搶路。彷彿她提著一盞燈，燈光照亮她身前好幾呎，宣布她的到來。我盡可能跟上她。

最後她終於在城裡一棟氣派的房子前停下來時，我已氣喘吁吁。這房子的窗裡有玻璃，門外有個金屬環用來掛燈。我想找個窗台靠著喘口氣，但是她一逕走進門，不叫人、不敲門，也不歇息片刻。

燃燒的藥草掩蓋著皮肉與腸胃的惡臭，但我還是聞到了。甜味與酸味混和在一起，翻騰攪動我的胃。幸好我胃裡根本沒東西可以吐出來。

一個衣服上有絲緞的太太從一扇門裡走出來。她一直盯著地板，但是伸出一根手指示意我們走上樓梯。

我在不同的地方爬過一兩級的階梯，像是在教堂裡，但是我從來沒爬過一整段的樓梯。梯子當然也爬過，但是梯子爬起來很簡單。梯子有橫木讓你用手抓著。食罪者爬上這樓梯就像是沒什麼了不起。我搖搖晃晃地跟在後面，小心不跌倒。努力不去想像如果跌倒了，我的頭就會像蛋殼一樣摔裂。樓梯爬得我立刻上氣不接下氣，就跟要把髒掉的毯子拍乾淨一樣費勁。

臥室裡味道更濃。一個婢女拿著一把悶燒的東西在揮動。是藥草，不是像有人放屁時我們用的百里香，而是某種來自異地的藥草。床邊有一只碗，滿是又肥又胖的水蛭。還有柳樹皮。

食罪者走到床邊，檢視一眼床上那男人。他穿著天鵝絨的睡袍與睡帽。天鵝絨很厚重，是最難洗的布料之一。不過我已經不是洗衣婦了。

婢女取來一張凳子，擺在食罪者旁邊，然後就跟那太太一起快步離開了，在身後把門關上。我聽到喀啦一聲，像是鎖上了。我實在不懂為什麼臥室還需要裝鎖。

「無影者現身。」食罪者從來沒跟我講過話，現在聽到她的聲音還真奇怪。她的聲音粗啞低沉，就跟你從她的外表會預想的一樣。我吃驚地在她嘴裡瞥見一條黑影。是她的S形烙印，像條蛇在嘴裡。就跟我的一樣。她繼續說：「無聲者出言。汝身之罪成為吾身之罪，緘默一生，背負入土。請說。」

那男人吃力地呼吸，左右扭動，彷彿說話會痛。他從嘴裡吐出一個詞，我沒聽清，但是食罪者點點頭。

「為了獲利還是為了護衛而說謊？」

他又含糊不清地吐出半個詞。

「嗯，芥末籽。」她答。

他的口齒清晰一點了，我開始聽到更多內容。置富裕於信仰之前；忤逆他父親；為自己的富裕感到驕傲。

「羔羊腿、醃鯡魚、鴿子蛋。」食罪者列出她為這些罪要吃的食物。我認識幾個，但是跟富裕相關的我就不認識了。這些罪食非常特別，不是像我這樣的窮人有機會去苦惱的罪。

然後那男人沉默下來，我在想他是不是死了，然後只聽到一個細小尖銳的聲音。「不孕。」他輕聲說，「我怪罪我的妻子，冷落她，找了另外一位女士，一個……」他不想明說，也許是因為羞愧。

「一個不是你妻子的女人。」食罪者替他說完。他犯了通姦的罪，我覺得她不應該這樣幫他一把。

「而且好幾年。」他繼續說，「但是她也沒有懷孕。我怪罪我妻子，不願再上她的床。但是現在我擔心……我擔心問題其實一直在我身上。」他說話的速度變快了一些。

「不孕不是罪。」食罪者告訴他，「但是懷恨跟不忠是罪。燕麥粥跟葡萄乾。」

他往後躺，看起來比之前還要小。

「對食罪者還有最後的遺言嗎？」

「我沒有子嗣。」他說，彷彿是在回答她的問題。「我有個表親會非常樂意繼承我的財產，但他不是我親生的血肉。如果我有私生子，我甚至連私生子都會認。」

為了有子嗣，人們什麼事都做得出來，我心想。

然後我們之間是一段冗長的沉默。

「隨著罪食下肚，汝身之罪將成吾身之罪。」食罪者結束聽罪。「緘默一生，背負入土。」

「讚美主。」他說，就跟結束禱告時一樣。

食罪者在他身上比出造物主的手勢，從左肩到右臀，然後從右肩到左臀。這是食罪者會碰你的唯一一次。

食罪者打開臥室門，把太太跟婢女都嚇了一跳。她們立刻低頭看腳上的鞋。食罪者列出要準備的罪食。聽罪的過程通常是私下進行，除非是瀕死者不想如此，但是罪食總要有人準備好，於是罪狀就傳開來啦，至少傳到家裡人的耳中。有時候，瀕死者會要求僅讓一個婢女或丈夫聽取罪食跟準備罪食。之後當然就會謠言滿天飛，每個人都堅稱看到那丈夫去買新鮮的葡萄——產下私生子的罪食，或是在煮豬心——殺人的罪食。

太太跟婢女邊聽食罪者列出罪食邊點頭，但是聽到通姦的罪食葡萄乾時，兩人似乎猶豫了一下。我快速看一眼那太太。她不能看我，但是沒有規定說我不能看她。她下巴上有面皰，儘管她早就是成年人了，失神的看起來很久沒睡個好覺，而且還是為了通姦的丈夫。

這樣值得嗎？我想問。我默默問她身後的牆。

她有別的選擇嗎？牆跟我說。

罪食列完後，食罪者轉動她龐大的身軀，撩起裙襬，如跳舞一般輕盈地走下樓梯。我謹慎緩慢地爬下每一階，膽戰心驚，每一步都掙扎著保持平衡。

屋門在我們身後關上，在我與我的第一次聽罪之後。如果我活得夠久，這事我可能還要做上六十年。六十年聽人們訴說自己的罪狀。不是聽他們的幸事或蒙福，而是他們的罪過。我站在屋外，在心裡深深領悟到這一點。

還沒回過神，食罪者就把手伸過來，抓住我的耳朵，把我拉上路。

◆

我們走到一條行會會員住的街。一間間房子都乾乾淨淨、整整齊齊，甚至從外面就可以看出來了。我知道我們要去哪間屋子，因為有個男人站在門口哭得傷心欲絕，絲毫不想掩飾。他的罩衫上沾著白色的麵粉與棕色的血。食罪者直接從他身邊走過去，踏進屋裡。

一位產婆跪在床邊，床上躺著一個女人。產婆一隻手覆在女人的胸前，另一隻手在她兩腿間擠捏一束什麼東西。到處都是血的味道。角落裡，一個嬰兒突然啼哭起來，一個年老的身軀輕聲哄他。

食罪者坐下來。產婆設法不碰到她，但是依舊盡責地執行她的任務：感覺那女人的心跳，止住兩腿間的血流。

「無影者現身，」食罪者說，「無聲者出言。汝身之罪成為吾身之罪，緘默一生，背負入土。請說。」

那女人的胸膛幾乎沒在起伏，嘴間吐出什麼，有氣無聲。

「我派了一個小男生去把產婆跟食罪者請來，就跟大家會做的一樣。」穿罩衫的男人站在門口說。想必是女人的丈夫。「我從來沒想到她會真的需要。」

「我的寶貝女兒，別離開我們。」抱著嬰兒的年老身軀說。想必是外婆。嬰兒也尖叫一聲，表示同意。

「我從來沒想到她會真的需要。」丈夫又說。

食罪者等著，耳朵貼到新媽媽的嘴邊，但是女人的嘴唇沒在動。

「她走了。」產婆說。

於是食罪者列出基本的罪食，基本罪食是給沒能讓食罪者聽到罪就去世的人。「鹽巴代表驕傲，鮮奶油代表忌妒，韭蔥代表略掉實情的謊言，大蒜大表吝嗇，麵包代表我們生來就有的原罪。隨著罪食下肚，汝身之罪將成吾身之罪。緘默一生，背負入土。」說完她在女人的雙肩與雙臀間畫十字。

「還要加上李子乾。」穿罩衫的丈夫迅速說。「她之前是我哥哥的妻子。」食罪者點點頭。

這是亂倫，儘管兩人只是姻親，不是血親，但是這種亂倫在造物主眼中一樣罪惡。在大多數人眼中也是。我從來沒見過跟血親亂倫的人。每次莉亞或其他小孩做出什麼傻事，我就會跟其他小孩一樣開玩笑。開玩笑說她的父母一定是兄妹。我低頭看那剛去世的母親。亂倫看起來就是這樣。外婆啞口無言地瞪著躺在床上的女兒。

◆

走在路上時，一個小男生追上來，但是雙眼直直往前看。「食罪者被叫去城南卡里斯・克庫柏家。」他說。食罪者大聲哧了一口氣。不算是說話，但是讓小男生知道她聽到了。小男生碰碰跳跳地跑走了。

食罪者帶我離開大街。我們一直走，走到房屋越來越稀少，菜園越來越繁多。沒多久就到了鄉間。我餓到覺得彷彿有顆堅硬的水果卡在肚子裡。我握起拳頭去揉肚子。她看我一眼，往前方的路點了個頭。說不定是有罪食可以吃了。光是想到吃這個字，我就垂涎欲滴，得閉緊嘴巴把口水吞回去。然後一想起那些食物都是別人的罪，嘴裡的口水又倒流回去，我得夾緊下巴，免得吐出來。我多想吃東西啊，但是要付出何等代價。

食罪者要承擔他人的罪，造物主的書上是這麼說的。（或者是教士說書上是這麼說的。我認識幾個字母，但是只會把它們拼成兩個字：玫跟歐文斯。）造物主的書上說罪人身上的罪會被轉移到食罪者的靈魂上。我總想像我自己的棺木上只會有幾樣罪食。就算我偷了麵包，松木棺材上也只會有烤鴿子跟基本的罪食。

而現在……這想法使我頓時停下腳步，就彷彿有隻驢子擋在路中間。無論在接下來這場食罪有什麼罪，如果我吃了，就會變成我的罪。而且永遠擺脫不掉，一直到我的審判日。我怎麼花了這麼長時間才認清這一點？身後突然有個哽咽的聲音。我正想轉身去看，聲音又出現了，而且這一回更近。我這才明白聲音不在我身後，而是我自己的喉嚨在縮窄。我的肋骨也開始勒緊，彷彿穿著一件太緊的連身裙，緊到無法呼吸。食罪者又看我一眼——看我的眼睛、我的嘴唇、我的喉嚨——像個女巫醫在考慮要用哪種藥草治療我。接著只見她手一揮，狠狠摑了我一巴掌。我晃了一下，差點摔倒。她轉身就走，根本不看我是否又站直了身子。

◆

主室已清空，擺著棺木。屋主的太太站在牆邊，一個鄰居的手搭在她身上，安慰她。棺木已封緊。上面擺著一碗燕麥粥、一碗鮮奶油跟一碗煮熟的雞蛋。一盤韭蔥、一撮鹽巴、一小塊麵包跟一小壺蜂蜜。我的眼睛一看到那些吃的，我的肚子就替我做出決定了。我會吃。這不是我想要的選擇。一個細小的聲音說，想想你父親，他永遠都不會屈服。但是另外一個聲音從肚子喊上來，傳到我心頭，淹沒了那個細小的聲音。而且我知道，罪與靈魂是教士的問題，不是飢餓女孩的問題。我的靈魂會付出該付出的代價，因為付出代價是以後的事，而吃飽肚子是現在的事。一陣羞恥感在我胸前蔓延開來。

我提醒自己教士把我變成食罪者時說的話。如果我盡忠職守，死後就有可能去找造物主。這句話粗糙地抵抗著羞恥感，但是無法使之消失。

棺木前已擺好一張凳子。食罪者坐下來，直接開始。不說話，什麼都沒有。雖然她腰身粗壯，吃起東西來卻小心翼翼。敲裂蛋殼，用敏捷的手指剝得精光，最後露出一顆光滑潔白的蛋。她把尖端蘸進鹽巴，咬一小口，久久地咀嚼，在她嘴裡想必都嚼成了糊。我鼓起勇氣伸手去拿麵包。不，燕麥粥。不，蜂蜜。那太太移到我身後，一張凳子輕輕碰到我的膝窩。給我的座位。

「非常謝——」我出於習慣說。食罪者突然轉過來，睜大眼睛瞪著我。我閉上嘴巴。她又轉回到棺木。我把凳子拉近點，伸手去拿麵包，但是食罪者伸手擋住我，然後把另外一顆雞蛋拿給我。

我剝殼剝得超難看，把搖搖晃晃的蛋白連著棕色的蛋殼一起扯下來，最後露出一顆歪七扭八的雞蛋，蒼白的蛋黃從一端露出來。我戰戰兢兢地蘸了鹽巴，整個塞進嘴裡。舌頭一碰到雞蛋就痛，於是我用側邊的牙齒草草咬了咬，還沒嚼爛就嚥下去。我可以感覺到食罪者的不滿，但我還是就這樣一口吃下去了。然後我等著，兩隻手還在顫抖，等她告訴我接下來該吃什麼。

她把雞蛋吃完了，坐在凳子上，深吸一口氣，時間漫長到似乎永遠不會結束。最後，她終於伸出手去拿麵包。感謝造物主！麵包！她把麵包扯成兩半，掀開蜂蜜的壺蓋，把一半倒在我那塊麵包上，一半倒在她那塊麵包上。蜂蜜薄薄地在整塊麵包上，一滴也沒滴下來。

我全身都在那甜蜜的味道下抖動，在兩耳中感覺到一股癢勁。我狼吞虎嚥地吃完，然後等著，食罪者則一小口接一小口地細細咀嚼。

想想妳父親，細小的聲音又開始說。

我再也不會有挨餓的一天啦！我的肚子喊。我再也不用為三餐發愁啦！

接下來是韭蔥，又粗又辣。最後是燕麥粥，一湯匙接一湯匙地吃。我把碗裡剩下的燕麥刮得乾乾淨淨。之後，我學她坐直身子。她深吸一口氣，說：「汝身之罪已是吾身之罪。緘默一生，背負入土。」

然後她像具雕像一動也不動。我等著。她舉起手，一掌打在我腿上，然後我終於明白我們在等什麼了。

「吾……汝身之罪已是吾身之罪……」我開始說，聲音高遠飄忽。「緘默一生，背負入土。」

我等著感覺到什麼，感覺到某種改變，就跟我月經開始時一樣。然後，我只感覺到胃裡一陣痙攣。就跟之前差不多，只不過這一回是因為肚子餓太久之後一下吃進太多東西。舌頭上一陣灼痛，我覺得我快吐了。她站起來時看著我，微乎其微地搖搖頭，但是我看到了。我必須把食物留在肚子裡。

我們離開時，那太太把幾塊硬幣丟進食罪者的手掌裡，小心不碰到她。

走出屋外才兩步，我就吐在路上了。她又抓住我的耳朵。

「我忍不住啊！」我尖聲說，一陣嘔吐物又從胃裡冒上來。她一拳往上打在我的下巴上，震得我上下牙齒狠狠撞在一起，我都怕要碎掉了。

我不准說話。

她抓著我把我一路往前拉，我得吞下嘴裡一半的嘔吐物。另外一半在我快步跟在她身後時沿著下巴流下來了。

回到城裡時，她才放開我。這時我胃裡的波濤已不再往上衝了。她又看著我，仔細地端詳我，但是這一次等著。我吸吸鼻子，點點頭。她對我也點個頭。那是她第一次顯示對我的關心。

◆

「沒有人認識那老太婆。」一個鄰居說，聲音有些太大。也許是想解釋為什麼屍體已經開始腐爛了。或者是為什麼根本沒棺木。

「要是我們知道她的親族是誰就好了。」另外一個鄰居睜大雙眼說，但是我看得出來她不是真心的。他們一定是過了好幾天才發現屍體。而且是跟著成串的老鼠跟害蟲才找到的。那是她的葬禮行列。

屋裡的陳設全顯示她是個女巫醫——擺在窗邊風乾的馬鬱蘭跟鼠尾草，小木架上用來治療便秘的灌腸管，用來製作愛情藥水的風茄根與死鴿子，看起來是死者最近才在調製的。葛蕾西・曼諾斯說有些女巫醫會用嬰兒的血做愛情藥水，但是母親跟我說這全是驢屎。愛情藥水是白魔法，我母親說。只有黑魔法才會用到血。用到血跟各種邪惡的東西，像是在滿月下拔下的頭髮，或是蠟製的娃娃。我在屋裡尋找黑魔法的跡象，但是沒找到。

鄰居已經擺好簡單的罪食：鹽巴、韭蔥、大蒜跟麵包。沒有人準備鮮奶油。

「我帶了鹽巴來。」一個鄰居透過壓在鼻子上的手帕沒好氣地說。「還有韭蔥。」她瞪向其他人，其他人也瞪回去。鮮奶油在初春很難買。

最後一個鄰居走去收集一小碟牛奶。*吝嗇：大蒜。*

我們坐下後，一群鄰居就利用這機會丟下罪惡感離開了。還好他們走了，因為我光是聞到那味道，就在屍體的腳邊吐了又吐。只吐出黃綠色的膽汁，夾雜著被烙印的舌頭滲出的血，但是我的腸子繼續翻騰攪動。食罪者不時遞給我小口的食物。根本就是傻瓜的遊戲：吃了又吐，吐了又吃。而她則舔盡碟子上的每滴牛奶，咀嚼每塊麵包碎屑。韭蔥在她的齒間被壓碎，儘管已乾枯皺縮，散發出的難聞蔥味仍使我吐得更嚴重。最後她終於說出結束的句子，在那腐爛的屍體上畫出造物主的手勢。

我們爬下兩段樓梯。我從來不知道人可以在一天之內爬這麼多樓梯。我們走進暮色中，一個鄰居遞給我們一便士。我的雙腳搖搖晃晃，像隻剛出生的牛犢，但是我繼續跟著她走。我還能去哪裡？

她在一個商人的屋前停下腳步時，我差點哭出來。今天的行程還沒結束。為什麼我們一天之內有這麼多場聽罪跟食罪？我問屋子。

因為不是靈魂服侍妳這樣的年輕女子，它答，是妳服侍靈魂。

◆

一張張紅色的壁毯像長長的舌頭掛在大廳的牆上。我從來沒在布料上見過這種顏色。圍繞在紅色周邊的菘藍我很熟悉。菘藍是普通民眾的衣著顏色，因為菘藍染料很便宜，而且禁得起好幾年的洗滌。但是這個鮮豔飽滿的紅色。我一直以為只有人體裡有這種紅色——張開的嘴裡、皸裂的嘴唇、陰道。

棺木擺在一間牆上鑲著木板、掛著壁畫的大房間，一座座壁式燭台上點著又粗又大的蜂蠟蠟燭。一張壁畫動了一下，把我嚇了一跳，然後我才發現其實是面鏡子。我一頭黑髮鬆散凌亂，雙眼是兩顆又黑又小的石頭。但是我方正的臉是紅潤的。嘴唇也是，就跟牆上的壁毯一樣。一定是嘔吐造成的。

迷人的嘔吐相，我跟鏡子說。

我張開嘴看舌頭。一個黑色的S形像條蛇蜿蜒在上，就跟莉亞說的一樣。S以外的部分又紅又腫。真醜惡。我真醜惡。我從鏡子前轉開。

然後奇怪的事發生了。一個婢女走進來撢灰塵，彷彿今天就跟平常沒什麼兩樣。她撢完一座燭台，然後走去壁爐。就連在女巫醫的食罪上至少我還有些感覺，那感覺是吝嗇鄰居所感受到的愧疚感，但也是一種感覺。這裡，沒有人在棺木邊哀悼，沒有人在角落裡哭泣。只有婢女在做自己的雜務。我看看食罪者，她在看著食物。

棺木上擺著一些我早已認識的罪食：芥末籽代表說謊，軟骨代表盛怒，綠葉蔬菜代表疏於禱告。但是還有一些我不認識的罪食：看起來像個野山楂乾鑲著蘑菇。但是它旁邊的罪食我就認識了，因為在用來嚇人的鬼故事裡聽過。羔羊頭，燉煮於母羊的羊奶中。強姦幼童。

我又開始發抖，從體內某個深處開始。如果我知道我的靈魂在哪裡，我會說就是從那開始的。食罪者也停頓了一下，但是很短暫。然後她在凳子上坐下，開始吃。

我看著她從芥末籽開始，壓碎那微小的外殼。她留下最後幾個，放在掌中遞給我。

我應該逃跑。跑出門，回到監獄裡。乞求只帶著我自己的罪被吊死，加上少數幾樣我今天吃下肚子、牽累靈魂的罪。

但是我只是像根木樁站在那，於是她一把抓起我，把我拉到她膝上，像個小孩準備被打屁股一樣。她把粗大的手指掘進我的嘴角，撐開我的嘴，然後開始餵我。芥末籽卡在喉嚨裡，我開始咳嗽，但是她捏緊我的嘴跟鼻，直到我嚥下。然後是野山楂。然後是一片她用牙齒撕裂了的羔羊頭肉。羊奶沿著我的下巴往下流，就沿著之前嘔吐物流下的軌跡，也就是之後嘔吐物會流下的路徑。她緊緊捏著我的嘴跟鼻。於是，懦弱地，沒錯，真的很懦弱地，我吞嚥了。我吞嚥，不想被她緊捏的手指悶死。我吞嚥。最後，我就跟他一樣。他的罪成為我的罪。

3 麵包

這一次我跟她坐在一起，但是坐在一塊倒過來放的木頭上，因為屋裡只有一張凳子。我們在她家。她把酒壺遞給我，我喝了。再吐出來也無所謂，因為現在這似乎就是常態。我喝下夠多的酒，神智恍恍惚惚，但是不時又清醒過來，頓時領悟到那可悲殘酷的真相。

我們拿走了他的罪，我對火說。我們不應該那麼做！

抽噎的聲音在我的肋間抖動。她把酒壺又遞給我。

他為什麼要承認那條罪？我問壁爐的石頭。他為什麼不乾脆就只選擇簡單的罪食，然後解脫驕傲、忌妒、吝嗇跟說謊的罪？

石頭答，造物主會知道。造物主會罰他去跟夏娃住在陰間。

他家人為什麼要煮那些罪食？我問木頭地板。

木頭答，這是家人的職責。他們把他送離這世界時，就應該跟把他帶來這世界時一樣：毫無瑕疵。

酒壺從她手上掉下來，摔到地板上。我轉向酒壺，然後轉向她。她已經喝得很醉了。或者是我喝得很醉了。她的雙眼像蟾蜍的雙眼在陽光下拍動。突然兩隻眼睛倏地睜開，一隻手瞬間伸到我臉頰上，把我的臉轉開。

是我啊，我傻傻地想。她咆哮一聲，然後大笑起來。她抓住我的頸圈，粗大的手指沿著頸圈摸到前面的S形。她的臉平靜下來。然後開始打嗝，跌下凳子。

她在笑，肥胖的身軀抖個不停。豐滿的胸部在肚子上方上下起伏。沒錯，她是徹底破碎了，徹底到我覺得就連父親也修不好。我摸摸手指上的戒指。做了今天這樣的事，我還能自稱是他的女兒嗎？也許我已經是一個不同的人了。

我在木頭地板上躺下。天花板也是木頭的。我是躺在天花板上，還是躺在地板上？我使勁抬起頭，但是砰地一聲又跌到地上。我的雙腳很溫暖，一定就躺在爐火附近。我繼續問我的問題，對著木板喃喃發問，然後不知不覺就睡著了。

夜裡的某個時刻，爐火熄滅後，我感覺到她貼在我背後。我的眼睛是濕的，胸膛在粗澀的呼吸下作痛。我一定是哭了。她雙臂環著我，把我抱在懷裡。她就這樣抱著我，就像你想安撫一隻動物時一樣，輕柔的噓聲從她唇間吐出。我的呼吸平緩一些，在她的懷裡睡著了。

◆

隔天早上，我們像瘋瘋病人一樣跟跟蹌蹌，不確定雙腳是否能站穩。我的胃又空又緊。她從一個大壺裡直接大口大口喝下一加侖的水。光是看到這一幕就使我的胃又開始翻騰。只有馬跟豬會喝水。她打了個飽嗝，抓起毛披肩。但是她等我，把我的披肩遞給我。有什麼變了。我們現在在一起。我們是**我們**。

屋外的男孩一一喊完各自的訊息，最後只剩下一個小男生。「大磨坊。」他只說，然後就忘了剩下的內容。他往上看，彷彿想在屋頂上找到傳話的內容。食罪者跟我開始走上路，接近轉角時，一個尖細刺耳的聲音終於傳過來：「大磨坊，斯托太太的食罪！」

我們直接去一場聽罪。一棟雜亂的的兩層樓屋前，一個緊張兮兮的婢女來應門。我們走過她面前時，她在雙肩與雙臀間畫十字，彷彿我們身上有傳染病，看得我對她一肚子氣。

我們跟隨一陣響亮多痰的咳嗽聲來到壁爐前，爐火前坐著一個年老的身軀，頭髮塞在棕色的小布帽下。牆邊有座架子，架子上擺著書，多過我在任何一棟屋子裡看到的書。我數了一下，八本。我根本不知道要多少字才能寫滿這幾本書。或是要花幾年才能讀完。

「艾伯斯夫人，食罪者來了。」婢女說，彷彿我們兩人根本沒站在這裡，擠滿了房間。

那年老的身軀把脖子連著雙肩一併轉過來。「我沒請食罪者來，奈莉。」她操著某種異地的口音，而且語氣尖刻，我都為她的婢女奈莉感到害怕，儘管之前我還對她一肚子不滿。

「艾伯斯夫人，妳的身體一天比一天更差了。」婢女奈莉答。

「是妳想看到我進墳墓！」她的女主人憤恨地說，你從來不會想到這麼年老的身軀還能吐出這麼多的憤恨。

「艾伯斯夫人，造物主原諒妳口出惡言，我只是關心妳罷了！」說完婢女又在雙肩與雙臀間畫十字。

「我不要妳虛假的虔誠，奈莉。」

奈莉低聲咕噥了什麼，然後離開了。食罪者站在原地。

「還在這？」年老的身軀說。「讓妳白跑一趟太可惜了。開始吧。」

「無影者現身，無聲者出言。」食罪者說。

「她以為我是女巫。」那女人插嘴道。「我老了，又喜歡讀外語書。」

真是成為女巫的絕佳條件，我心想。再加上架子上那八本書……。

那女人繼續說：「奈莉是個土包子，聽到異地的語言就以為我在唸咒語。看我沒丈夫、沒生子，就認定我一定是把自己許配給夏娃了。」她停下來咳嗽幾聲。「我只忠於自己，不願忍受跟個傻子在一起，這是我唯一做過的交易。我的罪有：驕傲、吝嗇、盛怒、覬覦鄰居的財產、詆毀我的婢女、試圖把不同種的動物交配繁殖、故意讓一隻鵝去咬我的婢女。」我去看食罪者，但是她邊聽邊點頭，彷彿這些罪就跟忘記禱告一樣平常。

每個人從生活當中多多少少都認識了常見的罪要吃的罪食。父母會威脅忤逆的孩子：「不要讓我在你的棺木上看到鯡魚！」鄰居會閒言閒語說誰會要食罪者吃葡萄乾。此外當然還有打油詩，像是：

傑克珍妮去汲水，傑克一頭栽下井。
珍妮為他吃罪食，不想傑克下陰間。

鯡魚、餅乾、醃黃瓜，加上碗裡一匙鹽。

我常常跟莉亞花上好幾個小時找出裡面的罪：傑克不聽父親的話跑去井邊是忤逆（鯡魚），他靠井邊太近是驕傲（鹽巴），他沒學游泳是懶散（醃黃瓜）。我們從來沒搞懂餅乾是什麼，但是葛蕾西．曼諾斯覺得餅乾是一種過時的說法，代表麵包（原罪的罪食）。但是交配繁殖不同種的動物跟讓鵝去咬你的婢女又算什麼罪？這些罪要吃什麼食物，我完全沒概念。

那年老的身軀頓時就列完了罪狀。她嚴厲地凝視我們的雙眼，說：「把結束語說完吧，食罪者，但是明天不要來我的食罪，後天也不要。只要奈莉沒叫搜巫者拿根粗針戳我或是看我會不會燒起來，我就會在這裡，硬朗頑強，坐在我的椅子上。」

奈莉領我們走出門，在身上又畫了一個十字。

◆

我們接著又去了兩場聽罪跟兩場食罪。食罪者每種食物只給我一小口，幸好我也沒吐出來。

回去城北屎糞溪的路上，我們經過城中心的廣場，看到民眾聚集在一起看一齣時事劇。我們站在最前排，我從來沒站過最前排。通常我都在某個高大魁梧的學徒後面跳上跳下，想看到一眼演戲的演員，但是這一回老食罪者一逕往前擠，大家一看到是我們，嘴裡的謾罵都收回去了。

觀眾不算少。我注意到三個外地人。我不知道為什麼我看得出來他們是外地人。可能是他們的服裝或臉上的神情透露出他們並非本地人。其中兩個提著像是長魯特琴的東西，就像樂師一樣。沒能再多想，一個演員就跳著舞來到群眾面前，宣布一位伯爵夫人因密謀推翻貝特妮女王被拘捕了。說完幾個男孩就在他身後演出來。其中一個打扮成伯爵夫人的樣子，白色的鉛粉抹在兩頰上，讓他看起來像皇室貴族。另外一個男孩飾演守衛。

「我的罪名是什麼？」伯爵夫人喊。

「派密探暗殺貝特妮女王，支持她的天主教表妹登上王位。」守衛說。

「噢，我的造物主！」伯爵夫人說。她掏出一串念珠開始禱告。這段戲真大膽，因為念珠是天主教的，貝特妮成為女王後就禁用了。但是也很聰明，我覺得，因為這個動作顯示伯爵夫人是天主教，但是又沒明說。每個人都知道天主教徒希望貝特妮死掉，然後她的天主教表妹就可以登上王位，或者至少貝特妮女王會把她的表妹指定為繼承人，因為她自己沒有小孩。

一個聲音優美的演員開始唱：

黑桃皇后派密探，欲取紅心王中王。
惡毒騎士計惡毒，心機計謀全枉然。
眾人手持棒與磚，逮住敵人砍成醬。
且看小人棺木上，擺著牛排雞腦漿。

歌曲的內容像是在講牌戲，但是我覺得黑桃皇后是指伯爵夫人，紅心王中王則是指貝特妮女王。牛排是叛國的罪食，雞腦漿想必是密探的罪食，不過我不是很確定。一想到我們城裡可能藏著密探，我就不寒而慄。我轉頭去找之前在群眾間看到的那三個外地來的樂師，但是三人已經不見了。

時事劇的結尾是守衛把伯爵夫人推走，猶如推到貝特妮女王王宮的地牢。觀眾拍起手，但是也有人在咕噥。貝特妮女王對敵人毫不留情。她的敵人不會活太久。

「性情暴躁，像男人。」我聽到一個人說。

「違反自然。」另外一個人說。

就在這時，另外一個演員走出來，打扮成貝特妮女王的樣子。皇冠上有玻璃做的寶石，身後跟著四個小男生，下巴還肥嘟嘟的。四人都飾演女王的求婚者。三個是盎格魯的勛爵，各個手持自家的盾徽。一個盾徽是白鹿，一個是藍豬，最後一個是金船。第四個小男生穿成諾曼王子的樣子，是天主教徒，而且是異地人，但是跟女王結婚後就會成為盟國。他從觀眾面前走過去時，觀眾發出不滿的噓聲。

一個男人往地上吐了一口痰。「異教王子會逼我們全變成天主教徒。」

「噁心的諾曼人！」一位太太說。「他們的女人全是蕩婦。」

在群眾變得太吵鬧之前，最後一個小男生出來了。他是個可愛的小不點，恐怕學會走路才沒多久，胖胖的小手裡握著一隻羽毛筆——女王的秘書，大家都說他是女王在宮廷裡的意中人。他是盎格魯人，新教徒，出身名門望族，大家看到他又平靜下來了。這時幾個較年長的演員便走入群眾，手上捧著帽子收集錢幣。沒有新聞，這段只是想讓我們看到那幾個可愛的小不點，好從我們的圍裙掏出錢來。只不過我沒有錢幣可以給。

太陽下山了，我以為今天的工作已經完了，但是食罪者又帶我去最後一場食罪。是那個亂倫嫁給丈夫弟弟的新媽媽。抵達時，我們看到還有另外一份罪食也擺設好了。只是一小塊新鮮的麵包，擺在一個小到不能再小的松木棺材上，給她的寶寶。大家都知道在這種狀況下寶寶會死掉，但是看到那一小塊麵包我依舊喘不過氣。然後我的肚子咕嚕咕嚕叫起來。一股羞恥感溫暖黏稠地漫入心頭。我跟造物主禱告，祈禱在場的人不會聽到我的肚子叫。

我們吃掉寶寶的麵包，麵包代表我們生來就有的罪，夏娃最初的罪過。再吃掉母親的罪食。我慢慢吃。

我不會吐，我告訴棺木。不只是為了母親跟寶寶，也因為我需要食物留在肚子裡。

◆

晚上，我們在爐火前互遞酒壺。爐火變小時，她指向一扇通往菜園的後門，我在門後找到一小堆整齊疊好的柴火。

我抱著柴火在壁爐前跪下來時，一隻又黑又大的蜘蛛竄出來，爬到我手上，嚇得我大叫一聲。我從眼角瞄到一個影子，準備好被食罪者打一掌，不過她的目標是蜘蛛。她用鞋跟在地板上把蜘蛛踩扁。稍後，爐火熄滅後，我感覺到她又抱著我。感覺很好。

你看，這不是最慘的狀況。我對著仍藏在心底的死寂說。我現在有屋頂遮風避雨，有爐火溫暖我。

還有我們。在悲痛、孤寂與累積在我們靈魂之上的罪之外，我提醒自己，我們還有我們。

儘管我沒在哭，她仍輕聲哄我。也許更是在哄她自己。

4 石榴

日復一日，週復一週，初春成了晚春。食罪者一點都不像我母親。她緘默不語、沉著冷靜，隨時準備好一掌打過來，像是如果我睡過頭，或是聽罪結束時沒說對話。但是夜間她抱著我時，總給予我一種歸屬感。她的屋子成為我們兩人的屋子。我們兩人的屋子成為我們兩人的家。我躺在壁爐邊的毯子上。她躺在閣樓，我一直沒敢爬上去。她不是我的親族，我不是她的親族，但是我們相依為命。我們是**我們**。

◆

陽光從窗戶遮板的邊緣滲進來，我聽到水晃蕩的聲音。她在大口喝水。我翻身遠離那聲音，想分清什麼是夢境，什麼是現實。她把頭髮綁起來，準備出門。

我坐起來。我應該梳頭髮，我心想，頓時確定這就是我現在該做的事。但是接著她就拉開門，我匆忙跟上去，淩亂的黑髮在身後上下晃動。

小男生們喊出今天的食罪與聽罪時，我正在把頭髮拍平。我總習慣至少用水潑把臉，算是夜晚與白天的分界。但是在這新世界裡，幾乎根本沒這機會。

我注意到其中一個傳話的人根本不是小男生，而是一位體面的僕人，衣服上印著女王的徽章：獵鷹與玫瑰。

我母親認識所有的皇家徽章，儘管老國王有六個皇后。她會在家裡壁爐的碳渣裡一遍又一遍地畫出每個皇后的徽章，直到我也銘記在心。戴著皇冠的天鵝是第一個皇后的徽章，她也是瑪麗絲女王的母親。帶著皇冠的獵鷹是第二個皇后的徽章，她就是貝特妮女王的母親，最後被控叛國、通姦、亂倫與使用巫術而處死。鳳凰是第三個皇后的徽章，她難產而死了。這是我母親最喜愛的一個徽章，因為她說鳳凰會浴火重生。之後第四個皇后的是一個很樸素的金色徽章，第五個皇后的是一個很樸素的皇冠，最後，一個少女從一朵玫瑰中站起是最後一個皇后的徽章，也就是卡崔娜皇后。她活得比老國王還要久，是貝特妮女王的繼母，貝特妮女王就在她家裡長大成人。

食罪者開始上路，我立刻從白日夢中醒來。小男生報完了各自的訊息，我一個都沒聽進去。女王的使者隔著一段距離陪同我們，所以我們一定是要去王宮了。我從來沒進過王宮，只從遠方見過它。食罪者每走一步，我就得跨兩步。兩眼盯著她的裙子跟著呼呼晃動的臀部左右搖擺，免得在清晨忙碌的街道上跟丟她。接近王宮大門前排隊的隊伍時，推車跟馬車全慢下來了。我可以在前頭看到速度慢下來的原因：一個年輕的農夫正趕著牛群過馬路。

「快讓開！別擋路！」一個推著推車的男人喊。

「我跟你一樣有權利過馬路。」農夫喊回來，一邊努力把牛群往前趕。他聽起來有些缺乏把握，說不定是第一次進城。

「屠宰間在屎糞溪，在你身後。」推車的男人告訴他，而且很不和善。「跟著臭味走就是了，如果你除了自己的臭味還可以聞到的話。」

「我們要去找公牛，不是要去屠宰間。」農夫說，一邊對他的牛群點個頭。

「噢，全是小母牛啊？小妞要去見公牛啦？」推車的男人說，猥褻地點個頭，彷彿那群母牛全是青春年少的女孩。

食罪者根本懶得聽他們繼續講完。她徑直從農夫跟牛群身邊擠過去，沿著排隊的隊伍一直往前走，最後在所有等著進王宮的人前面插進去。她踏到隊伍最前端時，一個賣鹽的男人正準備走向守衛。他嚇下心中的驚愕，讓到一邊。就連王宮的守衛也在我們走進去時轉過身子。我從來沒覺得自己這麼重要過。

使者領我們穿越一座庭院，來到宮殿。光是這宮殿就比城中心的大教堂還要大。我們來到一扇沉重的木門前，門上方有石雕，刻成卷軸的樣子。我想伸手去摸，因為那曲線就猶如水一般，但是食罪者沒停下來，而且反正也太高了，我摸不到。

裡頭是一條走廊，兩側都是門。我試著想像每扇門後是什麼——廚房、洗碗間、儲食間、儲酒室、儲物室、僕人房……。使者領我們走上一段樓梯。我在心裡祈禱，祈求造物主保佑我安全爬上去。上面一層甚至還有更多扇門——布料間、配藥室、銀器間……接著我想不到還有什麼可能了。我們又走上一段樓梯。我從來沒站在這麼高的地方過。我們現在站的位置，一定就跟椋鳥飛的高度一樣高。我的頭輕飄飄的，但是我仍舊希望有扇窗戶讓我往外望。

從椋鳥的高度往下看，我們的城看起來是什麼樣子？我問可怕的階梯。可以看到我老家嗎？我的願望很快就實現了。我們經過石牆上的一小扇窗。我看到王宮東側的景象：牧場跟農田。但是屋子看起來好小！還有吃草的羊，小到跟螞蟻一樣！食罪者立即扯住我的衣領把我往前拉，我彷彿聽到縫線斷掉的聲音。

一個火腿般的胖女人在一個門口前等著我們。她應該是個女人，不過化的妝濃到也可以是一幅畫。她臉上塗著厚厚的鉛白，眉毛畫成細細的彎月。兩邊的臉頰各畫上一團紅色的橢圓形，嘴唇畫成一個小蝴蝶結的樣子。胸前跟臉上一樣白，但是還畫上了藍色的靜脈。只有因焦慮而噘起顫抖的嘴巴顯示出她是個活人，而非油畫。我看得出來她非常非常富有，因為那龐大的裙子上繡滿了寶石。然後我注意到她的馬甲，跟裙子一樣是橘黃色的，褶邊縫著銀絲布。唯一有權利穿銀絲布的人是女王寢室的女官。這都有規定的。

我們走進門時，白臉豬得側步讓開，因為她跟食罪者兩人都太胖了。我看得出來她很訝異會一次見到兩個食罪者，但是我頸子上戴著S，所以沒什麼好質疑的。白臉豬離開我們，走進一扇兩側站著守衛的內門，稟告我們的到來。

我們身在一間類似接見室或「坐息室」的房間。至少這就是房間裡的宮女在做的事。她們一定都是女官或貼身女官。我知道宮廷的使女有很多階層，但不清楚所有的名稱。最底層有清潔婦跟洗衣婦，最上層有女王寢室的女官，然後中間還有各式各樣的婢女和宮女。葛蕾西・曼諾斯的姊姊在宮廷裡當清潔婦，她說貝特妮女王甚至把幾個舊教徒家族的女兒像人質一般留作女官。這樣一來，如果哪個家族想叛亂，就有人質可砍頭。這些女孩除外，伺候女王其實似乎是很大的優勢。宮廷有缺額要應徵女官時，王宮前就像市集一樣，王公貴族全都跑過來，想把女兒、姊妹或妻子擠進女官的圈子。

我們還在等待。我腳下地板上的燈心草早已踏破，地板的石頭在鞋底下硬梆梆的。我試著把重心左右挪移，一隻腳底板痛完換另外一隻，不知何時，我發現自己正羨慕地望著附近兩個年紀與我相仿的女孩屁股下的坐墊。兩個女孩一個長相漂亮，一個長相平凡。就連坐在坐墊上，兩人都像是背部撐著一條竿子。一想到那畫面我就想偷笑。

漂亮的那女孩一身穿著幾乎就跟白臉豬一樣華貴，不過胸前的領口更大，露出一點酥胸。她是真的很漂亮，一頭金色的秀髮就跟歌曲裡描述的美女一樣。我注意到她的袖口是很時髦的樣式，在手腕的部分收束起來，而非寬鬆開放。

「妳有沒有多的蠟燭可以給我？」長相漂亮的宮女問長相平凡的宮女。平凡宮女的臉是那種容易被人遺忘的臉，就好像根本沒什麼可以注意的特點。一張像一碗米糊的臉。她的衣著是深色的、簡單的毛料，袖口就跟我的一樣寬鬆。從她兩手下垂的姿勢看來，她應該是不想讓人注意到她的袖口。

「妳自己沒有嗎？」米糊臉反問。「我兩天前才看到妳房間裡有插滿燭台的蠟燭。」

秀髮女尷尬地撫平領口。

「怎麼了？」米糊臉沒好氣地問。「全用光了？」

秀髮女不回話。

「那麼妳要不就是迷上書了，要不就是有情人了。」

秀髮女想隱瞞，但是她的雙眼透露出米糊臉猜對了。

我又開始把重心從一隻腳挪到另一隻腳上。秀髮女抬起頭看我，然後倉促地望向牆壁上一幅壁毯。壁毯上是一個裸女坐在滿月下的樹林裡，跟戴孚瑞家的舅舅們花錢請印刷工印製、然後在市場上販賣的裸女圖不一樣。壁毯上，樹枝遮住了所有難為情的部分，而且裸女的一隻手搭在一根樹幹上，樹上的花裡還飛出一個有翅膀的小仙子；另一隻手覆在肚皮上，像是有胃痙攣一樣。如果你的肚子而因為有太多膽汁或蟲子而絞痛時，我母親就會說這叫胃痙攣。壁毯上的一些細節也不符合真實女人的形象，比如說裸女的肚皮完全平坦光滑，而且腳趾全都一樣長。裸女的腳邊有幾隻凶猛的動物，在真實生活中你根本不想靠近這些動物：一隻黃色的獅子、一頭雄偉的公鹿，還有一隻藍色的野豬，全像狗一樣依偎在她腳邊。

「《林中黛安娜》變得這麼吸引人啦？」米糊臉問秀髮女。

「我聽說柯麗斯夫人花了一千英鎊請人織的。」

「一千英鎊。」米糊臉重複這幾個字，雙眼變得黯淡。「跟女王送給她幾個意中人的禮物比起來，根本不算什麼。」

我去看壁毯上那裸女的臉，突然湧起一股疑惑。她看起來就跟女王一樣。一樣的頭髮與眼睛。不可能吧，一幅女王赤身裸體的壁毯。

我快速查看壁毯的其他部分。四周全是藤蔓與樹葉的飾邊，但是一處的藤蔓不太規則。也許是字母。其中兩個看起來像小寫的n，我認識這個字母，因為我的名字裡有。中間那個字母我從來沒見過，但是話說回來，大概有上百個字母我都不認識。這個字母看起來像個削瘦的小男生彎身觀察手中的石頭。或是一棵小樹在蘋果的重量下往下倒。在大字母下還有小字母。一個看起來像絞刑架，另外一個看起來像世界上最小的蟲子。說不定這些字母解釋了為什麼這幅壁毯這麼昂貴。我去看秀髮女，她還在盯著壁毯。

「我聽說女王的意中人以前結過婚。」秀髮女低聲說，我幾乎都聽不到了。「但是他一進入女王的宮廷後，他老婆就從樓梯上重重摔下來，頭像雞蛋一樣摔裂了。」

米糊臉在雙肩與雙臀間畫十字。「但願造物主保佑我們免遭如此的不幸。」

「不幸？是嗎？」秀髮女的舌頭彈向上唇，像是意有所指。

兩個宮女談話談得太入神了，都沒注意到白臉豬又回來了，正走向她們。

「難不成妳的意思是，她是被人推下樓梯的？」米糊臉像隻騾子一樣把一隻皮拖鞋重重踩在地上。「女王會說妳誹謗，割下妳的舌頭。」

「不用跟我說教。」秀髮女說。「妳母親死了，妳父親因為叛國被處死了，他的金翅徽章早從徽旗室的牆上取下來了。要不是女王大發慈悲，妳早就在街頭流浪了。」

突然間，只聽到一個響亮的巴掌聲。白臉豬站在秀髮女上方，不動聲色，你根本不會想到剛那巴掌是她摑的。

秀髮女看起來就像是想把大拇指戳進白臉豬的眼睛。

「不用跟我擺臭臉。」白臉豬低聲警告。「外頭有夠多人搶著想當宮女。」

秀髮女的眼神尖刻起來。「家譜裡沒一個舊教徒的人？」她毫無顧忌地頂回去。

白臉豬的臉動也不動，像是化成了木頭一樣。一陣漫長的沉默後，她終於把龐大的身軀轉向我跟食罪者，指向守衛看守著的內門。整段時間，她的雙眼一直盯著秀髮女。

◆

一具如粗糙扭曲柳樹的年老軀殼彎身向躺在躺椅上的女士，正嗅聞一碗尿。他雙眼突出，滿臉皺紋。後腦杓扁平的頭上戴著一頂醫生的白帽子。

白臉豬跟著我們進來了。「這是聽罪的理想場所嗎？」她問，「女王的私室？」

柳樹醫生答道：「女王特別要求在這裡醫治柯麗斯，因為她想待在附近。」他對另一扇內門點個頭，女王一定就在裡面了。這王宮簡直就像小仙子們住的土丘一樣，一扇門後又有一扇門，沒完沒了。

「痢疾會傳染。」白臉豬說，彷彿醫生不知道這一點。「這真的是最恰當的地點嗎？」

「痢疾只會在夜間由薄霧傳播。」老柳樹說。他爪子般的手撐到躺椅上，把自己扶起來。我瞄到他小手指的指甲上套著一個銀色的東西。戳巫針，像個頂針，連著一根又粗又長的針，用來測試女巫的。真正的女巫被戳了不會痛。

老柳樹把那碗尿交給白臉豬。她接過來，不太知道拿了要怎麼辦。

「柯麗斯夫人。」老柳樹溫柔地敦促躺椅上的女士。

柯麗斯把頭轉過來，看到食罪者跟我，立刻把雙眼轉開，然後輕輕笑起來。「我猜我是無藥可醫了。」

「要我們離開嗎，柯麗斯？」老柳樹問。

「走之前讓我喝口水吧，我的喉嚨好痛。」柯麗斯說。

老柳樹裝了一杯水，往她嘴裡倒了幾滴，然後就跟白臉豬走到外面的坐息室了。

柯麗斯看著食罪者的眼睛，說：「我準備好了。」

食罪者想找張凳子坐，但是房裡只有一張長木凳靠在牆邊。她對我點個頭，我猜意思是要我去把長木凳搬過來。長凳很重，於是我用拖的，刮在地上發出好刺耳的聲響，把地板上一半的燈心草墊子都一起拖過來了。食罪者瞪了我一眼，不過柯麗斯似乎沒注意到。然後食罪者說出聽罪開始的句子。

「造物主寬恕我。」柯麗斯開始說，「我有很多罪。虛榮，不夠寬厚。」她停頓下來，從她游移的雙眼看來，她似乎很痛，非常地痛。「撒謊，忌妒。」說完她突然彎向一側嘔吐。食罪者及時抓起一只碗伸過去接住了。我拿起一塊布擦拭柯麗斯的嘴唇。

「謝謝妳。」柯麗斯對我說，而且似乎是真心的。

食罪者列出要吃的罪食，然後等著。

柯麗斯艱澀地吸了一口氣，然後嚥口口水，說：「我應該全盤托出，隱瞞實情沒有好處。我，噢，我利用女王對我的恩寵獲取利益。從已經沒多少錢財可以省下的人們手中拿了錢，然後承諾會為他們向女王進言。」柯麗斯呼吸起來像是空氣很沉重。「女王一向自有主見，我根本沒有任何影響。」她又吸了一口氣，輕柔地說：「但是我對來求我的那些人不是這樣說的。」

「烤孔雀。」食罪者說。

柯麗斯看起來像是又要吐了，於是我端起碗，但是她只是嗆咳了一下，吐出一陣噁心的甜味。嘴唇轉成了藍紫色，我突然覺得不對勁。我試著想通為什麼，但是那想法一下就飛走了，根本來不及抓住。柯麗斯嘆了一口氣，往後躺。「我跟一個男人通姦過。他是匹狼，一匹有很多女人的狼，我心裡一清二楚。而且他已婚。」她閉上雙眼。「但是我們分享……一份共同的野心。」

「葡萄乾。」食罪者說。

柯麗斯的雙眼從食罪者身上移到我臉上。「我使用占星術跟占卜術。」

「石榴。」食罪者說。

我倒吸一口氣。石榴是使用巫術的罪食。

柯麗斯似乎也大吃一驚。「但是占星術是白魔法。」

「試圖預知造物主的計畫是施魔法，施魔法的罪食是石榴。」食罪者只如此回道。

柯麗斯沉默下來。又開口說話時，她的聲音好尖，像個小女孩。「我還有一條罪。」她謹慎地遣詞措意。「我犯了這條罪，是為了保護一個我深愛的人。我發誓不再提起。但是如果我要死了，女王應該知道真相。我把她教得很好，但是她恐怕無法破解那祕密。」她開始發顫，但是這一回我看得出來不是因為疼痛，而是因為激動。「我是女王的家庭教師，她還小的時候我就跟她住在一起了，她那時不過是個被遺棄的孩子，住在繼母卡崔娜的家裡，遠在她時運轉換、成為女王之前。」柯麗斯加快說話的速度。「造物主拯救我，我只是想保護她。但是如果別人發現我們做了什麼，女王的王位就不保了。」

柯麗斯又開始發顫，但是這一回似乎停不下來。不但停不下來，還開始加劇。發顫進一步變成抖動，然後她就像是癲癇一樣，全身抖個不停，白沫從藍紫色的嘴唇間冒出。食罪者轉向我，朝老柳樹跟白臉豬出去的坐息室點個頭。

我一開門，坐息室裡每雙眼睛立刻射向我，然後又像個陶壺掉到地上摔成碎片般，飛向四面八方。

白臉豬轉動手上的戒指，對著房間喊：「怎麼了？」

老柳樹看清了我的來意，立刻快步走進門。

他直接從柯麗斯身邊走過去，走到內門前敲門。門後傳來一陣低語。我覺得就像是有冰水流下我的背脊。然後內門打開了，女王走進來。

我既想低頭，又想抬頭看。她只有一個人，但是感覺就像是有五個人走進來了。才三十歲，但是散發出猶如老貴婦一般的非凡氣度。她是如此莊嚴華麗。我就算工作一輩子，掙來的錢依舊付不起她裙子上的一小塊布片。她的裙子是異地的絲料，繡著金色與紅色的小鳥。馬甲是繡金的黑色天鵝絨，突顯出她黑色的頭髮。一頭捲髮都往上梳了，使她看起來比原來的個子還要高，只在前面分到兩側，顯示出金色的皇冠。

「陛下。」老柳樹與白臉豬深深一鞠躬。

女王走過來，正想坐下，馬上又開始往後退。「這痢疾會傳染嗎？」

白臉豬猶豫了一下下，然後說：「不會，陛下。您的御醫自己這麼說的。」

「沒有危險，陛下。」老柳樹說。

女王在全身發抖的柯麗斯身邊坐下。「親愛的？」

柯麗斯的雙眼轉向旁邊。

女王輕聲說：「我不准，我不准妳離開我。」然後，女王突然發出一聲慘痛的尖叫，把我們都嚇了一跳。「如果妳走了，誰來睡在我的床腳邊？誰來跟我一起用餐？誰來照顧我？」說完女王就抓起擺在躺椅邊的杯子，一把扔向房間裡。杯子飛到白臉豬的裙子上，只見一塊水漬在橘色的布料上蔓延開來。

老柳樹把身子彎得像狗一樣低。「陛下，請息怒。」

「我想怎麼樣就怎麼樣！」女王怒斥。

老柳樹跟白臉豬交換了一個極細微的眼神，但我還是看到了。女王在私底下想必一向性情暴躁，就跟她父親一樣，畢竟老國王把一個接一個的皇后娶來了又殺掉。

「柯麗斯無藥可醫了。」老柳樹對女王說。「深愛她的您應該見證她前去找造物主的過程，能做的僅有如此了。」

女王靜止片刻，然後深吸一口氣。吸進的空氣直接進入她的背脊，挺直她的身子，突然間她又是明智理性的女王了。「她的罪聽完了嗎？」

之前就像張凳子或壁毯的食罪者突然動起來。「我用這句話結束聽罪：隨著罪食下肚，汝身之罪將成吾身之罪。緘默一生，背負入土。」

「我會把罪食的單子帶去廚房。」老柳樹說。

◆

老柳樹站在一個角落裡，面對著我們，大聲地呼吸，嘴裡散發出一陣陣黴味般的口臭。他聽食罪者列出罪食，寫在一張羊皮紙上。聽到代表使用巫術的石榴時，眉頭皺了一下，但是馬上又面無表情。呼出最後一口口臭，老柳樹寫完了。

回到走廊上，我們轉過一個個的通道，走下一段段樓梯。離女王的房間越遠，空氣就越冷。我把披肩緊緊裹上。食罪者在每次轉彎前都停下來，像是在回想出去的路。我從來沒進過大到可以迷路的房子，看著掛在牆上的壁毯，心想它們可以像森林中的樹一樣，協助你找到來時的路。

這張壁毯上有好幾隻獨角獸，再走幾步有一張壁毯，上面是一位貴婦抱著一隻山羊在膝上。我覺得那山羊本來是要織成鹿的樣子，鹿會更合適。

等我把注意力從山羊鹿轉開時，食罪者已消失在下一個轉角了。我匆忙趕上去，但是跑到轉角時，她已經不見了，完全不知道她是往左轉還是往右轉。

身後傳來腳步聲，我立刻靠到旁邊，接著一個年紀與我相仿的男子走過去。個子不高，但是寬闊結實，袖子上有裝飾性的開叉，顯示出酒紅色的絲料。深色的頭髮與深色的眼睛，是我見過最英俊的男子。

他走進食罪者消失的那轉角。一轉進去，一個微小閃亮的東西就從他的手上掉下來，落到地板上的燈心草上，安靜輕巧猶如陰影。是只戒指，跟我手上戴的戒指一樣是金色的，但是更粗。我撿起來，追上去想還給他。

他聽到我的腳步聲，轉過頭來看。我低下頭，舉起戒指。

「這是什麼？」他厲聲說，但卻無意拿走戒指。說不定他看到我的S頸圈了。說不定他不敢去碰戒指，因為戒指被我玷汙了。我之前想都沒想，就把戒指撿起來了。但是等我抬頭看時，他一臉真誠坦率。

「我必須向妳承認，」他說，「沒多久之前，我還不相信這王宮裡會有人誠實到把撿到的金戒指還回去。」

我永遠不會偷東西，我心想。然後又想起偷來的麵包。但是那是因為我非得偷不可，我提醒

自己，不是因為我不老實。我的反覆思索一定是顯現在臉上了，因為他開口繼續說。

「我無意冒犯，我只是……我並非來自此地，而從來到這裡後，我遇到的人，二十人當中只有不到兩個人不會為了自己的利益把母親的靈魂賣給夏娃。這戒指是紀念我家鄉一個朋友的。」

我的手伸向自己的戒指。

「妳也有一只戒指。」他有些嚴肅地說，「所以妳了解。」他等著，像是在等我回話。如果是一週以前，我會跟他說，我的確了解。我會跟他說我父親的事，但是他為什麼要跟我講話？他一定看到我是食罪者了啊。

我去摸頸圈，感覺到頸圈被裹在披肩下了。這就是為什麼他還在看著我。等到他發現我是食罪者了，他一定會恨我。他一定會以為我故意把頸圈藏起來了。我低下頭。

「怎麼了？」他追問。「就連個婢女也不願跟個北方勛爵說話，是嗎？這整間宮庭的人都這麼傲慢自大，沒人願意放下身段跟個鄉下人養大的鄉間鼠作伴。我根本沒人可以說話。」

有一首打油詩就講到一隻鄉間鼠跟一隻城市鼠，但是我滿腦子能想到的就是，如果他發現我是什麼人，他會怎麼反應。

他又說話了：「我很歡迎幾句和善的話。除了我父親，全世界都知道我跟女王的求婚是白費力氣，而且每個人都無意婉轉地告訴我。」他拉拉脖子上的褶領。「你們南方人戴的這種褶領既不舒服、又沒用處，而且要用掉好多澱粉漿。」

我忍不住笑出來。

「現在妳笑了。」他說，彷彿我在嘲笑他，但是接著他也笑起來。「我跟妳講了我的事，也探出了一點妳的事。妳對洗衣服很了解。這樣看來，我們可以算是老朋友了。也許在女王拒絕我的求婚、我可以回家前，妳可以協助我打發時間。妳說呢？老朋友。」

我心裡產生一個想法，說不定他不會在意。說不定我可以給他看我的S，他還是會想認識我。

我把手伸向頸圈，但走廊上傳來一陣腳步聲，他不禁把頭轉過去。一個年輕男子走過來，穿著鮮紅色的長統襪，使他看起來像隻大公雞。「跟個婢女蹉跎時光？恐怕不利於你跟女王的求婚。你父親會——」他突然停頓下來，因為我的頸圈從披肩下露出來了——「這是個食罪者！」

我望向鄉間鼠。他臉上頓時血色全失。大公雞扯扯他的袖子，於是他垂下眼簾，跟著大公雞走向走廊，離開了。我在腦中聽到那首打油詩：

> 鄉間鼠對表哥城市鼠說：「再見，
> 城市生活也許適合你，
> 但是我寧可安安心心地吃豆子跟培根，
> 也不願膽戰心驚地吃糕點。」

我最後終於在庭院裡追上食罪者時，食罪者很不滿意。穿越城裡回去的路上，我一直想著鄉間鼠。想著他臉頰上需要刮了的點點鬍渣。想著他注意到我對洗衣服很了解時，聲音開朗起來。你想想看，一個王公貴人居然在乎一個懂得洗衣的女孩。

我們在一個商人家又停了一次。廚房裡擺著一個小箱子，上面放著一條小麵包。只有廚師跟管家在場，低著頭站在旁邊。這麼脆弱，這些寶寶。每天有這麼多寶寶死掉，為什麼還會有這麼多成年人？

◆

食罪完後，回家的路上食罪者步履沉重，就跟做了一天工的人一樣。經過城中心廣場上的時事劇時，她放慢腳步，但是沒有停下來，所以我只看到一些片段。女王窗外的城牆下，有人找到一個娃娃，時事演員說。不是用來擺弄愛情的白魔法，而是用來詛咒他人的黑魔法。娃娃是用黃色的蜂蠟製的，而且做成一位貴婦的樣子。更可怕的是，做這娃娃的人還把又粗又硬的豬毛戳進娃娃的肚子跟下體。

我光是去想就覺得自己的陰道縮了一下。真惡毒，不只是詛咒那女人，還詛咒她可以生寶寶的部位。當然啦，時事演員一點都不羞於把它演出來。對他們來說，劇情越嚇人，節目就越精彩。一個臉頰上有暗瘡的女巫握著一個一身藍衣的娃娃，然後嘴裡唸唸有詞，把針戳進娃娃的肚子。一個就跟娃娃一樣一身藍衣的演員立刻抱著肚子，因為每個人都知道你對娃娃做什麼事，娃娃所模仿的人就會感覺到。把豬毛戳進衣著像某位女士的娃娃，那女士就會感覺到刺痛。飾演女士的演員不停地哀號。

走離廣場了，我還能聽到哀號聲。時事劇裡那女士就跟柯麗斯一樣，死時痛得抱著肚子，我心想，頸背上不禁一涼。

時事劇的聲響很快就被城北的喧囂淹沒了。我的雙腳像螞蟻，一隻踏在另一隻前面，一步一步走回家。我把柯麗斯跟娃娃甩出腦海，回想跟鄉間鼠在一起的那片刻，一直到大公雞的腳步聲出現前。就在那一刻前止住。

5　鹿心

我小時候瑪麗絲還是女王，教堂裡有華麗的石造聖壇，而且到處都是造物主之子、天使跟聖人的圖畫與雕像。但是新教反對這類裝飾，所以貝特妮成為女王後，聖壇都換成了木桌，上面什麼都沒有，只放著用簡單英語寫成的造物主之書，而不是用古老的語言寫成的造物主之書。之所以用英語，是為了讓我們這些普通人可以自己閱讀造物主說的話。但是我根本不識字，所以對我來說根本沒差別。

城裡教堂唯一剩下的裝飾是聖保羅跟聖加百列的石雕，就刻在大門與彩繪玻璃窗兩側的牆上。做禮拜時，我會選個陽光從彩繪玻璃窗灑下的長木凳坐，這樣我舉起手，就可以看到皮膚變成藍色、綠色、金色。如此神奇，幾乎就跟造物主的奇蹟一樣。

◆

柯麗斯的食罪在王宮內女王的私人教堂裡舉行。很多人都來了，一顆顆的頭撐在褶領上，猶如一盤盤的烤肉。群眾間我看到鄉間鼠，坐在長木凳上，一臉渾身不自在的樣子。他的目光飄向我這裡，而且我確定他看到我了。我忍不住對他露出微笑，但這時他後排的人對著棺木指指點點、竊竊私語，把他的目光拉走了。我望向群眾，只見不少人也對著棺木指指點點、竊竊私語。一定是代表使用巫術的石榴。想必是項可怕的罪。

突然間大家全站起來，張張的長木凳發出嘎吱聲與摩擦聲。然後女王走進來了。扭曲的老柳樹御醫跟在她身後，她身邊則跟著一隻狗。不是真的狗，是一個像狗的人。鬍子修剪得很細膩，脖子上戴著一條粗粗的金項鍊，手指上沾滿了黑色的墨水。項鍊跟墨水，因為他是女王的秘書。他就是大家口中女王的意中人。

女王在前排坐下來後，就輪到我們出場了。食罪者跟我沿著走道步向前面的棺木。走道兩旁的長木凳被磨得如此光滑，看起來就像水一樣。我邊走邊把手滑過去，把手上一個接一個的蘼蕪在涼爽平滑的表面上。我太專心了，都沒看到食罪者在棺木前一步的地方停下來，結果一頭撞上她的臀部。我偷瞄一眼，想知道她為什麼停下來了。

那顆鹿心浸在松露與油裡。一定是頭很大的鹿。它擺在正中央，就在烤孔雀與石榴之間。我在腦中回想列出的罪食，但是柯麗斯從來沒講到鹿心。而且鹿心代表的罪不可能那麼容易忘記，這就是為什麼群眾在竊竊私語、指指點點。

食罪者動也不動。不是像隻倔強不走的驢子，踹著腳跟、斜眼看你那樣，而是像教堂裡的長木凳那樣木然不動，涼爽平滑。

坐著的群眾就不一樣了。一開始沒有人注意到食罪者停下來了，因為偶爾停頓片刻、中斷一下是很平常的。但是過了一陣子後，大家注意到了。然後再過一陣子，大家騷動起來。這時，食罪者身上該有的動作似乎全都轉移到群眾身上了。她靜止不動的時間越久，群眾就越需要左右挪移、四處張望、竊竊私語。

女王就坐在離我們不到四步之處。「食罪者停下來了。這是凶兆嗎？」她問老柳樹。

老柳樹的回覆稍嫌太大聲，不過看起來是因為他不自知，而不是因為他想大聲。「我沒看到這樣的徵兆。也許是她驚懼於罪的重大。」

女王對她的黑手指秘書使了個眼色。他走向教堂前方，老柳樹見狀匆忙跟上去，就怕被遺落。兩人交談了一會兒，像是在爭論什麼。秘書邊說邊揮動雙手，黑色的指尖看起來像燒焦的火種。我忍住喉嚨裡一陣竊笑。

接著黑手指宣布：「食罪者將依照食罪者的職責繼續進行柯麗斯・艾許頓的食罪，此職責乃由造物主及造物主在人間的代表貝特妮女王陛下所授予。」

食罪者動也不動。

我知道是那顆鹿心。她發誓會吃掉柯麗斯列出的罪。這顆鹿心是個謊言，她不會打破自己的誓言。我覺得自己像隻松鼠瞥見老鷹的影子，恐懼於接下來會發生的事。

黑手指又等了一下，然後說：「如果食罪者拒絕食罪，就是違背造物主直接的指令，造物主之書上寫得一清二楚。」每個身軀都摒住氣息。彷彿是回答我心中的疑問，他繼續說：「違背造物主跟造物主的代表貝特妮女王的直接指令——」他停頓一下——「就是叛國。」

叛國是死罪。而且在貝特妮女王執政下，不是用繩套跟絞刑架把你吊死，而是切腹或火燒或更殘忍的方式。我等食罪者動手，但是她還是一動也不動，於是我做了一件愚蠢透頂的事。我伸出一隻手，放在她手上。我以為她的手會跟長凳的木頭一樣涼爽堅硬，但是她的手散發出熱氣。我自己也不知道我這樣做是什麼意思。只知道我們該有點舉動，而不是靜止不動地被處以叛國死罪。

「守衛！」黑手指的聲音在教堂裡迴盪。

我等著守衛過來把我拉走，就像把我捉進監獄的保安官一樣。守衛的確過來了，但是停在一步之遠。他們不想碰食罪者。老柳樹也走到走道上來了。他緊緊靠向黑手指，兩人近到都可以親嘴了。我又忍住一陣竊笑。

兩人距離我很近，我可以聽到他們的對話。「要我接手你的工作嗎？」老柳樹說，「女王已經夠惱怒了。」

「我是女王最鍾愛的寵臣。」黑手指咬牙切齒地說，「我現在是伯爵，而且可能很快就不只是伯爵，到時候你就是第一個要滾蛋的人，你這個江湖郎中。」

「你是隻披著獅皮的狗，你的幼崽永遠不會登上王位。」

黑手指扯扯耳垂，然後轉向守衛，說：「你們是不是男人啊？」

一個守衛舉起手上的劍，接著另外一個守衛也舉起手上的劍，但是他們只是用刀背把老食罪者推出教堂。

黑手指留在原地。「食罪者將執行造物主所授予的職責。」他只有可能是指我。「她將完成這場食罪，以及未來所有的聽罪與食罪，否則也會被控以叛教與叛國的罪名。」走道上又來了兩個守衛，手已經握在劍柄上。其中一把劍的刀刃上有一小塊棕色的污點。

當年肅清官夜裡來到我們家時，貝特妮剛被加冕為女王。我當時七歲。她把身為天主教徒定為叛國罪，但是父親還沒把家裡的聖壇毀掉。肅清官怎麼會知道這一點，我就不曉得了。一定是有人告密。

母親催促父親把聖壇燒掉。「時代變了，不要硬逞英雄。」

父親當時搖搖頭，說：「我們的作為顯示我們的為人。我不能就這樣改變自己的信仰。」

但是父親出門工作後，母親派我去把她的兄弟找來。我在城中心廣場的路邊找到他們，在那閒晃騷擾過往的行人。他們像趕蒼蠅一樣揮手把我趕走。我照母親說的告訴他們，父親「沒把屋裡打掃乾淨，但是馬上有客人要來了」。一聽到這句話，他們的耳朵就像狗聽到松鼠的叫聲一樣豎起來。他們跟著我回家。母親要我待在廚房，我的舅舅則在花園裡用槌子把聖壇敲爛。

日落時分父親回家後，母親把晚餐端給他，但是什麼話都沒說。他才吃完晚餐，就有人來敲門。臉都用頭套遮住了，但是我聽到鐵匠的聲音，看到葛蕾西．曼諾斯她父親又黑又毛的手。我在腦海中仍舊可以聽到父親當時故作輕鬆地說：「進來吧，要喝點啤酒嗎？」

鐵匠站在我上方，聞起來像醋跟恐懼。「我們每間屋子都要查。」他說。

戴頭罩的人從父親面前走過去，走進屋裡，父親一語不發。我不記得母親當時在哪裡，但是我記得她在哭。

一群人要離開時，鐵匠說：「算你動作快。」那就像一場風暴掃過去，但是一滴雨也沒下，儘管雲層又黑又低。

「在哪裡？」他們走後，父親問母親。「我們的聖壇在哪裡？」

母親只說：「塵歸塵。」

「妳做了什麼？」父親低聲問。他其實不是很生氣，但是聲音裡沒了慣有的溫柔。

然後母親看著他的眼睛，說：「你說它顯示出你的為人。但是如果你死了，就什麼都不是。」

女王的秘書黑手指等得不耐煩了。守衛也感覺到了，於是把刀背舉到我的肩膀上。最後的結果就是：那金屬刺穿我的連身裙，我想像刀刃上的棕色污點戳進我的肚子，把我的五臟六腑灑到行刑的木塊上。刀刃來回鋸著我的髖部，鋸到骨頭斷開了，把我的雙腿拖去餵狗吃。我的頭插在一根尖棍上，展示在王宮大門口前，任烏鴉吃掉我的眼睛跟嘴唇。

*如果我死了，就沒辦法幫食罪者。*牙齒咬進鹿心時，我對鹿心說。

*我是好女孩，*我對棺木輕聲說。

我只抬頭看了一次，去看鄉間鼠。他的臉垂下來了，但是臉上的表情是純然的反感。是因為我嗎？因為我在吃一個謊言？我聽到一聲哽咽的嘆息，想都不想我就望向聲音的來源。是女王。我不知道這聲嘆息是什麼意思，只覺得它似乎既出於悲痛，也出於寬慰。還有棺木上擺著一顆心，代表的罪是殺人。

6 糕狀麵包

獨自走回家的路上，我還能在嘴裡嚐到鹿心的味道。

怎麼會發生這種事？鹿心根本沒有被提到，為什麼會擺在棺木上？過了好一會兒，答案才從路面上冒出來。

為了把殺人的罪怪到柯麗斯頭上。

有人把鹿心擺到棺木上，想讓大家以為柯麗斯殺了人。但是柯麗斯沒殺人。而我是這起謊言的同謀。

我的腳步重重踩在路上，但是我不想聽到的話依舊從路面飄上來。食罪者被關在貝特妮女王的地牢裡。妳得以逃脫，是因為妳跟著一起撒謊。

但是如果拒吃意味著酷刑跟死亡，她為什麼不把鹿心吃掉呢？我問。貝特妮女王要我吃鹿心的指令是造物主的指令，黑手指是這麼說的。所以服從指令、吃掉鹿心是造物主的意旨。當我成為食罪者時，教士說我死後逃離夏娃唯一的方式，就是服從造物主的意旨。老食罪者一定也知道這一點。

但是聽罪時沒提到鹿心，路面說。這完全是謊言。謊言怎麼可能是造物主的意旨？

那造物主的意旨是要我們拒吃嗎？這就是為什麼老食罪者拒絕吃鹿心？她以殘酷的死亡換來

永恆的安息了嗎？我吃了鹿心，是不是就不會被救贖了？我是服從了造物主的意旨，還是沒有服從？我在腦中大喊。

我不知道答案是什麼，但是我腦中所有的思緒都沾上了一層黏兮兮的羞恥感，感覺就像鹿心上的油。

我低頭看路上的車轍。叛徒被處死前要先認罪，我告訴車轍。這是法律，老食罪者會說柯麗斯沒有提到鹿心。

硬梆梆的轍槽透過皮鞋底拱進我的腳底板，沿著腿裡的骨頭傳上來。她會打破神聖的誓言，開口說話嗎？車轍問。她發誓緘默一生，把柯麗斯聽罪的內容背負入土。

我根本不敢繼續想像，如果她不認罪，會有什麼下場。我望向天上幾片稀疏的雲朵，它們離我如此遙遠，根本懶得回答我。但是答案還是從我腦中冒出來。如果叛徒不認罪，他們會用石頭逼叛徒開口，有些石頭就跟車輪一般大。他們會讓叛徒躺在一張木床上，然後把石頭一塊一塊堆在叛徒的胸膛上，直到叛徒認罪了才停下。不開口，就等著被壓死。一個健壯的身體要等上好幾個小時才會被壓死。時事演員以前在時事劇上表演過，當時飾演叛徒的演員被壓死時，一袋豬膀胱的血噴到我們身上，我和莉亞跟其他的觀眾都驚聲尖叫。這就會是她的下場。我看不出還有別的辦法。

但是也許我可以開口，我腦中冒出這想法。如果人們得知聽罪時沒提到鹿心，他們可能就會釋放食罪者。而救一條人命本來就是行善，我可以告訴這事件中的隨便哪個人——黑手指、女王、老柳樹。

我的胃裡開始難受地攪動，像是隨時會在路上吐出來。我此刻考慮打破食罪者緘默的規定，又意味著什麼？這就猶如打破誓言。父親曾說過，若是打破了誓言，靈魂就會被玷汙，我就永遠都逃離不了夏娃。

我想起父親，想起被他了解、被他看到、被他聽到是什麼感覺。想起他走了之後，我一年一年越加失去自己在這世界上的定位，最後我都不知道自己是誰、歸屬何處。但是我可以解釋這個誤會，我心想。我可以把錯誤改過來，我可以把老食罪者救回來，我又可以變成**我們**。而且說不定，造物主幫幫我，如果我把錯誤修正了，造物主會原諒我吃了鹿心，等我死後，我就可以去找造物主。我轉身，又往王宮的方向走去。說不定我們倆都可以被拯救。

◆

王宮的守衛不知道該拿我怎麼辦。他們先是看著羊皮紙上的名單，然後看著彼此，幾乎不看我，只有一開始時吃驚地斜眼瞄我。我等著，他們也等著。但是我心裡還記得牢房裡有多冷多黑，所以地牢對老食罪者來說一定更難受。於是我提起腳步，從守衛之間的縫隙鑽過去，穿過王宮大門，走進庭院。我以為會有人在我身後大叫，但是我走在石磚上時，身後一片安靜。

教堂裡很寂靜，大家都走了。我走上中央的走道，腳步聲消失在空蕩的大廳裡。教堂前端是一扇有雕刻的小門，不過那只是間祭袍室，掛著教士的袍子。現在該去哪裡？王宮裡我唯一認識的地方就是進行柯麗斯聽罪時女王的私室。

我回到庭院，找到上方有石雕卷軸的木門。門前有守衛，當他看到我走近，他就跟大門前的守衛一樣困惑。我決定冒個險，一臉意志堅決地直直往前走。就在腳趾快碰到門前，守衛立刻把門推開，閃到一邊，不想碰到我。

女王寢區的走廊上有好多人，婢女、男僕、守衛，到處都是守衛，但是我走過去時，他們全把頭轉開。要是讓我舅舅發現食罪者有多容易偷東西，他們一定會做個黃銅的S，穿上裙子，放棄所有其他的不法勾當。

我盡可能快步爬上王宮的樓梯，一手撐在牆上，免得摔下去。造物主幫幫我，女王就在附近某處。我會告訴她柯麗斯沒有列出殺人的罪。我會改正這個錯誤。

轉過下一個轉角時，我看到一個婢女，低著頭從一扇小門裡走出來。可能是儲藏室吧。不過那不是婢女，而是女王寢區的女官之一：那個漂亮的秀髮女，穿著奶油黃的女官裝束，一邊扶正頭上的小布帽。

一個聲音對她喊：「我還在想妳跑哪去了。」是米糊臉，正從一個轉角走出來。

「我跟妳說過我需要蠟燭。」秀髮女說。「我剛找了個婢女去幫我拿。」

「在配藥室裡找？」米糊臉興致勃勃地盯著秀髮女。「妳聽到食罪的事了嗎？女王最鍾愛的柯麗斯是個女巫。」

秀髮女的嘴歪到一邊，像隻剛被釣起來的魚。「棺木上有石榴？」

「還有一顆鹿心，跟隻兔子一樣大。」米糊臉說。

「我聽說女巫有時候會為了她們的巫術而殺人。」秀髮女說。「我們應該回接見室了。」

「妳的蠟燭呢？」米糊臉問，仍舊盯著秀髮女。

「我的什麼？」

就在此刻，秀髮女看到我了，站在走廊的轉角，安靜得像隻躲在樹叢裡的鳥。她看到我時被嚇到兩次。先是因為看到有人站在那，再來是因為看到我的黃銅S。她低下頭，兩人立刻在雙肩與雙臀間畫造物主的手勢。

「她就是把鹿心吃掉的人。」米糊臉說。「食罪後看到她不吉利。」

「別管了，那些都是舊教的迷信。」秀髮女說完，就把手搭在米糊臉的手臂上，拉著她走去女王的坐息室。

她們才剛從走廊上消失，配藥室的門又開了，只見女王的秘書黑手指從裡面走了出來。兩個人先後從同一間小儲藏室走出來，實在很奇怪，不過也許這些奇怪的事情就是造物主的指示。黑手指講話，女王會聽。

我深吸一口氣。「大人！」我對他喊。儘管我當食罪者還沒多久，這一開口，我的聲音聽起來既怪異，同時又像溫水一樣舒適。黑手指一看到我，就開始唱誦造物主的禱文。我提高音量，想蓋過他的聲音。「食罪上有誤解，大人！我們必須釐清這誤解！」但是他只是唱誦得更大聲，淹沒我的話語，然後轉身走開。

我追上去，頸圈重重地撞在頸子上。我得引起他的注意。我拉開嗓門喊：「有人把殺人的罪嫁禍於人了。我們必須稟告女王！」

他轉身轉得那麼突然，我還以為他絆倒了，但是接著我就看到他手中的刀。他朝我衝過來，我跌跌撞撞地往後退，但是瞬間他細膩的鬍子就出現在我上方，手上的刀子劃破我左耳下的皮肉。我的雙手抓住他的手，抵抗那刀子割破我的喉嚨。

這時女王坐息室的門忽然被掀開，一陣說笑聲傳過來。黑手指立刻把刀子抽出、藏進袖子，敏捷得猶如城北的強盜。他一臉鎮靜地走開，對從坐息室裡出來的三位女士鞠個躬，我則倒到牆邊。我的心跳聲在耳中砰砰作響，抓起披肩試著止住脖子上的熱流。

說笑的三位女士朝我這裡走來，但想必是習慣了僕人見到她們就貼到牆邊，一直走到我面前了，她們才看到我是誰，或是發生了什麼事。

最靠近我的女士嚇得尖聲大叫，往後退，結果踩到身後的女士，三人跌成一團，驚叫聲伴隨著裙襬下柳條圈的啪啪聲。第三位女士惱怒地唸起造物主的禱文，就跟黑手指之前一樣：

造物之主，永恆之光，以祢之名，奇蹟創生。

萬切護佑，吾等罪人，此生此時，離世之辰。

我看過一次屠夫殺豬。他一手抱住母豬，另一手割斷牠的喉嚨。你永遠不會想到一隻牲畜體內有多少血。牠的血先是噗哧噗哧地湧出來，然後是穩定緩慢地流出來。我記得血流了好久，最後我都不想再繼續站著看牠流光血。我看厭了，於是就走了。說不定我就會這樣死掉。說不定我現在就在這樣失血。食罪者開口說話，就是這樣的下場。

造物主啊，如果我活下來，我在心中祈禱。我會盡忠職守。我發誓，除了聽罪跟食罪，我永遠不會再開口說話。我會服從祢的意旨。

我冒險吸了一小口氣。低下頭，看到黑色的血滲透了披肩的菘藍色。要活下來，只有一個辦法，我必須找到一個治病的術士。

我跟跟蹌蹌地走出卷軸門時，庭院裡暮色已深，披肩上被血沾濕的部位透出一股涼意。一陣咯咯聲從我嘴裡冒出來，有那麼多血。我走到大門，我可能搖搖晃晃，但是我無法確定。

我這輩子只去找過一個女巫醫，而且都只是為了日常的小毛病：疣、咒符、便祕。我不知道該去哪，我的腦海中閃過黑色的袍子、窗裡奇異的展示、藥房巷。

我勉強走到城北，經過娼妓與客棧，一間間的藥房正在關門。我好累，我把披肩挪了挪位置以止血，但是上面已經沒有一塊乾的地方。一個穿著藥師袍、蓄著捲曲小鬍子的男人走在路上，我走到他面前，舉起手求助。

他像匹馬一樣往後跳開，雙手畫十字，繞過我。我像個醉漢般踉踉蹌蹌地跟在他後面，但是他速度太快了。巷子對面，另一個穿袍子的男人停下腳步，目瞪口呆地看著我。我朝他舉起手。

他噓了一聲，彷彿在好遙遠的地方，接著我腳下的地板搖晃起來，就如同小船下的水面。這時一群人已遠遠圍著我站成一個圈，不是圈，是個蛋，蛋才是他們站成的形狀。他們站成蛋的形狀，而不是站成圈的形狀，突然間這似乎變得很重要，而蛋裡沒有一個人會幫忙。

地面又開始動了，這一回是忽地一震，我在額角上感覺到狠狠一撞。舔舔嘴唇，嚐到冰冷的泥土，嘴唇裡冒出一團白霧。說不定是我的靈魂要離開身體了，我的靈魂要飛去空中了，它為什麼不把我一起帶走？我想追上去，但是雙腳不聽使喚，動也不動。我就是被屠夫割斷喉嚨的母豬，我會被屠宰，然後在市場上被吊起來。我模模糊糊在遠方看到臉孔，然後那團白霧圍過來，將我整個吞沒。

7 豬心

「還是熱的。」一個夢般的聲音逐漸清晰寫實起來。是夜裡了，深夜。我兩隻鞋都不見了，有人伸進我的袖口摸索。我發起抖來。

兩個人影在我上方往後一跳。無業遊民。兩個女人。不對，一個男人跟一個女人。我還在藥房巷。我一定是昏倒了。

「我們只是乞丐，不是強盜。」那男人一口北方腔調。「要是我們知道妳還未斷氣，絕對不會觸碰妳的身體。」他臉上沾著乾掉的泥土或陶土，說起話來咬文嚼字，像個演員。我伸手去摸頸子，感覺到披肩已濕成一團，黏在頸子上。

「如果妳有一便士可以施捨……」那女人說。她披著一條毯子，全身縮成一團。「我們已經有一星期沒吃東西了。」

我把手伸到披肩下，想去查探傷口，但是手指只碰到又硬又冷的金屬。我花了片刻才想起來是食罪者的黃銅頸圈。我的大拇指在上面摸到什麼。一個刻痕，或是凹口，就在黑手指的刀劃進的地方不遠處。想必是頸圈擋住了他的刀，或者說阻礙了他的刀。我笑起來，但是嘴裡冒出的只是喘息與哽咽。

「噢，你看，她被割傷了，保羅，脖子上流了好多血。」那女人說。

「我們該等她死掉嗎？」

「你也太冷血了。」那女人責備。她一定是還沒看到我的頸圈，想必頸圈是整個裹在滲滿血的披肩下了。她靠過來。我想往後縮，但是身體不聽使喚。「好了，好了。」那女人哄我。「妳是寧可我照保羅說的，邊玩骰子邊等妳死掉嗎？」她身上有一股味道。我花了一會兒才想到是什麼。腐肉的味道。

她扯扯我的披肩，我的皮肉也跟著一起被往上扯，彷彿布料跟皮膚已黏在一起。「傷口不大，但是很深。縫兩、三針可能就夠了。」她的手指依舊沒摸到頸圈。「妳有家嗎，親愛的？保羅對針線有一手，妳有爐火分享給兩個誠實的乞丐嗎？」

誠實的乞丐。你對乞丐跟無業遊民最不能信任的一點，就是他們為人誠實。他們沒有親族，沒有家。沒有人可以為他們擔保。他們可能是小偷、殺人犯、異教徒……但是我還有什麼選擇？

他們一旦發現我是食罪者，一定會立刻丟下我，所以我得趁他們還沒發現之前，盡量利用他倆的協助。這不算撒謊，只是沒明說。我想舉起手，發現手臂就跟石頭一樣重。但我還是把手舉起來，指向屎糞溪。

保羅那男人抱起我。他一身衣衫襤褸，但其實人算年輕，而且身強力壯。他臉上有什麼怪怪的，但是在黑夜裡我看不清。像是有塊狀的乳酪黏在鬍子上。兩人一語不發地往前走，有一次我們躲到一個門道裡，等一盞溫暖的燈火跟提著它的保安官晃過去。

我在每個轉角跟他們指路，最後終於聞到屎糞溪的味道了。接近屎糞溪時，我就像是又變成一個小女孩，躺在父親的懷裡，讓全身的重量歇在他溫暖的身軀上，感覺他顛動的每一步。安安穩地躺在這雙手臂裡，我真想此時此刻就在此地入睡。

「現在往哪走，親愛的？」我聽到那女人的聲音。離食罪者的屋子只有幾步遠了。也許我可以自己爬過去。「往哪走，親愛的？」她又問。如果我跟他們指出來，他們一定會嚇得逃走，但是我別無他法了。我伸出手指，指向食罪者的家。那女人像隻受驚的馬往後一跳。

「我的造物主！」保羅說。他半是用丟的把我放下。我可以看到他在我上方，整張臉倒過來。「我碰到她的皮膚了嗎？一定碰到了，我一定碰到了！」

「你確定她是……」女人問。

那男人伸手摸我的頸子，一碰到頸圈他就嚇得往後一跳。

「你的皮肉燒起來了嗎？親愛的？」那女人喊。

「她就跟個小孩一樣輕。」保羅只說。我實在想不透他們為什麼還沒跑掉。

「可能才剛當上，還沒多少時間吃胖。」那女人說。「你可以把她弄進屋嗎？」

「同時避免碰到她跟看到她？」保羅問。

「這樣就不用在寒冷的戶外過夜，」女人說，「而且不會被保安官追捕。」

「我們給自己找來了什麼麻煩啊？」保羅抓住我的裙子，就怕會碰到我，把我拖進門。

就在門關上前，一絲月光照在保羅跟那女人身上。突然間我領悟到他們為什麼敢跟我一起進來了。看起來像黏在保羅鬍子上的塊狀乳酪，其實是斑駁硬掉的灰色皮膚，彷彿被燒傷過，但不完全像燒傷。還有那女人，身上的破毯子垂開了，裡面只有半個身體。一個凹陷下垂的肩膀，一個角度奇異的胸腔，一隻短小畸形的手臂。這兩人不只是無業遊民，這兩人也是無影人。

◆

我躺在地上，像隻被困的甲蟲，虛弱到翻不了身。保羅之前把我直接丟在門邊，現在正在升爐火。那女人，我聽到她名叫布里妲，在食罪者的凳子上坐下來。隨著閃爍的爐火亮起來，我終於看清她是什麼了：痲瘋病人。

關於痲瘋病人有不少傳說。像是進城時，他們會搖鈴，警告民眾他們的到來。或是他們被禁止使用水井，就怕會傳染。或是他們就跟食罪者一樣，沒有人願意看他們一眼，唯恐被詛咒。但是我一定是把痲瘋病人跟小妖怪、小地精與其他的寓言故事混在一起了，因為看到布里妲就在我面前，我無法接受她是真的。

「別擔心，親愛的。」她對著天花板說，彷彿看穿了我的心思。「這病沒那麼容易傳染。保羅這幾年也沒染上。我不會跟妳一起吃喝，也不會睡在妳旁邊，妳會健健康康的。」

她根本就是個屍體，各處都在腐爛凹陷。她的鼻子只剩下鼻樑，一側應該是肩膀的地方，是個碗狀的凹窩。一隻手臂還很完整，但是另一隻像塊骨頭碎片，在手肘下就斷了。她的外貌可怕、可憎，簡直慘不忍睹。

保羅從爐火邊轉過來。我看不出來他有什麼病，不過他臉上、頸上跟手背上的皮膚都滿布瘢痕。其他的部位似乎都很正常。

我在想他們會不會就把我留在門邊，等我死掉。說不定我在藥房巷早就死了，這裡是陰間，保羅跟布里妲是兩個惡魔。如果真是如此，這兩個惡魔還真奇怪。我聽到保羅在我身後拿起尿壺、水壺跟掃帚，然後爬上梯子上閣樓。

「跟豬窩一樣髒。地板大概一個月沒刷了，而且一點吃的也沒有。」他邊說邊爬下來，手裡拿著什麼東西。

「你以為會有什麼？」布里妲說，然後又問：「你手上是什麼？」

「比吃的還好。」他答道，我聽到液體潑濺的聲音，是那壺烈酒。

突然保羅就把我拖向爐火。他讓我緊貼在爐火邊，我都可以感覺到頭髮燒起來了。難不成他想給我留下傷疤，就跟他自己一樣？

「布里妲？」保羅說，口氣有點不耐煩。

「我在這。」她答，我突然覺得頸子上一涼，然後一股燒灼感，原來她正把烈酒澆到傷口上。「噓，沒事了。」布里妲安撫我。「這樣可以讓結塊的血鬆掉，妳的衣服已經緊緊黏在傷口上面了。」

「閉上妳的嘴！」保羅斑斑塊塊的下巴緊繃起來。「妳不應該跟她說話，我們根本不該跟她有任何牽扯。」

「好啦，我不說話了。」布里妲開朗地說。「但是我們得把她的傷口縫起來，親愛的。她不可能比我還可怕，你跟我在一起也沒被詛咒。」

「我恐怕難以苟同，妳這個大膿包。」保羅怒斥。「我並非生來粗野，我其實天性溫和。如果我這一生沒被詛咒，那妳的理智一定是開始跟著四肢消失了。」

一個噗哧的噴鼻聲回覆他。布里妲在笑，一團鼻涕泡從原來該是鼻子的洞裡噴出來。「噢，你這個人。」

一道閃光引起我的注意。保羅正在火光下給針穿線。「我會幫她把傷口縫起來。造物主幫幫我，希望這樁善行可以大大抵銷我過去犯下的罪。」針戳進我的頸子，我像隻困在陷阱裡的老鼠啜泣。

「她會吃掉你的罪。」布里妲說。

「沒錯。」保羅說，「我還希望她會免費吃掉我的罪。」

「那她得吃掉城裡所有的李子乾了。」布里妲露出微笑。李子乾代表跟不道德的人通姦，像是亂倫。我納悶他們倆是不是兄妹，畢竟他聽起來像北方人。

保羅把穿過我皮肉的線拉緊，我感覺到溫暖的鮮血流出來。不過他是真的手很巧，我從來沒感覺到他的皮膚碰到我的。布里妲把一塊柔軟的布料壓到我頸子上，是月經來時用來夾在腿間的月事帶，想必是保羅在閣樓上找到的。他又戳一針，又扯一回，然後再一次。地板又開始晃動起來，我似乎又在一艘小船上。然後不知如何，我又回到幼時睡的小矮床，父親母親的呼吸聲把我搖入夢鄉。

我醒來時，遠端的牆上映著三道陽光。布里妲出現在我上方。從她巨大的鼻洞裡，我可以看到白色的骨頭。

她把原來在爐子上方的舊黑鍋擺在我身邊。鍋子很溫暖，裡面的蜘蛛網早已清掉了。我端起來，把稀淡的湯汁倒進嘴，湯汁嚐起來有辛辣的洋蔥味與霉味。

布里妲坐在凳子上，保羅熟睡的身軀在後面隨著呼吸起伏。我用手去摸頸子上的布料，是乾的，然後睡意又把我吞沒了。

◆

等我再次醒來時，從陽光看來是下午了。保羅從窗戶遮板的縫隙往外瞧。「外面有一大群人。」他說。

「來抓我們的？他們是來抓我們的嗎？」布里妲的聲音流露出恐懼。「他們想抓到做那娃娃的女巫。」

「娃娃找到沒多久，女王一個貼身女官就死了。誰能當代罪羔羊，他們就抓誰。」保羅對她說。「除了妳最像夏娃的侍女，還有誰更像？」

「我還覺得她可能是被女巫所害。」布里妲指著我說。「真可憐。」彷彿他倆當初沒想打劫我的屍體。

「沒有保安官跟著。」保羅瞄著窗外說。「看起來只是一群髒小孩，造物主幫幫我們。希望他們不是來討吃的。」

是來傳話的。我坐起來，只覺得頸子又熱又痛，又倒回毯子上。

「噢，她現在還不能起來走動啊。」布里妲對著屋裡說。

我在腦海中想像老食罪者在王宮的地牢裡受苦受難。

我還是可以跟女王講鹿心的事，我心想。但是，不行，我跟造物主發誓過，如果祂讓我活下來，除了盡食罪者的職責外，我就不再開口說話。

我站起來，等著另一陣昏厥感消失，然後跌跌撞撞走到窗口。六個，不對，八個小男生。我必須盡我的職責，等我想出辦法了，我就會去幫老食罪者。

我的鞋又出現了，就擺在火爐邊。真好心，不過光是穿上鞋就使我頸子上的縫線一陣刺痛。

布里妲望向保羅。「她一定可以再休息一會兒吧。」

「我才懶得管她要幹嘛。」保羅說。

「她讓我們住在她家耶。」布里妲說。

保羅嗤之以鼻。「我還冒著生命危險救她的命呢。就我看來，她還虧欠我咧。」

「她應該再休息一會兒。」布里妲又說一次。

「那些小男生可能是被派來找食罪者的傳話人，每一個都代表已死或將死的靈魂。」保羅說。

布里妲嘆口氣。「那她非去不可了。」

一打開門，小男生就全站過來，七嘴八舌地喊出姓名地址。就猶如一群烏鴉撲上田裡一隻死兔子，個子大的把個子小的擠開，結果個子小的就叫得更大聲。

我聽到弗萊徹這個名字跟鐵匠巷這個地址，就出發了。走到城中心廣場時，一陣暈眩感襲來，我差點倒下去。小男生們踢著地上的泥土，等著我站穩。要等我到了目的地，傳話人才會拿到錢。

◆

約翰‧弗萊徹躺在一間兩房小屋角落裡的稻草床上。他人算年輕，但是呼吸很吃力，彷彿肺要縮起來了。他的妻子把雙手緊緊交握在腰前。

他身旁擺著一張凳子。我花了片刻才想起來，聽罪的人只有我。我一個人。一陣羞恥感在胸前蔓延開來，我匆忙說出聽罪開始的句子。

我的聲音如此微弱沙啞，我自己都嚇了一跳。把那太太也嚇了一跳。我注意到她的皮膚經過漫長的冬天都皸裂了，下唇上還有塊紅色的瘡。「無聲者出言，無影者現身。汝身——」然後呢？我從來沒好好把整句背下來。「我會背負你的罪入土。請說。」

「都是小男生會犯的罪。」約翰．弗萊徹氣喘吁吁地說。「戲弄、鬥毆、偷摘水果。」他呼氣時發出咻咻的聲音，像是從大拇指間對著一片草吹氣時那樣。「說了各式各樣的謊；跟兩個同伴強姦一個女孩。」他的雙眼掃向妻子，他妻子的一隻鞋刮了刮地板。「不是小男生不會做的事。是個乞討的女孩，不是你能怪小男生的事。而且她也想要。」

最後這一部分是他自己瞎編的。我不知道我怎麼會知道，但是謊言就像某種氣味或味道，你立刻就會嚐出來。

「忤逆我父親母親。」他又咻咻地說。「疏於祈禱，而且殺了一個人。」妻子的鞋又開始刮地板。「不是預謀，而是意外。我……」他呼氣時的咻咻聲變得更大聲了。「我只打了他那兩拳。從沒想到兩拳就會解決他。」他吃力地咻咻。「一個男人……不應該只打兩拳……就倒地……跟個女人一樣，他……根本不是我的錯。」

他說完後，我走向他的妻子，她雙手仍舊緊緊交握在腰前。我沙啞地列出要準備的罪食。軟骨跟烤鴿子，醃小黃瓜跟芥末籽，綠葉蔬菜，醃鯡魚。閹雞頭，強姦婦女的罪食。

但是殺人呢？我不知道該吃哪一種動物的心。這就是為什麼你要先當學徒，跟師傅學習。但是我失去我的師傅了。我只記得福克斯師傅的故事。

聰明的瑪莉嫁給了富有的福克斯老爺。他跟他的新娘說，在他富麗堂皇的家裡，她到處都可以去，但是她絕對不能去看他的壁櫥。有一天，她當然屈服給好奇心去打開壁櫥。結果，裡面是福克斯老爺前七任新娘的屍骸。聰明的瑪莉聽到福克斯老爺就在她身後，他說，為了保守他的祕密，現在她也得進壁櫥，但是她逃到城裡，告訴大家她的發現。結果當然沒有人相信她，因為福克斯老爺家財萬貫、德高望重，大家把聰明的瑪莉押回家。福克斯老爺已等著要殺她，但是正想把她推進壁櫥時，她從一具屍骸上扯下一根肋骨，戳進福克斯老爺的身體。福克斯老爺的食罪上，棺木上擺著七顆豬心，全城的人終於得知真相。

但是豬心也不對。有些罪太重大，因此還按發生的方式分成好幾種不同的罪食。比如說強姦婦女（閹雞頭）就跟強姦幼童（羔羊頭）不一樣。同樣地，預謀殺人的罪食是豬心，就跟意外殺人不一樣。我在腦海中只看到柯麗斯食罪時的鹿心。鹿心又代表哪一種殺人的罪？

他妻子還在等，於是我就隨口說了個山羊心，畢竟山羊比豬溫馴一些，而意外殺人也是比預謀殺人更溫和一點的罪。太太點點頭，約翰．弗萊徹也只是咻咻地喘息。說不定他們也不清楚。

正想離開時，太太輕聲說了什麼。本來我以為她一定是想道謝，但是她說出的字詞不太一樣。「他要走了。」這是她說的話。她遞給我兩塊硬幣，看看她的丈夫，又輕聲說了一遍。像是祈禱。

◆

傳話的小男生在屋外等我。其中兩個在丟著一小塊木頭玩，一個在踩地上的螞蟻。還有一個捲髮的小男生，個子大概到我的胸膛，正在跟幾個人講故事。「女王的女教師柯麗斯就是做了娃娃的女巫！」捲髮的小男生最後說。幾個小男生嚴肅地點點頭。

踩螞蟻的小男生突然停下踩螞蟻的腳，說：「不對，是女王的女教師被女巫詛咒了。這就是她為什麼死掉了。所以她不可能是女巫。」

我還記得柯麗斯抱著肚子，就在據說是娃娃被戳進豬毛的地方。如果我們城裡有女巫在作怪，那麼沒有一個人安全。

「時事劇說女教師是狼群中的羊。」一個缺了兩顆牙的小男生加入對話。

「是羊群中的狼。」捲髮的小男生糾正他。「我看到那齣時事劇了。女王的秘書說她是叛徒跟殺人犯，說她的罪是背叛君王跟貝特妮女王，還有他們會展開調查，因為女教師是羊群中的狼。」

「她殺了誰？」踩螞蟻的小男生問。「誰被謀殺了？」

「食罪者吃了她棺木上的鹿心。」捲髮的小男生只說。

要犯下叛國罪，那柯麗斯得先殺了皇室的人。難道這就是鹿心所代表的意思嗎？但是自從瑪麗絲女王上任以來，就沒有皇室成員死掉。之前也沒有，老國王除外。除非你把瑪麗絲女王胎死腹中的寶寶算在內。

柯麗斯是個沒有誠實認罪的女巫跟殺人犯嗎？如果代價是死後靈魂無止無盡地受苦受難，誰敢做這種事？不，是有人把謀殺的罪栽贓到柯麗斯身上了。

但是踩螞蟻的小男生問了一個很好的問題。如果真有謀殺案，那誰被謀殺了？而且如果大家以為是柯麗斯下的手，那麼真正的兇手還逍遙法外。這想法使我感到忽冷忽熱，我抖動全身，想把那感覺抖掉，這時小男生們注意到我了。

踩螞蟻的小男生第一個回過神，他宣布說教堂附近有一場食罪。接著其他小男生也七嘴八舌喊起來，小橋南岸一個生病小孩的聽罪、米勒太太的聽罪、史普林草原農場的食罪、行會館附近雜貨商二兒子的食罪……等等。

◆

傍晚，我踏上回屎糞溪的路。幾場聽罪和食罪在腦中全混成一團，但是那些罪的味道仍停留在我的嘴裡。代表疏於禱告的綠葉蔬菜，代表咒罵的大麥粒，代表造謠的燉魴魚，代表酗酒的香料酒，全讓我陷入憂鬱，覺得脹氣。我的頸子好痛。我想在爐火邊抱著我的毯子，我想睡覺。

離家越近，焚燒垃圾、屎糞跟菘藍的味道逐漸蓋過我嘴中的味道，最後只剩下屎糞溪的臭味。至少那些罪消失了。說不定屎糞溪還是有好的一面。

到家時，布里妲躺在我的毯子上。保羅站在微弱的爐火前，破布披在身上，像是準備出門。我猜小地精跟小妖怪只在夜間出門遊蕩。

我踏進屋裡時，他全身僵住，但是沒把頭轉過來看是誰。然後他繼續穿衣服，小心翼翼整頓好每道摺痕與每層布料。花了片刻我才領悟到他很在意自己的外表。他是個愛美的怪物！我大笑起來，把保羅嚇到都跳起來了。他很快又冷靜下來，倉促遮住臉，然後匆忙走出門。

「嘖！」布里妲從爐火邊的毯子上對我咂舌。她大概覺得沒什麼可笑的。

◆

我第一次爬梯子上閣樓，儘管爬梯子會扯到頸子上的縫線。我環顧一圈。一面牆邊是一個架子，從上到下擺滿了木盒子，而且，感謝造物主，還有一張床墊。我已經有好一陣子沒睡在床墊上了。我倒在床墊上，假裝聞不到上面的床單已經太久沒換了。

但是我雖然累，卻睡不著。我滿腦子都是各種畫面跟想法，靜不下來。為什麼黑手指要用刀捅我？他是殺了柯麗斯的巫師嗎？是他把鹿心放到柯麗斯的棺木上了嗎？我只知道他之所以傷害我，是因為我提到謀殺案。要活命，我就必須保持緘默。

一絲月光從窗戶遮板間照進來。在微弱的月光下，架子上的木盒看起來像過大的磚塊。一個盒子就擺在床墊腳邊，蓋子開著。我把它拉到月光下，仔細翻看。

木盒裡就像一個人的畫像。不是真的畫像，但是裡面的內容呈現出一個人的故事。這個木盒裡面有一個銅環，戴在手指上用來代表已婚。兩個骨頭垂飾，母親給寶寶戴上好抵禦夏娃目光的那種，儘管教士說這是異教徒的做法。綁著垂飾的皮帶都沒戴過的跡象，想必是沒存活的寶寶。一條用上好亞麻製成的手帕，上面繡了兩個字母，但是我看不懂。一本用小牛皮裝皮的書，大概是祈禱用的書。祈禱書使我腦海中出現另外一個畫面：地牢裡，黑手指站在老食罪者身邊，手裡舉著一塊石頭，逼她認罪。

我還來不及得知她叫什麼名字。

我立刻把東西放回去，因為這一定是她的東西。我把盒子推回到床墊腳邊。但是接著保羅的聲音從梯子下傳上來。他回來了，我突然靈光一閃。

我把盒子抓在手裡，爬下梯子，小心翼翼不扯到縫線。布里妲從眼角瞄我，彷彿我是隻突然狂奔起來的野馬。我把盒子放到火爐邊，舉起食罪者的手帕。

保羅把頭轉開，但是布里妲偷看了一眼。

我指著手帕上的繡字。

「我不知道她要什麼。」布里妲對保羅說。

保羅立刻轉開身子，急忙唸起造物主的禱文。我把嘴唇閉緊，但是他還是繼續唸。我把手遮到嘴前。

「保羅，」布里妲提高音量說。「她不會開口的。」

保羅立刻停下來。「我不想跟她有任何牽扯。」

我真希望我不需要他的協助，但是此外就沒有人了。我又舉起手帕，指著上面的字母。

保羅的目光從手帕上飄過去。「R・G。」

現在我知道她名字的字首了。R是名，G是姓。

「沒那麼難吧，是不是？」布里妲責備他。

「妳又知道什麼了？妳這發臭的屍體！」保羅怒斥。「我忍受了多少羞辱？只在夜間上路，見到保安官的提燈就怕，撿吃別人丟棄的剩菜，把自己跟這個孽種關在汙穢的破屋裡！」說完他朝我揮了揮手。

「我們可以回到羊圈裡。」布里妲建議，彷彿已經習慣了保羅如此粗魯謾罵。

保羅開始把臉包起來，彷彿又要出門。這樣也好。他把我頸子上的傷口縫起來了，算是救我一命，但是他的脾氣就跟隻鵝一樣壞。穿衣服時，他瞥見盒子裡那本書，笑了一下。

「怎麼了？」布里妲問。

「《彙編：大小不一各式罪過及其罪食》。」保羅唸出壓在封面上的字。「但是我們的小食罪者不識字，多可笑啊！」沒多久，前門就在他身後砰地一聲關上。終於走掉了。

我回到閣樓，爬到床墊上，老舊的床單摩擦著我的臀部。這是她的床墊。R……蘿絲？我讓身子在她龐大的身軀躺扁的地方放鬆下來。瑞貝卡？我找到她的頭躺出的凹陷。茹絲？茹絲是個有力的名字。

那麼她的姓呢？葛洛弗？葛藍傑？格陵頓？我試了所有我知道的名字，但是沒有一個聽起來順耳。我的目光移向她的盒子。我依舊沒找到救出她的方法。這使我在她壓出的凹窩裡久久輾轉難眠。

8 鴿肉派

一陣敲擊聲把我從斷斷續續的睡夢中吵醒時，天仍是黑的。有人在門口，我心想，然後又昏睡過去。我夢見我在家，真正的家，母親正在為主日晚餐烤好吃的蛋糕。她拿著木匙不停地敲碗。砰、砰、砰。然後我又醒來了，敲門聲更響亮了。

遮板外，我看到一個蒼白的小男生，頭上戴著一頂長長的毛睡帽，喊著要我去聽罪，說不能等到早上。我抓起披肩，爬下梯子。布里妲跟保羅人都不見了，爐火也是冷的。

「媞莉．豪伊的聽罪。」小男生告訴我。「王宮裡的媞莉．豪伊。」

王宮。我不想回王宮，黑手指在王宮。

但是王宮也是老食罪者所在之處。茹絲，我昨晚決定如此叫她。

妳一定要去，仍舊漆黑的夜空說。我的喉嚨一緊，縫線痛起來。

這是妳的職責，路上的石頭說。

它們的聲音變得跟傳話小男生的聲音一樣大，最後我別無他法，只好出發。

◆

走到王宮大門前時，早晨已來臨，路上滿是人，儘管今天是主日，人們應該休息。

進了大門，我跟著傳話小男生走向卷軸門。又是卷軸門，王宮這麼大，有各種房間跟各種人，我卻又回到同一扇門前，頸背上不由得泛起一陣涼意。

我怕極了遇到黑手指。只要我不是一個人，他就不能傷害我，我心想，快步跟上傳話的小男生。只要我保持緘默，我就很安全。

我們經過山羊鹿的壁毯，緯線是粗糙的羊毛製成的。然後是那幅有獨角獸的壁毯，是用更細緻的羊毛織成的，染上的顏色如此鮮明，獨角獸後方的樹木看起來栩栩如生。我們經過更多張壁毯，一張比一張更貴重，所以我知道我們又返回女王的寢區了。跟在傳話小男生的身後，我讓手指滑過壁毯，連看都不需要看，就可以感覺到上面的織法越來越精細。

我又被留在女王的坐息室。柯麗斯聽罪時也在的白臉豬坐在一張凳子上，正在一片黃色的田野上繡一個紅色的人物。她今天穿的褶領好大，我實在不知道她怎麼還能越過褶領看到自己在繡什麼。她頭上是那幅看起來像女王的裸女壁毯。《林中黛安娜》，米糊臉那天是這麼說的。

米糊臉也在附近，正拿著本書看裡面的圖畫。我可以看到長著角跟畫著十字的形體。

白臉豬停下來，把手上的刺繡朝米糊臉的書揮了揮。「光天化日之下？而且女王的御醫還在審問可疑的女巫？」

「古代的學者都是巫師，是嗎？」米糊臉問，頭抬也不抬。

「妳書上不是希臘學者，這一點我知道。」白臉豬嘟囔。

米糊臉翻了一頁。我的拖鞋卡得腳很不舒服，低頭一看，才發現左右腳穿反了。我的左腳比較大，難受地擠在右腳的鞋裡。

「刺繡這種女性的手藝對妳來說太高尚了嗎？」白臉豬繼續說，一邊舉起手中的刺繡。我現在才看清她在繡一個徽章，可能就是她家族的徽章。

「妳多慮了。」米糊臉對白臉豬說，眼睛仍盯著手上的書。「我可以去幫妳取點酒，讓妳放鬆一點。」

「我不需要酒。」白臉豬厲聲說。「這幾天宮廷裡怪事連連。娃娃、石榴、鹿心……我們全都自身難保。妳呢，」白臉豬看著米糊臉，「卻坐在那裡看妳的書，自以為有多聰明。」

「也許就是因為我真的很聰明。」米糊臉終於抬起頭了。她從眼角瞄到我，但是沒被嚇到。

「要我去取酒嗎？」米糊臉又問。

這時一個婢女來了。「請見諒，我的女士，」她說，然後行個屈膝禮。「守衛應該把——」她停頓一下，清清喉嚨——「食罪者帶到宮女的寢區。」

「是誰需要食罪者？」白臉豬問。

「媞莉．豪伊，我的女士。豪伊老醫師的女兒。」

猶如一棵大樹在樵夫的斧頭下應聲倒地，白臉豬尖叫一聲，昏厥過去，摔下凳子。

◆

使媞莉．豪伊臥病在床的，是她的肚子，疼痛一波一波地襲來。一個與媞莉．豪伊年紀相仿的女人，大概四十歲吧，坐在旁邊。「媞莉，妳想想，不到一天前妳還好好的。」

「噢，玫格，」媞莉對她的朋友說，「我從來沒這樣病過。妳得傳話給我父親。他離這裡不過一天的路程。」

「讓我把女王的御醫請來吧。」玫格說。一定是指老柳樹了。

「他是個江湖術士。」媞莉不屑地說。

「他不是妳父親，」玫格說，「但是他學有專精。」

「是個騙子，我肚子裡知道。」媞莉喃喃道。肚子裡知道，母親有時候就會這麼說。儘管理性告訴你不是這樣，但是你在心底深處很確定時，就會這麼說。

「女王送了香蜂草來。」玫格說，我猜是想讓媞莉開心。

媞莉勉強露出一個微笑。接著一波疼痛襲來，看媞莉的身體痙攣的樣子，簡直就像癲癇發作。她的呼吸加快，問：「她……她來了嗎？」

玫格望向我。「她來了。」

媞莉也望過來，猛地把頭往後縮。「不是她！是女王。我本來還希望她……」媞莉又咬牙忍受一波疼痛。疼痛消失後，她的臉鬆弛下來，猶如一張浸了水的紙。「是食罪者來聽罪的時候了？」

玫格一語不發。

「不要離開我。」

「永遠不會，媞莉。永遠不會。」

我把一張凳子搬到媞莉床邊。玫格緊緊抓住她的手，說：「妳想想，妳馬上就可以去找造物主了。」

「我不確定，玫格。」媞莉緊緊抓著床單。「我有我的罪。」淚水湧入媞莉的眼眶，又一波的疼痛把它們全逼出來了。

「妳協助夠多的靈魂來到這世上了，無論妳有什麼罪，都抵銷掉了。」玫格嘖了一聲，然後是一陣沉默。

「無影者現身，無聲者出言。」我開始說。「汝身之罪成為吾身之罪。緘默一生，背負入土。請說。」

媞莉把頭轉過來。「嗯，這是我們的食罪者？」現在她可以看著我了，於是她好好端詳我一番。「就一個小女孩。妳幾歲？十四歲？我第一次見到女王時，她就這麼大。噢，想想那段時光！」她說。又一波疼痛襲來，她等著疼痛過去，然後又陷入回憶。「我父親當時效力於女王的繼母卡崔娜。他是她的醫生，我父親。當然啦，卡崔娜那時已經不是皇后了。卡崔娜不是皇室出身，所以老國王死後，王位就由女兒瑪麗絲繼任。貝特妮還只是個小女孩，住在卡崔娜家裡。」

「噢，但是卡崔娜對我父親很仁慈，讓他把我一起帶去工作。瑪麗絲登上王位時，是她警告我父親把書燒掉。他誠心信仰新教，現在依舊是。」媞莉停下來，等著疼痛來襲後再消去。

「該回正題了，是吧？」媞莉振作起精神。「天哪，好吧：我愛吃甜食，真的。老是惹我母親生氣，像是烤好的派還沒上桌我就去偷上面的李子。」媞莉又停頓下來，等疼痛過去。但是接下來她一邊訴說時，臉頰稍微紅潤了一些些，狀況似乎比之前好一點點。她列出貪食（愛吃甜食）、酗酒（戀酒貪杯）、接生時說善意的謊言（「最難受的部分已經過去了，現在用力」）。她跟她父親一樣，對療癒有一手。一樣罪接著一樣罪，她領我回顧她的人生，偶爾停頓下來忍受疼痛。

我自己的思緒則飄回孩提時代。年幼的時候，每一片刻彷彿都是一段人生。我記得一天清晨去掃樹葉，棕色、橘色、黃色的樹葉，全被雨水浸濕了，所以成疊成片地黏在耙子上。父親跟母親走出門，準備上教堂，霧氣從他倆的嘴裡冒出來，像兩只爐火上的鍋子。那是肅清官來過後，但是我圍裙上依舊掛著父親送給我的念珠。

「得把它丟進垃圾堆了，玫。」父親說這話時，眼裡映照出棕色的樹葉。我不懂成年人為什麼會在意父親送給我的小禮物。「現在就丟掉。」父親說，母親則在跺腳，想把黏在鞋子上的泥塊踢掉。

我把耙子丟到地上，不肯丟掉念珠。母親把我緊緊抓住，讓父親拿走念珠。我後來才知道有人因為這種東西而被殺。戰爭因為這種東西而產生，而且可能又會再出現。瑪麗絲的焚燒，貝特妮女王的肅清官。信仰是個血腥的事業。

「然後呢，嗯，」媞莉繼續說，「我一直沒結婚，於是我繼續在卡崔娜家協助我父親。卡崔娜那時還很年輕。噢，而且很聰明。她，還有女王的女教師柯麗斯，還有其他的女士，全都愛看書，時時刻刻都在研習。現在貝特妮宮廷裡那個騙子醫生當時也在。還不是醫生，但已經是私人教師。他教會大家古老的語言，希臘語、希伯來語。卡崔娜會說三種語言，而且精通數學。還有占星學。是的。」她沉醉在回憶裡，微笑起來。接著臉又皺起來。「但是她卻決定再婚，卡崔娜。嫁給西摩男爵。一隻狼，那男人。卡崔娜被愛沖昏了頭。而且你不得不承認他倆真的是郎才女貌。都出身名門望族，都有繼承王位的權利。當然啦，西摩男爵最後正因為有此野心而人頭落地。但是那時，在這一切之前，他們結婚了，而且沒過多久卡崔娜就懷孕了。」

「生產期間，我父親一直隨侍在側。她生產後沒多久就死了。她的狼夫背叛了她。這就是為什麼她死了。不是她的身體，而是她的心碎了。」她捏捏玫格的手，等著一波疼痛過去。「而小貝特妮才剛長大，住在同一間屋裡。從來沒想到自己有一天會成為女王，畢竟她已婚的女王姊姊想必很快就會生下繼嗣——」媞莉突然停頓下來，但不是因為痛。

「但是，」她說，「但是……」她接不下去。「我不應該說。我提起過一次，我恐怕……但是我必須說，是嗎？」她看著玫格。

「卸下妳的負擔吧。」玫格安慰她。

媞莉把目光轉開，粗澀地吸了一口氣。「欺騙皇室成員算叛國嗎？」

「妳在說什麼？媞莉！」玫格低聲說。

「噢，玫格，我這輩子活得夠豐富了。」

「但是，媞莉，妳絕對沒做過這種事。」玫格的雙眼圓大，臉色蒼白。「我聽說卡崔娜閉關準備生產時，身體狀況就已經很差了。她在垂死時，無論妳跟她說了什麼，絕對不是欺騙。」

媞莉搖搖頭。「不是她，是貝特妮。我跟貝特妮做過一個承諾。」

玫格的頭開始猶豫地晃動，像隻貓在嗅聞一個新房間。「媞莉？」

媞莉突然抓住玫格的手，雙眼緊緊閉起。「疼痛來得更快了。」她輕聲說。更多淚水湧進眼眶。「我們全都跟貝特妮承諾過，但是我們沒遵守。我們還能怎麼辦？我們想要她成為女王啊！噢，好痛！」

「肚子？」玫格問。

「嘴唇。」媞莉答。「把杯子給我，我好像要渴死了。」

我吃驚地見到，她的嘴唇已經變成了藍紫色。就跟看到柯麗斯的嘴唇變成藍紫色時一樣，我又感覺到有什麼事情不對勁。但是這一回，我腦中湧現了一段回憶，那畫面清晰明亮。我知道什麼會使嘴唇變紫，使身體發抖，使白沫從嘴裡冒出。不是癲癇，也不是痢疾，儘管發病的過程看起來都一樣。這就是為什麼那藥草這麼珍貴。這就是為什麼毒藥師跟我的戴孚瑞舅舅描述它的藥效時，特別挑黑夜時分躲在屋裡。柯麗斯跟媞莉都被下毒了。

◆

我一直努力忘卻住在戴乎瑞家裡那一年悲慘生活的時時刻刻，但是這不表示我就真的可以忘卻。我兩個舅舅是上等人，在竊賊的行話裡，意思就是頂級的惡棍。住進戴乎瑞家前，我從不知道惡棍跟壞人還跟貴族一樣有階級之分，最狡猾的惡棍就在最高層。我兩個舅舅是國王，我外婆是寡居的王太后。

各式各樣的地痞流氓進進出出戴乎瑞家，自視為惡棍王國中的勛爵與公爵：為了一雙小牛皮靴不惜殺人的土匪、偷馬賊、偽造販賣乞討證的騙子。還有其他人，但是我忘了他們的名稱，或者是至少在他們擠滿廚房的那些夜裡嘗試忘了。我為他們煮晚餐，他們吃著我煮的湯，盯著我衣服下的軀體，儘管我還只是個小女孩，嚇得我連在爐火邊都瑟瑟發抖。但是我還記得一個特別的惡棍：毒藥師。

毒藥師本來應該算是藥師，但是他們賣的藥草跟製劑不是把身體推向痊癒，而是推向另一個方向。這「推」的方式有多明顯或多微妙，就依價格而異了。

我在戴乎瑞家待了幾個月後，一天夜裡，地痞流氓一個接一個地到來，先是坐滿了餐桌邊的兩張長凳，然後又坐滿了火爐邊的凳子，接著是兩個倒過來放的桶子，還有豎起來放的柴火，最後全站在爐火旁的牆邊，我就在火爐邊攪湯。那是一場劃分地盤跟繳交稅務的會議。惡棍也繳稅，但不是繳給女王。這些稅最後都進入弭司捷的口袋，我的大舅，惡棍之王。

小舅烏里克比較寡言，但就是因為沉默才可怕。他在餐桌上的燕麥粉裡畫出附近一帶的地圖。畫完後，確認每個人都知道自己的領土在哪了，弭司捷便把杯子往桌上一拍，要大家注意聽。一個新人剛加入，現在是他受洗的時候了。眾人全擠到一邊，讓出位子給新人。巴內拔，他就叫這名字。眾人讓他在弭司捷面前跪下來。弭司捷從椅子上站起來，說：「我們看你像是男人，你是嗎？」

巴內拔答道：「我掌控女人，所以我說我是男人。」眾惡棍全歡呼起來。

「我們說你是盎格魯人，對嗎？」弭司捷又問。

「我母親是盎格魯人，所以我說我是盎格魯人。」更多歡呼。

「我們說你是惡棍，對嗎？」

「我用這錢包顯示我的忠誠，所以我說我是惡棍。」巴內拔把一個小袋子舉給弭司捷，弭司捷接過便往房裡一甩，把硬幣撒得到處都是，讓眾人去搶。

烏里克大聲敲桌要大家安靜。弭司捷舉起杯子，說：「我歡迎你這個男人、這個盎格魯人、這個惡棍！」說完他就把杯中的啤酒澆在巴內拔的頭上，啤酒流到餐桌上，留下一灘甜膩的酒漬，讓我稍後擦淨。

然後，就是巴內拔跟新同夥展示「伎倆」的時候了。他掏出一個小皮盒，然後把狗帶進來。總共三隻狗。不是那種老在垃圾堆裡找東西吃的瘦小雜種狗，而是高大健壯的農場狗。進到一間滿是人的房間，牠們很焦躁不安，但是巴內拔給牠們戴上了嘴套，又綁上了狗鏈，所以牠們乖乖地進來了。兩隻很健康，第三隻狀況很不好，呼吸吃力，而且在哀叫，彷彿身上會痛。

巴內拔打開皮盒。裡面有三個玻璃罐，像剛出生的寶寶一樣用毛料裹起來了。玻璃罐裡就是他的毒藥，因為巴內拔是毒藥師。

第三隻狗，狀況很不好的那隻，巴內拔告訴眾惡棍，已經被其中一個玻璃罐裡的藥下了毒，這毒藥是每天小量地作用。只消一個月的時間，它就可以不知不覺毒死一個成年男子。巴內拔狠狠踢那狗的肚子一腳，狗哀號一聲跌到地上，站不起來。眾人全歡呼起來，看著那狗拖著身子想爬到門口。弭司捷手一揮，一個低層的惡棍便把狗拖去院子裡。

巴內拔把第二隻狗拉過來，然後打開盒子裡一個玻璃罐，滴了三滴藥水到一碗血淋淋的糊漿裡。他讓狗去吃，那狗撲上去，舔食碗裡的血。另外一隻壯狗吠起來，朝碗跳去。巴內拔一定是讓牠們餓了很久的肚子，這樣牠們就一定會吃。

才過一會兒，毒藥就奏效了。那狗可憐兮兮地尖叫，我忍不住摀住耳朵。「在狗的喉嚨直接燒出一個洞，就是這樣。」巴內拔說。「在人身上更明顯，因為沒有毛。」

狗的尖叫變成了哀鳴。弭司捷又一揮手，於是那隻狗也被拖出去了。沒過多久，哀鳴聲便停止了。

巴內拔又打開另一個玻璃罐。這個玻璃罐裡是粉末。巴內拔戴著手套抓起幾撮，混在一鍋內臟裡。最後一隻狗狼吞虎嚥地吃下去。

「一撮粉末要一、兩天的時間才會奏效。」巴內拔說。「但是我放了好幾撮，這樣就可以更快看到效果。」眾人全又開始添酒，但是還沒喝醉，狗就開始哀號了。那狗又發抖又哀號，又哀號又發抖的。最後牠的肚子裂開了，弭司捷便又使喚之前的小惡棍把狗拖出去。

「看起來就跟出血的痢疾一樣。」一個惡棍說。

「沒錯。」巴內拔說。「但是它有一點不同，就是在死前片刻會嘴唇發紫、口吐白沫、全身發抖。」

那是住在戴孚瑞家悽慘的一年裡，最淒慘的其中一夜。

戴孚瑞混蛋。不過他們還是給了我一點有用的東西。

◆

媞莉的呻吟聲忽地把我拉回現實。她的意識越來越模糊了。她蜷縮到一側，對著床單輕聲說了什麼。

我傾向前，但是沒聽到她說什麼。「妳說什麼？」我問，但是媞莉沒回話。

玫格捏捏媞莉的手，把頭轉開。「她說她的棺木上也會有鹿心。」

9 羊排

就像是在泥濘裡見到一個帶爪的大足印。第一次看到時，你心想，沒錯，是比狗的足印大，但是說不定是因為泥濘太軟了，說不定是因為狗的腳腫脹了。但是見到第二個足印後，你就知道一定是匹狼。

兩位女士被毒死。兩顆鹿心在棺木上。有什麼邪惡的力量在作怪。其他人一定也注意到了。我回想有哪些人在柯麗斯跟媞莉臨死時在場，有可能見到她們中毒的跡象。

醫生？老柳樹，女王的御醫，有去看柯麗斯，但是沒去看媞莉。

婢女？像媞莉這樣的人沒有婢女。

我。我是唯一看著兩位女士死去的人。唯一聽到兩場聽罪的人。我該拿這些我知道的事怎麼辦？我知道我應該跟人說出這件事，但是怎麼說？

父親說東西就是想被修好，但是現在東西越來越支離破碎、雜亂無章。下毒這件事只顯示出一個事實：殺死柯麗斯的不是女巫的娃娃。我現在只能確定這一點。還有一個在惡魔在作怪。一個巫師跟一個下毒的人。我真希望老食罪者在這裡。茹絲，我決定如此叫她的，我提醒自己。

玫格在等我。我列出罪食。代表貪食的濃稠鮮奶油，代表忌妒的普通鮮奶油，代表酗酒的香料酒，代表撒謊的芥末籽，代表欺騙的乳酒凍糊，最後就沒了，只剩下媞莉最後輕聲吐出的字句懸盪在我們之間。玫格的雙眼盯著地板上的燈心草，等著看我會不會加上鹿心。

在我們身後，床上，媞莉又開始顫慄。白沫從唇間冒出。

我結束聽罪。「還有最後的遺言嗎？」但是媞莉已經走了。

◆

走出卷軸門時，有一片刻，溫暖的陽光把那團雜亂無章的思緒驅散了。我深吸一口氣。空氣仍舊只是空氣。石頭仍舊只是石頭。白天依舊是白天。如果我現在就走回屎糞溪，也許就可以把這些惡行丟在身後。

但是接著我望向遠方，看到位在庭院另一端的高塔。高塔之下就是地牢。茹絲就在地牢裡。快逃，我的肚子說，聲音如此響亮清晰。薄薄的拖鞋下鵝卵石凹凸不平，然而我幾乎都沒感覺到，而且兩隻拖鞋依舊穿錯腳。

穿過庭院所需的腳步比我預期的還要少，抵達地牢所需的腳步也比我想要的還要少。沒有守衛阻止我進去。只有出來會被禁止。

十級綠色發黴的階梯把我領至地底下。底端是一個入口，一個壯碩的守衛坐在凳子上，毛茸茸的鬍子就跟階梯上的黴斑一樣。他身後是一條石頭走道，濕漉漉的，看起來就像在哭。整條走道上每隔幾步就有一扇木門，最後消失在遠端的黑影裡。一點都不像我待過的監獄：一個泥土地的大牢房，門上一把鎖，所有的人都擠在裡面。這個地牢只關叛徒跟貴族。

「誰被准許接受食罪者探訪了？」黴斑鬍大聲問，聲音往走道深處迴盪。

一個較年老的守衛從陰暗的走道裡走出來，臉上一把細膩的灰鬍子，形狀就像把鏟子。他把目光掃過我，避免直接看到我。「今天沒有人要死，把她打發走。」

「怎麼打發？」黴斑鬍問，像是有人要他移開一條蛇。

「今天沒有人要死。」灰鬍子更大聲地說。

我像隻松鼠，飛奔繞過他倆，心想他們一定會來拉我的衣服，但是他們沒有，只是大吼起來，而且是對彼此大吼。「你讓她跑進去了！」灰鬍子怒斥。

「我還能怎麼辦？」黴斑鬍問。

「她想幹什麼？跟著她！」

往第一扇門的小孔瞧進去時，我在身後聽到他們的腳步聲。牢房裡是個年輕男子，正跪在地上祈禱。

下一間牢房裡是個高大的男人，躺在一堆骯髒的燈心草墊上，動也不動，就像死了。

「她在找人。」黴斑鬍說。

下一間牢房比較大，裡面有張床、有張桌子。一個衣著華麗的女人正在羊皮紙上寫字，一小截蜂蠟蠟燭是她的燈光。

「她在看那個天主教伯爵夫人。」黴斑鬍說。

「這我們兩人都看得很清楚，你就不用說了！」灰鬍子怒罵。

伯爵夫人聽到聲音抬起頭。

「你們有東西要給我嗎？」她有些不耐煩地問。「我親眷這幾天會送來一些東西。」

半晌沉默，然後黴斑鬍大喊：「是的，我的女士。」他的腳步聲走遠了又回來。他打開牢房門，手上提著一個籃子。籃子用一塊黃色的布蓋起來了，布上繡著一個紅色的徽章，就跟白臉豬在繡的一樣。

「要是我沒問，你會把它拿給我嗎？」伯爵夫人問，像是在自己家裡對僕人說話。「還是會自己留起來？」

黴斑鬍低頭看自己的鞋，又把門鎖上。但是灰鬍子說：「妳是女王的叛徒，也許妳最好別抱怨。」

「也許你最好別如此放肆！」伯爵夫人從門後說。「我也許是天主教徒，我不會背棄我的信仰，但是我從來沒有密謀推翻貝特妮女王。我表妹還是女王的私人女官呢！我們對女王忠心耿耿。」

「天主教的密探就像害蟲一樣布滿了貝特妮女王的宮廷。全都是夏娃的女兒。」灰鬍子惡毒地說。

「我是孀居的卡崔娜皇后也就是貝特妮繼母的摯友，住在她家的時間就跟貝特妮女王一樣長。她應該記住這一點，謹慎行事，免得杜鵑鳥叫得太大聲。」接著伯爵夫人唱起來：

狡猾杜鵑鳥，不自己築巢，
不認親雛鳥，一身責任拋。

「妳在打啞謎嗎？我去找捉巫官來。」灰翳子說。

伯爵夫人不搭理他。「籃子裡只有蠟燭跟蛋糕。我表妹說會給我墨水。」

「讓妳寫妳的密探信？」灰翳子說。

「把我的墨水給我！」

灰翳子不回話。

伯爵夫人的牢房之後，地牢濕漉漉的牆壁便消失在一個又長又黑的轉角後。突然，一聲哀嚎，猶如動物的叫聲，從那黑暗中傳來，使我胃底一沉。如果我繼續走，會發現什麼？

但是她在這裡。而且她是我唯一的親人了。

「她要去審問間。」黴斑翳說。我聽到灰翳子一拳打在黴斑翳身上。

走進陰暗的轉角幾步，我就見到一絲亮光。再走幾步，亮光就聚成一盞燈，照亮又一排的門。一聲低嚎從第一扇門後傳出。我踏到門上的小孔前，嘴裡一陣苦味。

牢房裡的景象似曾相識。老柳樹，女王的御醫在裡面。他彎身在一碗尿上，就跟他去看柯麗斯時一樣。但是這一回他旁邊是個乾枯的老太婆，而且他不準備治癒她。

老太婆衣衫襤褸，臉上跟頸上布滿了點點的燒傷與針刺的痕跡。老柳樹聞聞尿。「又是不明確。」他說。「妳把妳的祕密守得可緊了，老太婆。」他把尿碗放到地板上，手上什麼東西閃爍了一下。是他小指甲上的戳巫針。他把那粗粗的針舉向她。針尖沒有光澤，因為已經黑黑的沾滿了她的血。

我提醒自己，那老太婆可能就是做了那娃娃的人，肚子跟陰部戳著豬毛想詛咒某貴婦的那娃娃。那是黑魔法。我匆匆走到下一扇門，往裡瞧。

一看到老食罪者，我不禁抽泣一聲。牢房裡很昏暗，但我還是看到她了。她坐在地板上，面向遠方，垂著頭。準備要拿來壓她的石頭在旁邊堆成一堆。

我粗聲吼了一聲，想引起她的注意。我聽起來像隻動物，馬或牛。但是老食罪者就跟那堆石頭一樣動也不動。她一定是喝醉了。不對，這裡面沒有酒。地牢裡沒有酒可以喝。只有冰冷的石頭與等待，還有等待結束之後那更可怕的酷刑。

我不知道該怎麼辦，於是我也等。跟她一起等。也許我呼進呼出的氣息可以取代語言。也許她會聽到我氣息中的哽咽，然後知道我來安慰她了。知道我給她取了一個名字，知道我很遺憾，知道我想念她。

接著我看到地板上那灘血。

血泊在那堆石頭下，一塊深色的地毯，因為光線太暗，我一開始沒注意到。

說不定是舊的血，但是就連在這麼想的這一刻，我心底知道不是。噢，茹絲。

我仔細去瞧她的雙手。手指都黑了，而且都是水泡。不對，不是水泡。是裂開了。被擠到四肢末端的血最後把指尖都爆裂了。她不是在等。她死了。我看著的是她的回憶，是她被石頭擠出生命後被棄置一旁的軀殼。

灰鬍子的聲音嚇得我跳起來。我忘了兩個守衛還跟在我後面。「還好小食罪者夠明理，沒像那胖的一樣拒吃。」

茹絲的臉現在看起來是什麼樣？她栗子般的大眼睛怎麼了？

灰鬍子的聲音繼續說：「如果小的當初也拒吃，他們根本就不能給老食罪者施酷刑。女王的秘書只能另尋他法。城裡不能沒有食罪者。」

一陣鼓聲在我耳中迴響。是我自己的血轟轟地衝來。我當初其實能夠避免她一死嗎？我吃了鹿心，就使她可有可無了嗎？

「他們不能就再指派一個食罪者嗎？」徽斑鬍問。

「這不像當鐵匠的學徒。」灰鬍子沒好氣地說。「指派新食罪者可耗工夫了。」

「就只需要一個小女孩，不是嗎？」

兩個守衛繼續交談，彷彿他們的話語沒緊緊擒住我的心。彷彿他們只是在聊田野上的農作物，或是會不會下雨。

「不是只需要一個小女孩。」灰鬍子說。「你想想，如果記錄官宣布說你親族裡有個小女孩要成為下一個食罪者，你會怎麼辦？」

「我絕不准！」徽斑鬍忿忿不平地說。

「你會上街大聲抗議！」灰鬍子同意道。「每個誠實的人都會。所以記錄官指派食罪者時，得小心選擇。我們的記錄官可記仇了。」灰鬍子朝牢房裡死了的茹絲點個頭。「他老婆連續流掉了兩個寶寶，最後生下一個頭腦簡單的孩子。於是他就把她詛咒回去，使她成了那裡面的食罪者。」

我還記得床墊腳邊盒子裡那兩個骨頭垂飾。她兩個死去的寶寶。那就是為什麼她老坐在火爐前的凳子上嗎？那就是為什麼她老是在呻吟、在喝酒嗎？黴斑鬍的雙腳在石頭地上挪動。「那這個小的又造了什麼孽？」

「我他媽的哪知道啊？」灰鬍子說。「為什麼屍體還在這？」

黴斑鬍從我旁邊走過去，手裡拿著鑰匙。然後一聲呼嚕，黴斑鬍便伴著吃力的呼吸拖出茹絲的屍體。每走一步就是兩個拖曳的聲音，然後片刻的休息。兩聲拖曳，然後片刻的休息。每回拖曳都隱隱喊出一個字。我試著聽聽清那兩個字。猶……？

猶大。黴斑鬍把她從血淋淋的牢房裡拖出來時，她的屍體就在說這兩個字。叛徒猶大。我吃了聽罪時根本沒列出的那顆鹿心，所以女王的秘書黑手指就可以毫無忌憚地殺了她。

我開始猛搖頭，像隻狗想把濕掉的毛甩乾似地，但是仍舊甩不掉那名字。黴斑鬍把她的屍體拖過我身邊。乾掉的泥巴覆在她的嘴角與眼角，塞進她的指甲下。不對，不是泥土，是血。

「噢，茹絲！」我的嘴唇輕呼。我的氣息轉變成一聲哀號。為她的痛苦、為我的悲傷而哀號，為那猶如壓死她的石頭般壓在我胸膛上的孤寂而哀號。我的雙唇攫住從嘴裡發出的聲響，將之變成低語：「原諒我！原諒我！」

我會變成食罪者，完全是罪有應得。因為我邪惡，因為我卑鄙。我轉身，從兩個守衛身旁跑過去，奔上階梯，衝出地牢，想逃掉我的愧疚、我的悔恨、我的悲痛。

10　綠葉蔬菜

我跑出王宮，跑進城裡，到了城中心廣場的教堂前才停下來。不知為什麼，我心想如果我可以聽到高級教士的祈禱，或是把手浸在彩繪玻璃窗的彩光裡，也許就可以洗滌身上的罪惡。我不曉得還能怎麼辦。

路上滿是人，都穿著白衣裳準備去參加正午的禮拜。我從人群中擠過去，幾乎喘不過氣。原諒我，茹絲。

前方，我看到教堂大門兩邊刻進石牆裡的聖保羅與聖加百列。我聽到人們在說：「願和平降臨你。」就站在門內的教士也回應同一句話。

但是還沒能走進門，就有人在我面前厲聲地發出噓聲，然後一個教士手杖的曲柄就舉在我鼻子前。「食罪者不可玷汙造物主的殿堂！」一個聲音尖聲嚷道。

我身邊的人全慢下腳步，轉身遠離我。教士把手杖往前一戳，狠狠捅進我的肩窩。然後又一揮，從旁邊擊中我的耳朵。我抬起頭，看到另外一個教士也舉起手杖準備出手。「搧罪人！」他喊。

我轉身想逃，但是進教堂的人潮擋在前面，我根本動不了。附近一個男人開始跟著教士一起大喊：「搧罪人！」然後，有人把帽子打在我背上，帽子很硬，打得我好痛。接著另外一個人也脫下帽子，開始用帽子打我。「搧罪人」的叫聲漸漸變得比「願和平降臨你」還大聲，最後我滿耳只聽到「搧罪人」。群眾似乎全在又喊又打的，把我推離門口。我的視線只看到群眾的身軀與打我的帽子，突然我就一腳沒站穩，跟著一個小女孩一起跌進路邊的水溝。小女孩的母親尖叫一聲，抓住小女孩的手臂把她拉起來，一邊羞愧地打她屁股，一邊又心疼地抱她哄她。我用雙手遮住頭，躲在水溝裡，一直等到我確定沒有人還在打我。

群眾逐漸安靜下來。我抬頭看教堂外排隊的群眾。他們全轉開頭了，用手擋住臉。沒有人在喊「搧罪人」了。片刻過後，我又開始聽到門邊一句句祥和的「願和平降臨你」。隊伍開始往前走。群眾魚貫走入教堂，最後我上方的路全空了。

髒水滲入我的連身裙，我感覺到左邊大腿跟屁股一片冰涼。我心裡只想，茹絲家沒有肥皂。

愧疚、悔恨跟悲痛的想法還在，但是不知為何，我現在只想著肥皂這事。我忍住一絲竊笑。肥皂。

我從水溝裡爬出來，可以聽到高級教士在教堂裡展開禮拜。「造物主，請憐憫我們這些可悲的罪人。」

我的嘴唇不知不覺地動起來，跟著答：「讚美主。」

我一直都很喜歡在每段禱文結束後說「讚美主」。聽到大家說我的名字，美——玫，彷彿我是造物主的禱文與神祕的一部分。

教堂大門外，我抬頭看聖加百列的雕像。他的臉孔比聖保羅慈祥一點，而且雙手張開在身體兩側，表示歡迎。但是這裡沒有人歡迎我。

高級教士繼續說：「親愛的兄弟姊妹，我們聚集在這裡，感謝我們從造物主手中接獲的恩賜。」我得到什麼恩賜了？我一個都想不到。

群眾又答「讚美主」，但是這一次，跟聖加百列一樣，我保持沉默。

◆

墓園裡有很多墓碑，有些已磨損殘破，有些還邊角方直。有座墓碑的背面用白堊畫了一個圖案：一個X，兩側各有一隻眼睛。八成是女巫的記號。

父親只有一塊小石碑，我只付得起這麼多。我在他墓上新長出的小草上躺下來。連身裙黏在大腿後方，陰部也被水溝的髒水浸濕了。我躺了好一陣子，直到頭上的天空開始變暗變冷。星光從紅髮般的雲層間露出。如躺在床上一般躺在父親的屍骨上，我終於了解為什麼要有食罪者了。人必須相信自己有可能擺脫這要背負如此多的感受，對一顆小小的心、對一個軀體來說太多了。否則我們永遠都無法活著。些悔恨、悲痛與哀傷，把它們像皮一樣蛻去，然後輕盈自在地死去。

夜晚的涼風會引起高燒。我會等著它滲入我的鼻、我的眼、我的耳。它會吸乾我的生命，然後我會離開這世界。我會去找夏娃，還是會去找造物主？我不知道。

月亮升到上空，照亮一棵新葉茂盛的山毛櫸。我等著，但是什麼都沒發生。幾天下來每天都能吃飽肚子，我隨著溫暖安逸的生命奔流，急於離開。造物主不幫我。現在連死神也不幫我。

我翻個身，去看父親的墓碑。用手指去摸刻在石頭上我們家的的姓。O-W-E-N-S，我一個字母接一個字母地照著畫，灰色的岩屑塞進我的指甲縫裡。我又畫一遍。寬圓的O，兩個凹口朝上的W，E和N，最後是S。我又畫一遍，然後再一遍，一遍又一遍，直到我的思緒清晰起來。如果我註定要活著，那麼我得理清這團混亂。我交握雙手。

茹絲，我祈禱，我發誓會糾正這個錯誤。

我會證明我是父親的女兒，把東西修好。

讚美主，讚美主，讚美主。

11 牛舌

是女巫作怪的午夜時分了。沿著客棧街走回家時，就連娼妓都躲了起來。一聞到屎糞溪的味道，我就感覺到心裡鬆了一大口氣。馬上我就也可以躲在自己家裡了。

我走進自家的巷子，經過通往染布場跟改教院的巷道。有一片刻，我覺得聽到笛子聲從那老舊的石樓廢墟傳出來，以前猶太人就得住在這，直到改信新教。一想到可能有未改教的陰魂困在那石樓裡，我就膽顫心驚。不過我聽到的不是陰魂，只是夜風在頹圮的煙囪間呼嘯。

走到家門前時，我還心有餘悸，所以根本沒注意到兩個人影從屋子側邊冒出來。一個鑽到我跟門之間，另外一個擋在路前，就跟殺手一樣。而他們一定就是殺手了。黑手指派人來結束他未完成的惡行了。

之前沒多久，我還希望死神來帶走我，但是現在死神就在我面前，我卻不想死。擋在路前的殺手身材壯闊，用條方領巾遮住下半臉了。他舉起一把短劍。想都不想，我就一頭去撞站在門前的第二個殺手。他手上也有一把劍，但還持在身側。我個頭雖然比較小，他還是被我撞得往後倒。粗劣的門框被撞壞，我們兩人跌進屋裡，重重地摔在地板上。

我連滾帶爬從第二個殺手身上爬開。他也在爬，呼吸沉重。

「快捅她！」第一個殺手透過方領巾喊。他擋在門口。第二個殺手站起來了，離我就幾步而己。他舉起劍。我衝向後門，但是還沒跑到，他就擋在後門前。我跌跌撞撞退到壁爐邊。兩扇門都被殺手堵住，我死路難逃了。

我在身後瘋狂地亂抓，摸到那只舊鍋子。抓起來往第二個殺手身上丟過去，但是他一下就躲掉了。

「快捅她！」第一個殺手又從門口喊，第二個殺手朝我踏出一步。

我退到角落裡，等著他下手，頓時一腳踩到什麼。突然間我身後有什麼動起來。我驚叫一聲，但是不是只有我叫出來。

「這是什麼鬼東西啊？」第二個殺手喊。他舉起劍，但是謹慎地不敢下手。

我倏地轉身，看到一個可怕的怪物在我面前站起來。陰森漆黑的雙眼，鼻子是個窟窿，一張皺巴巴的嘴裡滿是殘缺不全的牙齒。是布里妲。

「惡魔！」第一個殺手從門口低聲說。

布里妲破爛的披肩從身上掉下來。爐火微弱的光線閃過她一側肩膀的凹窩。她舉起那截只有半隻手臂長的骨頭，指著我。「她詛咒我了。」布里妲細小的聲音說。「我以前是個男人，就跟你們一樣。我來傷害她，結果她就詛咒我了。看看我的陽具。」布里妲掀起裙子，露出她的陰部。

第二個殺手開始祈禱。布里妲拖著滿是瘡痨在流膿的雙腿，踉踉蹌蹌地走向他。「如果你傷害食罪者，就會跟我一樣被詛咒。」

第一個殺手早已從門口嚇跑了，門還開著讓第二個殺手跟上去。他想都不想，就踩著有跟的靴子砰砰砰砰地跑出去了。

◆

「整個門框都撞壞了。」保羅邊說邊從閣樓的梯子爬下來。

「像兔子一樣嚇跑了。」一個陌生的聲音在他身後說。「演得真好，布里妲！卓越的即興演出！」

我的心在砰砰作響，雙臂感覺起來又輕又麻。不過我還是注意到我的無業遊民又回來了，而且人數還增加了，就像黴菌或毒蕈一樣。

「請見諒。」新來的男人說。「保羅跟我侵入了妳的私人寢區。我們聽到門外有人在扭打，便逃上樓了。」

「你在浪費口水，弗德睿。」保羅說。「她是個食罪者，不會說話。」

「但是她可以聽到我們講話，不是嗎？」

「有差別嗎？」保羅說。

「動物聽到聲音也會平靜下來。」弗德睿說。「就連屠夫在殺豬前也會跟他的母豬講話。」

他半開玩笑地去咬空氣。「我這樣她就不會把我們全吞掉。」

布里妲在爐火邊坐下來。保羅為她增大火勢。他不久之前還跟她說過那麼刻薄的話，我很吃驚他現在這麼體貼。

經歷剛剛那番演出後，布里妲現在疲憊不堪。等我的心平靜下來後，我發現我也疲憊不堪。但是上床之前，我打量了一下這個弗德睿。他年紀比其他人大一點，差不多是我父親去世時的年紀。但是他身體健朗，衣著比保羅跟布里妲也好看多了。他應該正從事某種行當，但不是多體面的一種，否則他早就住在客棧裡了。我不覺得一個把我比喻為母豬的男人還會搭理我，但是就在我走向梯子時，弗德睿開口了，目光越過我的肩膀。「我為我們差勁的禮數懇求原諒。保羅的性情就跟羅馬農神薩圖恩一樣暴躁。如果我們大方的東道主願意屈尊收容我們，我們這樣就太失禮了。」

一個演員。而且我懷疑他在嘲弄我。我需要寧靜來定下心神，而不是滿屋子粗野的無業遊民和成年的時事演員。我爬上了通往閣樓的梯子。

我手臂上仍有一點點麻麻的感覺。殺手就跟所有人一樣迷信，我安慰自己。他們不太可能回來了。但是灰鬍子在地牢裡說的話並不對。黑手指就願意謀殺唯一的食罪者，我也是可有可無。說不定他此刻就在命令記錄官指派一個新食罪者。我的心又開始砰砰地跳。我怎麼樣才能夠阻止黑手指追殺我？

他當然有可能就是毒死兩個女人、把鹿心放到柯麗斯棺木上的人。如果我理清這團混亂，說不定他就會被處死。我砰砰的心跳稍稍緩和一些。我只需要理清這團混亂。

如果是一把卡住的鎖，父親會怎麼修理？

讓它告訴你。

我躺下來，等待。頸子上的縫線在癢，我竭盡所能克制自己不去抓。身上的連身裙在骯髒的水溝裡泡得硬梆梆的，我用手試著把它捏軟。然後我的腳開始抖動。我又吸一口氣，試著再去傾聽那鎖的話語。

最後，最後，終於有什麼出聲了。出聲的不是鎖，而是我過去幾天來的發現。我跟牆壁、跟石頭或是自己默默嚥下的發現。柯麗斯跟媞莉都被下毒了，她們兩人有什麼共通點？不多。柯麗斯出身貴族世家，媞莉的身分只比婢女好一點。但是柯麗斯是家庭教師，所以女王還小的時候，她想必跟女王住在一起。媞莉說她以前也跟女王住在一起。所以貝特妮女王長大成人期間，她們兩人都跟貝特妮住在一起。住在貝特妮繼母的家，也就是老國王最後一任皇后卡崔娜的家。

我等著更多發現出現，但是出現的只是弗德睿的聲音，像蜜蜂一樣從木頭地板下傳上來。聽了令人心煩，但是也令人心安，就像家人的閒話家常。我把手伸到大腿之間取暖，大腿肉摸起來感覺起來就像麵包坯。腿上的肉比以前多了，我心想，一邊聽著我家那群鳩佔鵲巢的無業遊民聊天。

聽起來弗德睿跟他的戲班子進城來準備在某個慶典上演出。那個既是外人又是敵人的諾曼王子派了使節來跟貝特妮女王求婚，想與我們結盟。

「她永遠不會嫁給諾曼王子。」保羅說。「他是天主教徒。」

「我會下注在女王的秘書身上。」弗德睿說。「我聽說有個宮女只是跟女王的秘書眨了眨眼，女王就一刀刺進那宮女的手。聽說她是那種嫉妒心很強的情人。」

「你不相信她是處女？」布里姮問。

「他們說諾曼王子派了一個醫生來檢查她是不是。」弗德睿說。

布里姮咂了下舌。「如果她不是處女，王位就不保了。她還沒結婚呢。」

我聽到弗德睿笑起來。「那最好不要有人發現真相。這已經成了一個偉大的形象。形象就是權力。童貞女王，這角色可重大了。」弗德睿又笑起來。「要是她夠聰明，而且我相信她夠聰明，她會強調自己跟童貞聖母的相似之處，讓大家相信她當女王的權利是神賜的。她為什麼要結婚？結了婚，就只是迎來一個國王奪走她所有的權力，最後只能坐在角落裡做針線活。」

「那為什麼還有求婚者？」布里姮問。

「唉，布里姮，」弗德睿口無遮攔地說，「交際花怎麼樣才能使她的眾情人心滿意足？就是讓每一個都以為自己贏得了她的芳心。」

「噢，弗瑞德。」布里姮訓誡。把女王比喻為交際花是被砍頭的好方式。「但是她需要繼承人。」

「嗯，」保羅也同意，「否則王位就會落到……咦，會落到誰手中？」

「這是個好問題。」弗德睿答。「我們來看看。瑪麗絲跟貝特妮的父親有六個妻子。所有的小孩都死了，除了我們敬愛的女王，造物主保佑她。」

「那國王最後一任妻子呢？」保羅問。

「卡崔娜。」

「卡崔娜再嫁給西摩男爵後，不是生了個女兒嗎？」保羅說，「這個女兒也有繼任的權利吧？」

「不對，你看，老國王是皇室出身。」弗德睿的音量高起來，就跟葛蕾西・曼諾斯要說起我們其他人不知道、只有她自己知道的事情時一樣。「他幾任妻子是因為嫁給他了，所以才成為皇后。他死後，卡崔那就不是皇后了。她成為寡居皇后，但是這頭銜不過是個尊稱，一點實際意義也沒有。國王一死，王位就由他的長女瑪麗絲繼任。」

布里妲問：「那下一順位繼承人是誰？」

「沒有人知道。」弗德睿說。「貝特妮女王要不就得生下一個繼承人，要不就是得指定一個繼任者。天主教徒是希望她會指定她在北方的表妹。諾曼王子是希望能跟女王結婚，跟她生下小孩，就跟盎格魯每個勛爵一樣。我們只知道，一旦貝特妮有了繼承人，她就會失去一大部分的權力。屆時大家都只會想討好她的繼承人，而不是討好她。這就是為什麼我打賭她一個求婚者都不會接受。」

「至少諾曼使節把貝特妮的婉拒帶回去給他的王子前，還有個盛大的慶典可享受。」保羅說。「可憐的傢伙。」

「這慶典會極盡豪奢！有雜耍、有音樂，還有我們小小的戲劇演出當壓軸。」弗德睿接著說。「保羅，你不會相信這劇的製作有多盛大。他們要我們建一個有多重布景的舞台，還有一個裝置來升降布景！」

「多重布景？」保羅問。

「聽說是有個盎格魯勛爵看到義大利人的戲劇演出上每一幕都更換布景。我在猜布景根本沒動，只是那勛爵喝醉了。」布里姐聽了嗤嗤地笑。「且不提笑話，那勛爵提供了一個繩子跟滑車系統的繪圖，可以把平板的布景從舞台上方降到舞台地板上的凹槽裡。你想想，你表演的時候舞台上方吊著一塊布景！真是達摩克利斯之劍！」

「你們要演什麼？」保羅問。

「一齣偏娛樂性質的戲，不會太複雜，幾個劍橋劇作家寫的。」

「誰演年輕的女士？」保羅追問。「是不是安德魯？是安德魯，對不對？」

「你還記得你飾演克絲坦斯夫人嗎？」弗德睿說，彷彿在回答保羅的問題。「在萊斯特鎮，當時那裡的布料商行會在抵制《人類的墮落》，我記得沒錯嗎？」

保羅笑起來。「市長問我們有沒有『避開信仰』的劇，他當時的用詞就是這樣。」

「避開信仰？」布里妲問。

「那時候大家都怕碰跟信仰有關的戲劇。」保羅說。「你永遠不知道可能會冒犯到誰。」

「其實那算是解救了我們。」弗德睿說。「畢竟我們已經到了鎮上好幾年，見了市長，請他去問我們可不可以演出一齣叫做《第二牧羊人之劇》的幕間戲。」

「那齣戲我們演出幾次了？」

「一個夏季十幾次還是二十幾次！後來出現很多新劇，」弗德睿說，「我們就決定在萊斯特鎮演出《道伊斯特》。天啊！你當時的演技太出色了——**現在還是**，你現在的演技還是很出色。」弗德睿糾正自己。「對不起，我大意了。」

「沒有，沒有，你說的沒錯，那段日子已經結束了。」保羅很快地說，但是聲音裡已經失去了之前的快活。接著傳來像是喝酒跟把酒壺框啷一聲放下的聲音。

「噢，我還沒告訴你最棒的部分呢。」弗德睿說，像是想討保羅開心。「整個慶典，包括我們的演出，要在王宮東側田野上搭起的一個大帳篷裡舉辦。」

「在田野裡？」布里姮問。「為什麼要在田野裡？」

弗德睿的音量又高起來。「還不是為了再現女王父王昔日的輝煌。老國王有一次下令搭起一間用金布製成的帳篷，然後在裡面跟諾曼的盟友會面。他舉辦了這島史上最華麗的慶典。」弗德睿喝一口酒，然後嘆口氣。「我見過帳篷搭在舞台上，但是還沒見過舞台搭在帳篷裡。太難以置信啦！」

「我從來沒聽過這種事。」布里姮說。

弗瑞德的聲音變得溫柔一些。「保羅，你可以找到工作。你還是很強壯，我們需要懂得搭建舞台跟設置化妝間的人。而且我們在後台永遠都可以用到一個好的服裝師。你對針線有一手。」

「我已經淪落到這個地步。」保羅說。「我不能……我不想被人看到。」

「你不是第一個因為化妝而臉上生疤的人。唉，這其實還算是這一行的標誌呢。而且你知道所有的女性貴族也深受其害。這就是為什麼她們每老一歲，臉上的妝就更厚一層——就是為了遮住臉上的疤。」

「沒有人被毀容到我這個地步。」

「你以前很英俊。」弗德睿溫柔地說。

「我根本就是令人無法抗拒！」保羅說。「還有人送過我一只紅寶石戒指呢，你知道嗎？一顆真寶石，我知道。畢竟我天性溫和。」

「大家都愛你。」弗德睿同意。接著一陣刮擦聲，像是有人從凳子上站起來。「你要去哪，保羅？有好友相伴，是這艱苦生活中唯一的慰藉啊。」

「我不是難過。我只是想去取點柴火。」保羅說，然後後門打開了又關上。很明顯，他在說謊。

「他比我上次見到他時糟多了。」弗德睿壓低聲音說，我幾乎沒聽清。「他整個人好憂傷。」

「他這一陣子情緒反覆無常。」布里妲說，「老是罵我！什麼夏娃的侍女，還有什麼來著？」布里妲思索，「惡臭曼菲特？」

「曼菲特絲，硫磺惡臭的女神。」弗德睿解釋。「保羅是一個勛爵的私生子。他父親自己教育他，不認他，但是給了他淵博的知識，讓他罵起同伴來不缺靈感。」

「儘管如此，他還是把我當家人一樣照顧。」布里妲充滿溫情地說。「所以囉。」

「他其實有一顆善良的心，」弗德睿嘆口氣，「但是被傷得很深。天理昭彰，那個騙走他的心、然後他不再英俊就把他遺棄的混帳，終有一天會被抓去鞭笞。」

後門開了。弗德睿的音量又高起來。「保羅！你一定要看看我的台詞。寫這劇的劇作家讀過亞里斯多德，就以為自己成了詩人，結果一如既往忘了機智一定要與悖慢相伴，否則台詞才一說，觀眾就睡著了。」他說這話的時候，我靈機一動，完全醒來。

我一轉眼就爬下梯子。走向火爐時，弗德睿跟保羅立刻讓開，布里妲則在毯子上盡可能地把自己縮小。我把在茹絲盒子裡找到的書舉起來。弗德睿跟保羅識字，他們可以告訴我鹿心代表哪一種殺人罪。

「你跟我說食罪者不會來煩你！」弗德睿大喊，緊張的像隻被逼到牆角的兔子。

「是盒子裡的那本書。」布里妲從眼角餘光看到。我把封面翻開，指著上面的字母。布里妲看清我的用意。「她想要你們唸給她聽。」

保羅把雙手往後收。「我跟妳說過我不想要跟她有任何牽扯！」

我需要他們的幫忙，於是我站在那裡不動，離他們一步之遠，寂靜中只聽到爐火的餘燼劈啪作響。

最後弗德睿嘟囔道：「如果書裡的句子可以讓她趕緊離開，那我讓步。」他伸手拿書，小心翼翼不碰到我，然後清清喉嚨。「《彙編：大小不一各式罪過及其罪食》，」他吸一口氣。

「『本彙編闡明與各罪過配對之食物，食罪者吃下該食物後，便可洗滌死者靈魂的罪過。』」

「一部詭計與感情的集結。」保羅說，彷彿根本不是真心的，一邊把背靠在火爐邊的牆上。然後我們開始了。

弗德睿從頭開始唸。書裡其實就是列出了所有的罪過跟它們的罪食。通姦、襲擊、傲慢等等等等，但是沒有鹿心。我猜鹿心會列在殺人的罪之後，但是我不知道殺人在書中哪一部分。我一直等，盼望下一個就是鹿心。

不過弗德睿唸的內容還是很有用。我以前就知道通姦的罪食是葡萄乾，懷恨的罪食是燕麥粥，但是重婚的罪食是柳橙果醬，還有致盲的罪食是豬肉派。我知道香料酒是酗酒的罪食，但也是血祭的罪食。此外還有六種不同的覬覦，全是不同的鮮奶油：普通鮮奶油、濃稠鮮奶油、凝凍鮮奶油、甜奶凍、奶油蛋佐鮮奶油，還有打發的鮮奶油。

弗德睿才唸沒多少，他就打起哈欠，揉揉眼睛。「很遺憾，天晚了，我必須暫停這啟迪心智的勞力，休息雙眼。」他把書伸給我。「我一定早就滿足這小鬼的要求了。」我把書接過來，假裝沒看到我的手靠近時他猛地把手縮回去。得等明晚再要他繼續唸下去了。

◆

還沒破曉，我就被屋外的叫聲吵醒。我迷迷糊糊，一開始還以為又有人來要追殺我。但是那叫聲逐漸清晰起來，是兩個男人在爭吵。我心想一定是保羅或弗德睿，但是兩人的用語太粗俗，像泥塊一樣。

「你沒理由抓我！」一個人說。

「臭婊子！」另外一個人說。說不定其中一個是女人，只不過因為聲音太低沉沙啞，所以聽起來像男人。我從窗戶遮板往外瞄。屋外是一個保安官跟一個老太婆。

「我看到妳在屋牆上畫了一個惡魔的記號。」保安官說。

「不過是亂畫！」老太婆腰上被綁了條繩子。她一跛一跛地想逃離保安官，但是她太老了，保安官連追都不需要追上去。他抓住繩子，把她拉向城裡。

「把妳這個惡魔的娼妓燒了。」他說。

「我什麼都沒做！」老太婆喊。

他們轉過一個轉角，屋裡又陷入一片寂靜。接著一陣輕聲細語從梯子下傳上來。

「大家都想抓到做娃娃的女巫。」弗德睿低聲說。

「說不定是我做的。」我聽到布里妲細小的聲音。

「她在畫記號。」保羅說。「要畫就該小心一點，不要被抓到。」

布里妲又輕聲說：「說不定是我畫的。」

12　內臟派

早上我爬下梯子時，我那群鳩佔鵲巢的霸住房客還在睡。屋子裡瀰漫著屁味與布里妲的腐肉味。撞壞的門框草率地修好了。水壺裡裝著水，而且他們在火爐邊堆了更多柴火。我最好習慣他們的嘈雜與臭味，因為看來他們想留下來。

屋外，我見到一片快要下雨的天空與三個傳話人。兩個在用木棍去戳一隻被某種夜間猛獸吃掉一半的青蛙。另外一個正在猛摳鼻子。摳鼻仔先看到我。「王宮裡媞莉・豪伊的食罪。」

接著是戳蛙仔。「米麗・畢恩在城北的客棧街生產。」

「我也有一個產婦的聽罪，」第二個戳娃仔說。「托比太太。妳門上有個女巫的記號。」

我花了片刻才聽懂最後一句。我轉向屋門，但是什麼都沒看到。第二個戳蛙仔用木棍把我的目光導向靠在地上的一角。記號很小，是用木炭畫的，在破舊的木頭上幾乎看不清。記號有兩個眼睛，兩個眼睛之間是一個像女人裙子的形狀。第二個戳蛙仔眼力真好。

我蹲下來，想用手指把記號抹掉，結果只被碎片刺進肉裡。

為什麼我的門上有記號？這想法使我不寒而慄。每個人都知道女巫的記號是詛咒。

走去第一場聽罪的路上，雨還遲遲不來。我不是在拖延去王宮的時間，路面還沒來得及開口，我就跟路說。我承諾了我會理清這團混亂，我會說話算話。只不過死者可以等，但是臨死的人不能等，我告訴路。所以先去聽罪。

第一個戳蛙仔領我到城北一間酒館。

「哼，這麼久了才來。」一個穿著圍裙的胖女人跟第一個戳蛙仔說。「這時間寶寶都可以出生、長大、懺悔赦罪了。還好我姊姊生小孩動作慢。別指望我給你半毛錢。」戳蛙仔連忙解釋，但是那女人揮揮手把他趕走。

她領我走上樓梯，來到酒館樓上自家的臥室。身材也一樣胖的米麗躺在床上，大腹便便。一個小娃兒睡在她身旁，還有一個大娃兒，眼睛就跟她一樣，端著一杯淡啤酒杯在旁邊待命。這不是她第一次生產前的聽罪。

「樓下狀況怎麼樣？」米麗問。

「妳不在客人一樣喝得很開心。」她妹妹說。

「跟卡特．派瑞斯說他還欠我三杯啤酒的錢。」

「別被他騙倒了。」

「卡特．派瑞斯不會把我騙倒。」妹妹說。

「給我們點個燈，好嗎？這裡面黑的就跟夏娃的心一樣。」米麗抱怨。

姊姊對大娃兒點個頭，那大娃兒立刻找來一枝燈心草蠟燭，用壁爐的火點燃。米麗瞄向我。

「一個新食罪者。」

「無影者現身，」我說，「無聲者出言。汝身之罪成為吾身之罪，緘默一生，背負入土。」

米麗的目光飄向天花板。「責罵、虛榮、疏於祈禱、重錢財輕道德，更多責罵。凡妮，我還犯了什麼罪？」

妹妹嘟起嘴。「口角、吝嗇。你還摑了卡特．派瑞斯好幾回。」

「吝嗇？絕不！」米麗喊。「我只不過是節省罷了，明智的人都節省啊。」

「是妳要問的。」妹妹凡妮說。

「留到妳聽罪的時候吧：脾氣暴躁、粗俗無理、責罵……」

「這全都是一樣的罪啊！」

「總是喜怒無常。」米麗加上。

「妳之前才說過。」凡妮說。

「整天一副臭臉。」米麗又加上。

「我出去了。」凡妮宣布，然後看看那大娃兒，說：「等你母親痛到說不了話，再叫我上來。」說完她就下樓了。

「不要讓卡特．派瑞斯喝酒！」米麗在她身後喊，然後望向我。「我們了事吧。」

「隨著罪食下肚，汝身之罪將成吾身之罪。」我說，「緘默一生，背負入土。」

下一個是托比太太的聽罪。第二個戳蛙仔跟在我不遠處。接近商人街時，他靠向我的手肘，沒領我走到屋子的前方，而是帶我繞到屋後。我們走進一條小巷子，然後踏進一座菜園的小門，經過一盆盆漂亮的鮮花。

一個婢女讓我們走進後門，然後朝樓梯上方點個頭，這時剛好可聽到一聲呻吟從樓上傳下來。我已經習慣走樓梯了，上樓時幾乎不需要扶著牆。

到了二樓，另外一個婢女正等在緊閉的臥室門前，手裡端著一只黃銅水壺。「夫人？」她朝門內喊。「我幫妳拿冷水來了。」

一個聲音回覆：「把水放在門外。」

婢女注意到我站在她身後，於是又敲門。「夫人？」

「妳不可以進來！」那聲音警告。

婢女把水壺遞給我。

房裡是托比太太跟她的女兒，一個年紀沒比我大幾歲的女孩。但是要生產的不是托比太太，而是她女兒。那女孩牙齒間咬著一個木湯匙。陣痛來臨時，她母親為她抹去額頭上的汗水。

托比太太穿著一件寬鬆的長袍，女人懷孕時會穿的那種，但是從我手中接過水壺時，她長袍下的凸起被手肘壓得扁下去，彷彿裡面只是一大團月事帶或羊毛。女兒透過湯匙哀鳴，母親跟著哀號一聲，響亮到樓下也可以聽到。

我在想她們家的婢女有沒有上當。這太太跟她女兒不是第一個這樣嘗試的人。就算只是謠言，失去童貞的謠言也會永遠毀掉一個未婚女孩的名聲。有些女孩沒這麼糟糕，也被家人趕出門。

那女兒的聽罪很快。通姦，一點都不令人意外。此外就沒什麼了，連忤逆父母都沒有。有那麼多人犯下更嚴重的罪，被玷汙的卻是這個女孩。

◆

最後終於是媞莉·豪伊的食罪了。走往王宮的路上，我留意還有沒有傳話人，想確定還有沒有聽罪，但是沒有傳話人找到我。我必須去食罪了。運氣好的話，這次食罪只是小事一樁，不會引來黑手指這樣的人。

一個婢女領我穿越僕人的寢區。男僕抱著大包小包的東西，守衛輕拉腳上的長統襪。我們停下來，等挑夫把啤酒桶搬進來。一束陽光從走道上一個窗口射進來，於是我趁等待的空檔往外瞄一眼。

窗外是一座花園，花園裡有幾個侍臣在打板球。天空放晴了一些，至少看起來不會馬上下雨，所以那些人還可以冒險打一回板球。只見他們如雙腳細瘦的公雞昂首闊步、粗聲喊叫。再遠一點，我看到長石凳上坐著一個人。我胃裡一緊。是鄉間鼠。

他一個人坐在石凳上做什麼？也許他不喜歡打板球。然後我想起來他說過其他的王公貴人瞧不起他，因為他是北方來的。我身後的挑夫還沒搬完啤酒桶，於是我決定好好看一眼。他正在看手裡什麼東西。一枚硬幣？一只懷錶？是他的戒指，他在想念家鄉的朋友。我真希望能夠陪他作伴。

我陷入一場小小的白日夢。因為鄉間鼠是北方人，花園裡的侍臣決定跟他惡作劇。他們拿起一顆球，想去砸他的頭。我從窗口這裡跟他猛揮手，他注意到我的動作，站起來，剛好躲開球。他轉身想跟眾侍臣算帳，眾侍臣紛紛羞愧地跑散了。這時他看到我的臉，猶如窗口中的一幅畫⋯⋯。突然間鄉間鼠的頭真的抬起來了。我感覺到他的目光落在我臉上。他的眼神中閃過一絲驚愕。不知為何，我把父親的戒指舉到陽光下，轉過來反射出一道陽光給他。那束光照在他的胸膛上。他低頭去看那圈白光，如一隻飛蛾在他胸前飛舞。然後他慢慢地舉起自己的戒指，接住那反光，送回給我。光芒照在我眼裡，惹得我開心地呵呵笑。

婢女在我身後粗澀地咳嗽一聲，把我拉回僕人寢區的走道。經歷過花園裡燦爛的陽光，此處一切都顯得黯淡無光。挑夫已經走了，婢女想離開。

他把陽光送回來給我了。這想法讓我在走廊上雀躍。

我把這份小小的陽光回憶藏進心底，跟著婢女去媞莉．豪伊的食罪。

擺著棺木的小廳裡夠溫暖，鹿心上的油像水一樣滴下來。我猜我不該對鹿心出現在這裡感到吃驚，媞莉警告過我。

◆

但是來哀悼的人沒被警告過。我在他們的臉上見到鹿心的倒影，猶如一層陰雲。來了很多人，不少子女已成年的婦女，還有不少女王的宮女，但是沒有一個留下來坐在擺設好的凳子上。他們太驚懼於媞莉的罪狀了。媞莉是產婆，也是治病的術士，應該把生命帶進這世界，而不是結束生命，而且就在柯麗斯的食罪後沒多久。

唯一留下來的是老柳樹。他站在角落裡，目光不時掠過棺木，像隻蒼蠅在派上飛舞。也許他是想看我會不會把鹿心吃掉。

我應該吃鹿心嗎？現在沒有守衛拿著劍逼我。我先開始喝香料酒，暫時逃避這問題。

我注意到秀髮女跟米糊臉也來了。跟她倆一起來的，還有一個我沒見過、一身黃色絲綢的宮女。一行人走近棺木時，我看到米糊臉穿著跟上次一樣的衣服。

黃絲綢的女孩轉向她倆，說：「我只去找過她一次，那時我把蠟燭打翻，燒傷了手腕。」她看著米糊臉：「妳也去找過她，對不對？妳說是頭痛？」

米糊臉點點頭。

「我聽說她死的時候肚子上有水泡。」黃絲綢低聲說。「妳們覺得她會不會是被女巫害死的？」

秀髮女搖搖一頭金色的捲髮。「那些可怕的娃娃！」

「我知道她殺了人。」米糊臉看著鹿心說。她的目光掃過其他的食物，臉上露出一個特別的神情。我認得這神情，但是從沒想到會在女王宮女的臉上看到：飢餓。突然間米糊臉抬起頭：「那些，」她盯著秀髮女，「妳說那些娃娃。」

秀髮女茫然地看著米糊臉。

「我以為他們只找到一個娃娃。」

但是秀髮女的目光已經飄向門口一個陰森的人影。黑手指。兩次差點殺了我的黑手指，把茹絲折磨至死的黑手指。芥末籽卡在我的喉嚨裡，縫線下，我感覺到血流在砰砰作響。

棺木前，我瞥見到一絲動靜：一條手帕從秀髮女的手中飄到地上。像隻鳶一樣敏捷，黑手指立刻走過來將之撿起。他離我只有幾步之遠。

如果黑手指很吃驚見到我還活著，那麼他掩飾得非常好。在這些人面前，他不能傷害我，我提醒芥末籽。但是我在腦中依舊算著跑到門口需要幾步，是住在戴孚瑞家那一年養成的舊習慣。

黑手指把手帕遞給秀髮女。「我的女士。」他倆站得很近，我瞥見秀髮女接過手帕時，偷偷交給他一個又小又方的東西。一張紙條。我突然間想起來，在柯麗斯的食罪後看到他們兩人先後從同一個小房間走出來。配藥室。說不定他們在私會。如果黑手指真是女王的意中人，這可真是危險的遊戲。

一陣哽咽的嘟囔聲突然引起大家的注意。是白臉豬，已從幾天前的昏厥恢復過來，穿著一個大褶領，快步走向棺木。黑手指對秀髮女輕輕點個頭，便走向白臉豬，伸出手臂讓她扶著。

我可以看到白臉豬把手搭在他的手臂上前，猶豫了片刻。我還看到她可能從遠處看起來已經復原，但全只是因為臉上塗了一層厚厚的妝。她在哭，我理當心生憐憫，但是我沒有。

「我還是卡崔娜皇后的貼身侍女時，媞莉就住在卡崔娜皇后家了。」她大聲地對黑手指說。然後，彷彿是想解釋為什麼她清楚僕人的事情時，她又說：「卡崔娜皇后家裡人不多。」白臉豬偷瞄一眼老柳樹。「他像個絞刑吏一樣等在那裡，是吧？」

黑手指把自己的褶領像個屏風一樣往下壓，好把嘴唇靠到她耳邊。我聽不到他說了什麼。無論他說了什麼，白臉豬想故作鎮定，但是沒有用。她從他身邊退開，勉強擠出一個微笑，說：「謝謝你的安慰。」

黑手者握住她的手，舉到嘴邊。

突然間，門口傳來一聲大叫，接著是裙襬的沙沙聲。我抬起頭，看到女王，胸膛激動地上下起伏，臉頰在妝下發紅。

我想大叫，媞莉跟柯麗斯都是被毒死的！沒有人講到鹿心！妳的意中人是個殺手！

我的頭發昏，我的縫線在痛。我開始站起來，想走向女王。

黑手指從眼角看到我。他一手立刻飛到腰間，那曾劃破我頸子的匕首在那閃閃發亮。

我坐回凳子上，拿起麵包吃。但是黑手指的手仍在匕首上，手指握著刀柄。跑到門口要三步半，我放好腳，準備隨時逃跑。

但是女王動作更快。她直接就走到白臉豬面前，狠狠摑了她一巴掌。力道大到白臉豬往旁邊一倒，那龐大的裙子和她一起整個摔到地上，差一點把黑手指也一起拖下去，不過他及時把手臂扯開了。

女王站在原地，全身發抖，在黑手指與白臉豬之間看來看去。「你們想背叛我嗎？」

白臉豬用手遮住臉，大喊：「永遠不會，我的陛下！」

黑手指又去輕拉耳朵。「妳不會以為……陛下，妳不會相信——」

「我相信我的眼睛看到的事情。」女王打斷他。「你的嘴唇在她的手上。」

「如果對一個老朋友表示誠摯的友好會使妳不悅，」黑手指說，「那麼請容我退下。」

「我還沒准你退下！」黑手指還沒能踏出一步，女王就喊。

「我不會像隻狗一樣被妳鍊著。」黑手指嚴厲地低聲說。

女王抖得更厲害了，一個驚恐的片刻，我還以為她可能也被下毒了。

「陛下。」老柳樹出現在女王身側。

他的聲音似乎平息了女王的怒氣。她不發抖了。「把她扶起來。」她命令。幾個人合力把跌在地上的白臉豬扶起來。

「陛下，」白臉豬站起來後說，「在您青春的烈焰旁，在您的陽光旁，我只是枝老蠟燭！我對您來說一直像個姨母，您怎麼會以為我膽敢……」她似乎開始擔心自己會說錯話，於是就這麼嘎然而止。

女王的目光越過白臉豬，望向黑手指。她打量他。他低下頭，伸出一隻手。眾人在沉重的氣氛下摒住氣息好一會兒後，女王終於接住他的手。然後兩人在棺木前找了個位置坐下。

黑手指握著女王的手，但是雙眼盯在鹿心上。我不敢不吃。至少他坐在那裡盯著時，我不敢不吃。於是又一次，我吃下鹿心。在一個被謀殺的女人棺木上吃鹿心。

整顆鹿心都吃完後，我才想起來，之前女王見到鹿心時，一點都不吃驚。

13 大麥粒

他媽的！我小心翼翼地走下僕人的階梯時暗中咒罵。這句話突如其來就從口中溜出，在嘴裡感覺起來既陌生又骯髒，同時又再理所當然不過了。這就是我們為什麼有咒罵。我從來不曉得人們為什麼要咒罵，但是現在我知道了。惡劣的感覺玷汙我們的心，然後這些污點最後就綻放爆發成咒罵。我不知道怎麼理清這團混亂。我至今試過的方法只使我一再陷入險境。

終於開始下雨了，而且一下就是傾盆大雨。我坐在廚房附近一段樓梯最低的一級，等雨變小。滴滴答答的雨聲像尿撒在尿壺裡，不過比尿好多了，因為只是雨。

一個婢女走進走道。我坐在暗處，所以她沒看到我。另外一個婢女，個子高大、一臉面皰，從廚房裡走出來，雙頰被熱氣烘得紅通通的。她翻個白眼，說：「廚師在抱怨宮女老要求特別的菜餚。」

「他老是在抱怨要做菜。」第一個婢女說。「他為什麼會當廚師？」

「是女王的慶典使他最近脾氣很不好。老國王之後，就沒辦過這麼盛大的慶典了。妳來最好不是有什麼特殊的要求。」

「我還真的有特殊要求。」第一個婢女說，「小牛肝。宮女還給了我四便士交給廚師，算買菜的錢。」她補充，彷彿這樣就不成問題了。

「是不是給一個一頭秀髮的年輕宮女，最近胃口越來越大？」面飽臉微笑問。

「妳……妳是什麼意思？」第一個婢女問。

「廚師就是在抱怨她老有特殊要求啊！」面飽臉說。「老人家都說，一人吃、兩人補。」面飽臉說，一副話中有話的樣子。

「她懷孕了？」第一個婢女用嘴型比出這個疑問。

面飽臉噓了一聲，然後查看走道。一看到坐在暗處的我，驚叫一聲：「我的造物主！」

第一個婢女跟隨面飽臉的目光看到我。「她在這裡幹什麼？」她壓低聲音緊張地問。

「還不是為了妳那想吃小牛肝的宮女來的。」面飽臉低聲說。「她跟某個女王中意的男人在私會。那男人的老婆被女王派人推下樓梯。妳的宮女沒多久就需要食罪者啦。」第一個婢女開始畫十字。

這時候，白臉豬窸窸窣窣地走進走道，面飽臉跟另外一個婢女立刻貼到牆邊。面飽臉的屁股撞到一張小壁毯。

白臉豬像打量市場上的肉一樣打量兩個婢女。「妳們有人知道我的婢女在哪嗎？她昨天晚上應該捎信給我的，我在等我表姊的信。」

兩個婢女搖搖頭。

白臉豬看到面飽臉背後的壁毯歪掉了，把頭歪向一邊。「那幅壁毯的價值比妳身價還高。如果我是女王，我應該叫人把妳的屁股切下來。」

面皰臉頓時滿臉通紅，立刻從壁毯前退開，結果骯髒的圍裙擦到白臉豬的絲裙。「肥母牛。」白臉豬斥罵，然後從兩個難堪不已的婢女面前走過去。

我等她走到我這裡了，才突然站起來。白臉豬嚇得像隻驢子往後跳。一隻手伸向腰間，彷彿想去拿舊教的念珠，但是她身上已經沒戴念珠了。於是她畫個十字，繼續往前走。

我不知道自己為什麼要那樣做，但是有人注意到我，感覺很好，儘管是出於懼怕。我的人生至少改觀了一些。

◆

雨一變小，我就走出卷軸門，穿過庭院。一群傳話的小男生就在王宮大門外哄哄鬧鬧地玩彈珠。一看到我，他們就不玩了，立刻喊出一連串的名字。但是我只是一路走回家。第二顆鹿心的味道還在我的嘴巴裡，而且我突然想起來，還有一件事可能可以幫助我理清這團混亂。

我的屋門在勉強修好的門框裡岌岌可危地嘎吱作響。屋裡，保羅、布里妲跟弗德睿剛醒來。我找出食罪者的書，走到正在伸懶腰的弗德睿腳邊。

「哇，她看起來可著急了。」布里妲說，一邊用好的那隻手臂把自己撐起來。

「她著急了我們就得對她唯命是從嗎？」弗德睿問，不願意往我這裡看。

布里妲只是又說：「她很著急。」

「那我們只好用默劇的方式來猜測了。」保羅從一件被他當成被子用的披風下咕噥。

「叫她走開，別煩我們了。」弗德睿對布里妲說。我把書丟到弗德睿的胸膛上。「噢！小心點，我們可是受過寬刀與長劍的訓練喔，」弗德睿警告，「至少也是用相似的道具訓練過。」

「而且好到可以在女王為諾曼使節舉辦的輝煌慶典上擔任女王的私人演員。」保羅說。

「就把書繼續唸下去，好嗎？」布里妲催促。

弗德睿嘆口氣，坐直起來，望向保羅。「可以給我一杯啤酒潤潤喉嗎？」

「布里妲？」保羅問。

「保羅！」弗德睿責罵。

於是保羅去倒酒，弗德睿翻開書。「我們上次唸到D，對不對？」

這樣太慢了。我指著書，然後拍拍胸膛，表示「心」的意思。

「她想告訴我們什麼。」布里妲解釋。保羅跟弗德睿仍只看著布里妲。「她在拍胸膛。」

「這就是默劇。」弗德睿說。「用得巧妙，手臂跟手指可以生動地表示出豐富的含意。請用大而明顯的手勢，不要只是裝腔作勢地胡亂撥弄。」他一定又在嘲弄我了。

「弗德睿該繼續唸，還是不該唸？」保羅問。

「她很生氣，我覺得。」布里妲說。她把目光停留在我的身側。我又拍拍胸膛，指向書。

「她的胸膛。」布里妲說。

「愛情。」保羅猜測。「她想要弗德睿唸跟愛情有關的罪嗎？」

「激情。」弗德睿說，「跟激情有關的罪。誘姦，通姦。」

「你已經唸過通姦了，葡萄乾。」保羅提醒他。

布里妲問：「妳是要他找到某種罪嗎？」

我搖搖頭。

「是？不是？」弗德睿看著布里妲問。

「不然是一種食物囉？」保羅問。

沒錯！我眉開眼笑。

「我想沒錯。」布里妲說。「噢，她現在開心多了。」

「那麼是什麼樣的食物呢？」保羅問。

「看起來應該是心了。」弗德睿說，終於理解我的意思了。

「我正要說是心。」保羅喊。

布里妲在爐火前躺下來。

「妳不舒服嗎？」保羅仔細端詳她。

「只是累了，要休息一下。」她嘆口氣。

「我們去幫妳弄個骨頭湯來。」保羅說。「又濃又熱的骨頭湯。」

「聽起來真不錯。」布里妲嘆口氣。

弗德睿在書頁上默念，用大拇指畫過每一行，尋找罪食是心的罪。一會兒後，保羅也加入，從他肩後一起讀。「哎呀，妳啊，布里妲，要是妳動了偽造乞討證的主意，我們沉默寡言的恩人就會在妳的墳上吃醃白蘿蔔。」

「還沒找到心嗎？」布里妲問弗德睿。

「我以為會在『殺人』這裡找到。」弗德睿說。「但是我們都已經進入L的部分了。L開頭的罪沒幾個。」

「色慾，當然了。」保羅唸出來。

「啊，在這裡！在M下面。」弗德睿說。「沒錯，當然了。」

「怎麼了？」布里妲問。

「謀殺。」弗德睿答。

「有好幾種不同的心呢。」保羅從弗德睿肩後唸。「鳥心、兔心、羔羊心，甚至還有魚心。」

弗德睿用手指在書頁上追循。「鳥心代表沒有預謀的謀殺。」他停下來，抬起頭。「沒有預謀還算謀殺嗎？我極不同意這裡的用詞。保羅，如果不是預謀，應該算殺人，不是謀殺，我說對了嗎？」

「我完全同意。」保羅說。

「誰是這本奇特巨著的作者？」弗德睿問。他翻到最前面看。「沒有作者。」

我從牙齒間吸氣。

弗德睿翻回M。「兔心代表出於自衛或士兵在戰場上的謀殺。我認為這也算殺人。豬心代表出於盛怒的謀殺。這種狀況下我就同意是謀殺了。」

「沒錯。」保羅同意。

「羔羊心代表謀殺寶寶，公雞心代表謀殺父親，天鵝心代表謀殺母親，熊心代表謀殺皇室成員，鹿心代表謀殺皇室寶寶。山羊心——」聽到我倒吸一口氣，弗德睿就停下來了。「我想我們找到了。」

鹿心代表謀殺皇室的寶寶。

我的造物主啊，我發現了什麼樣的祕密啊？柯麗斯跟媞莉．豪伊都被毒死了，而且有人把鹿心擺到她們的棺木上，聲稱她們謀殺了皇室的寶寶。但是我從她們的聽罪知道，她們從來沒做過這種事。

問題一個接一個地在我腦中冒出，我根本理不清。為什麼有人要這樣毀謗柯麗斯跟媞莉？為了找代罪羔羊？為了使她們身敗名裂，好徹底傷害她倆跟她們的親族？我只能想到這麼多。

而且是哪個或哪些皇室寶寶被謀殺了？皇室裡一定有幾個有權繼位但不幸早逝的成員，但是除了瑪麗絲胎死腹中的寶寶，我不知道還有誰。

媞莉說她的棺木上也會有一顆鹿心，所以她一定知情。她知道什麼？

問題不斷冒出來，但是我唯一能夠想到答案的是：皇室的寶寶為什麼可能被謀殺？

這很簡單。殺掉一個皇室寶寶，就會改變繼承王位的順位。如果謀殺可以使自己統治全盎格魯，很多人都可能考慮犯下謀殺的罪。一想到這我就不寒而慄，因為這樣一來，兇手就有可能是貝特妮女王——畢竟，她現在就在統治全盎格魯。我把這想法甩開。這樣想是叛國。但是它就如門下灌進的冷風一樣，不停地鑽回來。

除了貝特妮，還有誰可能會謀殺一個皇室寶寶？答案就是，貝特妮是女王時會受益的人。

黑手指，當然。我只是開口提到食罪上有誤解，他就差點殺了我，而且是兩次，就在柯麗斯的食罪上，聽起來他對王位也有野心。

老柳樹。有貝特妮當女王，他就是盎格魯最有權勢的人之一。

還有女王的宮女。她們是貝特妮忠心的朋友。

還是這一切根本非關貝特妮，只因為她的信仰？地牢裡的伯爵夫人密謀暗殺貝特妮，想把天主教徒拱上王位。說不定還有其他人也想這麼做。

這些問題濃稠泥濘地翻轉，我理不清。有人殺了女王的親信，然後指責她們謀殺了皇室的寶寶。我知道的就這麼多。

我爬上閣樓，在床墊上躺下，但是我滿腦子在嗡嗡作響。我的目光落到牆邊從上到下滿架子的木盒子。不知道其他的盒子裡又裝了什麼？我打開窗戶的遮板，讓月光照進來，然後從最低的擱板拿起一個盒子。

一綹棕色的頭髮，用緞帶綁起來了。

一只貝殼，白皙閃亮，彷彿是濕的。
三粒葛縷子籽，包在手帕裡。

裡面就這些東西，毫無理由。我把盒子放回去，拿起另一個。

一幅鶺鴒的刺繡，很舊了，而且繡功很差，像是小孩子繡的。
一根小榛樹枝，用來刷牙的。
一件睡衣。
三根大頭針，用來固定布料的那種。

打開第三個盒子前，我聽到裡面傳出叮噹聲。

一件折起的亞麻罩衫。
一頂小布帽。
幾紮柔軟的月事帶。
貼身加厚的小短褲，月經來時穿的那種。

在盒子的底層我還發現一堆硬幣，不過不是盎格魯錢幣。兩個硬幣的中央還有個方形的洞。貼在盒子底部的，還有一塊羊皮紙。我一拿起來，紙就在指間碎掉了。碎片掉落後，我感覺到裡面有個東西。我撥開碎片，看到裡面是一朵壓乾的紫羅蘭。

通常你會把同類的東西收在同一個盒子裡，比如說月事帶收一個盒子，工具收一個盒子。但是這些盒子裡的東西全莫名其妙、毫無道理。我望向架子上一個個的木盒子。我有把握最多只能數到十二，而這裡不只有十二個盒子。這些盒子是做什麼用的？又為什麼擺在食罪者家裡的牆上？

我伸向最高的擱板，取下一個盒子。盒子上覆了一層厚厚的灰，飛起來飄進我的鼻子。我明天恐怕會連連打噴嚏，噴出黑色的鼻涕。

一隻兔掌，像是用來保平安的。一只用蟾蜍石做的護身符。一幅蠟製肖像，已經老得裂開了，肖像裡是一個小女孩，髮型跟服飾都早已過時。

此外還有一條手帕。上面繡著兩個我認識的字母，E跟W。不是茹絲的。說不定是肖像裡那小女孩的。我又看一遍盒子的內容。兔掌、護身符。會不會也是那女孩的？一個活在很久以前的迷信女孩……。

然後我領悟了。肖像裡這個女孩也曾是食罪者，這是她的盒子。每一個盒子都屬於一個不同的食罪者，這是她們的物品。死後沒有人可以繼承這些東西，於是她們的遺物就留在這裡。我又看看架子上為數不少的盒子，它們想必可以追溯到好多年以前。然後一直延續到現在，延續到我。

這麼多女性曾睡在這間閣樓裡。說不定就躺在同一張床墊上。我窩回床墊上，去聞那床單，想聞到她們的味道。我只聞到舊乾草跟發黴的味道，但是這味道多少溫暖了我的心，因為我知道在我之前，還有其他的食罪者，儘管她們此刻並不在此處。這使我覺得我又是**我們**了。

睡著時，我納悶她們有沒有人會知道，該怎麼處理那團又是下毒又是鹿心的混亂局面。

14　烏鴉肉佐李子

我發現商人的家冷天時最舒服。格子窗、橡木板、還有牆壁上的壁毯全都是為了抵禦寒冷與溼氣。但是天熱又有人在屋裡等死時，這樣的豪宅就會開始發臭。我根本不願去想盛夏時聽罪是什麼狀況。

一個婢女為我開門，然後站到一邊讓我自己去找路。現在我知道要跟著燒藥草的氣味走，不過今天是一個不同的氣味。腐蛋的味道。

從臥室的門縫裡，我看到兩個年老的身軀，一個躺在床上，裹在毯子裡。等我來聽罪的人想必就是他了。另外一個年老的身軀，我很吃驚地看到是那扭曲的老柳樹，女王的御醫。他彎身在床邊，看著什麼東西。兩個人之間是一張羊皮紙，上面畫了不少圓圈跟形體。我不知道是該等，還是該進去，於是我等著。

「用金液灌個腸？」我聽到老柳樹說。

「我從來不認為我需要。」垂死的老人說。「我的生辰表預言我會長壽、富有、健康。」

「看水晶球的騙子告訴你的。」

「水晶球算命師，」垂死的老人同意他的說法。「兩年前的冬天來的，說可以幫我畫這張生辰表。」垂死的老人放了個屁。沒過多久，一陣濃濃的蛋味便從門縫飄出來。「那騙子宣稱他預言了童貞女王的誕生，我對他堅信不移。」老人說。

「我們不都這樣嗎？如果星象預言的是我們想聽到的，我們都會相信。」老柳樹說。「但是預言童貞女王的人很多，遠古的學者也不例外。」

「一個會以新教開創太平盛世的童貞女王。」垂死的老人點點頭，然後抬頭看他。「你找到做娃娃的女巫了嗎？」

「不用擔心，我們會把女王保護好。」老柳樹答。

「你會用魔咒保她的平安嗎？」垂死的老人皺起臉，又放了一個屁。「那算命師也承諾會保我的平安，他給了我一張畫滿了怪符號的羊皮紙。」說完他用顫抖的手伸進袍子裡，掏出一張摺起的紙。

老柳樹打開，舉到臉前看。「這些符號是天使送給亞當的語言，希伯來文跟希臘文都由此誕生。這些符號具有神力。如果它們沒保住你的平安，那就是你有錯，你這個卑鄙的傢伙。你是不是做過什麼卑鄙的勾當？」老柳樹問。「是不是試過煉金術？」

「金是造物主純淨的象徵，是高貴的金屬。」垂死的老人說。

「你又在依你自己的欲求闡釋了，而不是依古代學者的文字闡釋。你有沒有給造物主獻祭過？像是黃金？」老柳樹說，像是猜透了垂死男人的想法。「一定要有某種獻祭。如果你要求生，就要獻祭生命。」

垂死的老人大吃一驚。「你說這番巫話，雙臂會被扯下來的，甚至更慘！」

「你煉金，雙臂才會被扯下來，甚至更慘。」老柳樹頂回去。「我的做法立基於數學、占星學，還有古代學者著作的研習。這是一門古老的藝術，它的神祕力量已經效勞過最偉大的國王與女王。這跟無知女人的邪門巫術完全不同。」

垂死的老人低聲說：「現在是你在依自己的欲求闡釋了。」

老柳樹轉身要走。他胸前有個金色的東西閃爍了一下，像一塊厚厚的派，中央有個符號。我去媞莉·豪伊的聽罪時，米糊臉在書上看著的就是同一個符號。

「我今天會死嗎？」垂死的老人喊。

老柳樹沒停下腳步。「我們每人都會被造物主召去。」

「你沒辦法延長我的生命了嗎？」老人問。

老柳樹從門縫後看到我。「也許是你想想死後世界的時候了，閣下。」

◆

靠近後，我發現那老人是真的怕極了死亡。我替他感到難過，於是非常溫柔地說出聽罪開始的句子。

他已經準備好了。「置學習於造物主之前，置利益於造物主之前，做了個生辰表，想用生辰表的符號增財富保平安。」他的手仍緊緊抓著畫有符號的羊皮紙。

我對羊皮紙點個頭。

他嚴厲地看著我，接著又像個蛋塔一樣軟化下來。「對啦，對啦，崇拜物件。」他繼續說。「還有一般的罪：傲慢、過度節儉、忌妒、貪婪。告訴我……」他搜尋我的目光，「妳跟天使說過話嗎？是天使長米迦勒會用鴿子的羽毛衡量我靈魂的重量嗎？」

我不知道。我一點都不知道我們死後會怎麼樣，只知道教士總是跟我說：如果我虔誠向善，死後我就會上天堂找造物主。但是現在我身上背著每個人的罪，最後只會變成夏娃的侍女。除非我一言一行都遵守造物主的意旨，但是我不確定可以做到。而現在，這個老人的罪也會堆到我身上。一想到這一點，我就不那麼替他感到難過了。是我要背負他所有的罪，他為什麼還要害怕？說出聽罪結束的句子時，我的語氣已一點都不溫柔了。

◆

工作結束後，回到城北的路上異常地空蕩。然後我聽到鼓聲，有要人進城了。我還聽到喇叭聲。一定是諾曼王子的使節來了，要跟貝特妮女王求婚。盛大的慶典就是為他而舉辦。

我離開大街，走向河邊，大家一定都聚在這裡想看使節的船。越接近河邊，路上人就越多。後來路上越來越擠，我得在人群裡緩慢迂迴地前進。每個人看到我就往後縮，我努力壓抑心裡受傷害的感覺。最後我為自己佔到了一個好位置看遊行。

宮廷裡所有的人都來了。他們也佔到了好位置，就在通往碼頭的路上兩側。在我對面，一組戴著女王徽章的樂師坐在一個台子上。盯了好一會兒，我才想起來以前見過其中幾人。他們就是我在時事劇上看到的外地人啊。他們在演奏當時所攜帶的長魯特琴，但是此外還有長笛與提琴。一個年輕男子，一頭黑髮、精瘦結實，演奏著一個我從沒見過的樂器。樂器就跟人一樣高，兩邊棕色的曲線像馬的臀部。他用琴弓去拉，就跟提琴一樣，但是是站著拉。他演奏的時候，低沉的琴聲在我的胸膛裡迴盪。

樂師周圍，王公貴人站滿路邊，全一身大紅大紫、穿金戴銀，不像我們市井小民只穿著樸素的菘藍布料。男僕跟婢女在他們身後小心不讓昂貴的裙襬沾到泥濘，舉著燃燒的藥草抵擋河水的惡臭。

我在人群中搜索，最後終於找到他了。鄉間鼠的鼻子被太陽曬紅了，頸子上戴著一個大褶領。我看到他的徽章是一隻公鹿。

他旁邊站著兩個男人，一定是兄弟，因為兩人長得好像。而且看起來好眼熟，但是我想不起來在哪見過。說不定是母親或我洗過他們的衣物。其中一個兄弟說了什麼，鄉間鼠聽了只是點點頭，就是那種你不知道該說什麼的時候那種表情，看得我稍稍地笑起來。

另一隻喇叭也響起來，一定是什麼要事發生了。接著一個個頭矮小的男人騎著一匹高頭駿馬經過。從大家目不轉睛盯著他的樣子看來，他一定就是使節了。坐在大馬上使他看起來像個小孩子。我身邊的觀眾開始竊笑，有些還吐口水。

我又去看鄉間鼠，他正在跟他的男僕說話。如果我是那男僕，我就可以跟鄉間鼠敘述我注意到的事情，像是那使節看起來就跟小孩子一樣。還有我們的國家似乎如此強大，我們的女王似乎如此偉大，但是如果諾曼王子可以只派個使節來求婚，那麼我們的國家其實一定很弱小。鄉間鼠聽了這番話會覺得我很聰明，覺得我是個聰明的朋友，可以協助他理清思緒。他會邀請我跟他去河邊散步。不是骯髒惡臭的屎糞溪那一帶，而是潔淨清新的上游那一帶。也許他會說，我們可以這樣共度時光，怎麼還會感到孤單呢？

鄉間鼠旁邊那兩兄弟其中一人掏出一個銀色的小盒子。陽光反射在上面，就跟鄉間鼠的戒指那天在王宮花園裡一樣。那男人打開盒子，用兩根手指捏出什麼，然後彷彿是再平常不過的事，舉到鼻子前吸進去。我從來沒見過這種事。他把盒子舉向兄弟跟鄉間鼠。我仔細去看那兩兄弟。

突然間，我知道他們是誰了。或者說至少知道其中一個是誰了。不是因為我洗過他的衣物。那是記錄官，把我判成食罪者的人。娶了茹絲、之後把她也變成食罪者的人。我的頸子熱起來，儘管有鄉間鼠站在那，我已經沒心情看了。

我走進一條小巷子想回家，但是立刻又困在另一堆人群裡，這人群像水蛭一樣緊緊黏在第一堆人群後。是乞丐的人群。全等在小巷子裡，人們去看遊行或離開時都得經過他們。有瘸腳的乞丐，有年老的乞丐，有腰間綁著寶寶的乞丐，有二流的演員跟雜耍藝人。襤褸的衣裳上全戴著印有女王宮廷印章的乞討證，表示他們是值得施捨的窮人，慈悲的女王特別准許他們乞討。

不遠處，我看到保羅。他靠在一間鞋匠鋪前，抖動一個小木碗，我認出小木碗是我家裡的。

他把木碗伸向兩個行會會員，兩人一個個子高、一個個子矮，正好停在一輛推車邊想買餅。我沒看到布里妲。

在日光下，保羅的臉慘不忍睹。兩頰上滿是白色的腫塊，像是皮膚起水泡了，然後水泡就留在那不消失。他今天沒戴圍巾，想必更容易引起行人的惻隱之心。但是在那瘡疤之下，他的下巴強健、鼻子挺直。他可能一度很英俊。

我注意到他把乞討證別在破衣上了，但是別人乞討證上的印章有個工整清晰的圓圈，保羅的乞討證上卻既沒圓圈，中間的圖案也模糊不清。圓圈很難偽造，我從我的戴孚瑞舅舅那學到的。弭司捷．戴孚瑞，我的大舅，手下就有個老水手，專門替人偽造乞討證。那水手習慣了在骨頭上雕刻精細的圖案。他賣的假乞討證，上面的印章都很逼真。

保羅臉上有那些可怕的疤痕，那他為什麼沒有合法的乞討證呢？說不定他沒有錢去賄絡女王的官員。說不定他因故被認定道德敗壞。

如果保羅真看到我了，那麼他隱藏得很好。我從他面前走過去，彷彿我們互不相識，彷彿我們沒住在同一個屋簷下。

保羅之後，是三個皮包骨的演員準備演出一齣時事劇。其中一個高聲大喊引起行人的注意，宣布說要演出《女王的真相》。我停下來看。

「造物主保佑我們，免受差勁演員的折磨。」我聽到保羅嘟噥。

一個演員往前一站，開戲了。他穿成已故瑪麗絲女王的樣子，頭暈目眩地抱怨說天氣太熱，因為他——瑪麗絲女王——懷孕了。他掏出舊教的念珠，親吻一下，然後祈求造物主保佑腹中的繼嗣。

另外兩個男生上前來，分別穿成貝特妮女王與御醫老柳樹的樣子。兩人在瑪麗絲女王前卑躬屈膝，但是接著就轉身開始唱誦巫師的魔咒。

接下來的畫面應該只見於屠宰間，絕對不該在時事劇上出現。「祭品呢？」飾演貝特妮女王的演員問。

飾演老柳樹的演員舉起一隻真的鴿子，在手中噗噗地拍翅。他一刀割斷牠的喉嚨，只見血噴的他們滿身都是。懷孕的瑪麗絲女王抱著肚子喊：「造物主保佑我！這些巫師殺了我的寶寶！」

我的造物主。我嚥口口水。在吃餅的行會會員緊張起來。「叫保安官來！」個子高的催個子小的。扮演貝特妮的男生開心地唱起來：

盎格魯承傳，瑪麗絲女王，
花園生意可盎然？
我已從你腹中，取出你的花株，
讓我入主王宮！

個子高的行會會員跨著他那吃飽結實的雙腿走到唱歌的演員前，一掌摑在他臉上。「你這賤嘴巴！」

沒多久，保安官就在小個子行會會員的帶領下跑過來了，三個演員見狀立刻就不演了，拔腿就跑。保安官逮住一個，抓著他的耳朵。用棒子捶了兩下，那小男生就哀叫：「有人付給我們六先令！」

「做什麼？」保安官問。六先令比洗衣婦三個月賺的錢還要多。

「演一齣戲，說女王用黑魔法殺了她姊姊瑪麗絲的寶寶——」保安官一個反手摑在小男生的嘴上。

「六先令啊！」小男生又說一遍，彷彿這價格成理由。

「誰給你們六先令？」保安官問。

答案不出所料。「不知道。」

「是嗎？那你就等著接受用壓刑囉。」保安官說。

壓刑。我突然覺得四周的群眾太擁擠。我用力擠向一個太太，要她讓開。她叫出來，但是一看到我是誰，就閉嘴了。她的朋友把她拉開，一邊還低聲罵了什麼，聽得我滿腔怒火，於是我衝向那朋友，也狠狠撞她一下。她尖叫一聲，跌到一個甜食攤，一頭撞倒甜食販的推車。

「造物主保佑我們！」另外一個女人叫。我轉回去面對群眾。他們已遠遠讓開，臉也全轉開。突然間，我只想衝進人群，讓他們全尖聲大叫。但是惹毛我的不是他們，不真的是。惹火我的，是我在腦海中看到食罪者茹絲被壓在石頭下的畫面。

我晃向旁邊，彷彿可以逃脫那畫面。我的頭好熱，我的胸好痛。我加快腳步，想超越腦中的想法，但是那畫面一路尾隨我。

茹絲被壓死。茹絲在流血。

沒一會兒我就跑起來，要那畫面放了我。

茹絲，茹絲要死了，那畫面在我身後喊。貝絲要死了，茹絲——

花了片刻我才搞清是怎麼回事。茹絲的名字變成貝絲的名字。突然間那小男生就追上我，喊出他的訊息。然後就像最後一絲斜陽消失在田野上，速度比你想像的還要快，茹絲死去的畫面就從我腦海中徹底消失，因為那小男生正喊出我的老鄰居的名字。

貝絲要死了。

15　葡萄

貝絲家的氣味如此熟悉，彷彿我從來沒離開過。總在爐火上那鍋湯的香味，莉亞身上那隱約的奶味，湯姆身上那強烈的體味。

「玫來了。」我進門時莉亞說。她的手在撥弄圍裙上的結，她緊張時就會這樣。

透過鞋子的皮底，我右腳的腳趾找到門內地板翹起的地方。屋頂上有個漏洞總是滴雨下來，最後使木頭都變形凸起了。

「她知道路，不是嗎？」一向反應快的湯姆說。他習慣性地伸出手想拍我的肩，就跟以前一樣，但是還沒碰到我，就把手收回去了。

貝絲躺在床上，裹在那條藍棕相間的舊被子裡，莉亞跟我以前老是在下面玩小仙子的遊戲。她的味道在此處很強烈，乾草那清新熟悉的味道，摻雜著些許葡萄新榨的味道。她的右手抖個不停，一側的臉鬆垮垮的，像是睡著了。但是她的頭髮一如既往編成辮子，還用了一點點的油梳平了。還有她的下巴，太寬闊，使她永遠稱不上漂亮。一切都如此熟悉，一個像李子核的腫塊卡在我心裡，突然間我只想哭。

「要下雨了，是吧？」貝絲從一側的嘴角說。每次莉亞或湯姆或我絆倒或摔跤了，她總是會這麼說，就在我們開始嚎啕大哭前那空檔說出來。現在聽到她說這話，我心裡的腫塊滾了一圈，我好想爬進被子裡，貼著她溫暖熟悉的身體，永不離開。淚水湧出我的眼眶。

「唉，要哭的人應該是我吧？」她說話有些含糊不清，但是我聽懂了。我的眼淚不會停下來了，我知道。見到她突然敞開了我的心扉，這一開要過很久一段時間才會宣洩完。我走到床邊坐下來。貝絲看著我，瞇著右眼嚴肅地打量我。「妳變胖了。」她說，「看來應付得還不錯。」

我流著淚水猛搖頭。我沒有應付得不錯，一點都沒有。

但是貝絲只是更嚴肅地看著我。「妳應付得不錯，畢竟妳身上流著妳母親的血。」

不，不是我母親的血。我不是戴孚瑞家的人。我是歐文斯家的人。

貝絲嘆口氣，說：「我本來希望能夠再待久一點的，至少能看到女王的慶典。這會是這時代的大話題。我父親在上一場戰爭裡打過諾曼人。噢，我真想對個諾曼人吐口水啊。」貝絲一邊的嘴角抿成一個微笑。她的目光掃向我。「好吧，我們開始吧。」

我結結巴巴地說出聽罪開始的句子。「我沒多少可講。」她開始說。「我這個人生性脾氣不好、吝嗇小氣。跟人口角的次數多到可以讓我直接去找夏娃。但是我心腸好。對我第一個老公好，儘管他沒給我小孩。」她的右手像隻飛蛾在被子上飛舞顫動。「我對我第二個老公跟我們兩個小孩也很好，儘管莉亞的腦袋沒比根木樁好多少，而且我常常真想用湯姆去換來一頭好乳牛。」貝絲好的那隻眼睛望向遠方的牆壁。「真希望我以前多說出自己的意見。嫁給第一個老公時，我還天真的跟什麼一樣。妳大概還沒跟男人在一起過吧，除非妳父親去世後妳去賣娼了？」

我倒吸一口氣，她這話也太直接了。

她的目光飄向我。「我想也是沒有，妳是那種性子硬的人。所以妳不會知道很多男人根本不知道女人哪邊有哪個。第一次的時候，我第一任老公差點把他那根插進我的屁眼。他根本不知道有兩個洞，但是我不敢跟他說。」

我流著淚水笑出來。

貝絲嘖一聲。「妳啊，總在感傷的時候還能笑出來。」

我想把笑聲吸回去，但是接著她也笑起來，就從好的那側臉。我的眼淚流個不停。我又哭又笑，既笑她的故事，也笑我們兩人如今淪落到的地步。

貝絲彆扭地搖頭。「真希望以前多做點自己想做的事，不是只老做對的事，這樣今天可能就有更多美味的罪食啦。」這話使我吃驚得開始打嗝。「噢，妳該不會還跟以前一樣天真？」貝絲說。「就憑妳的身世，還有妳近來累積的見識，妳應該知道人活得越久，就越沒法子把有罪的人跟沒罪的人分開來。我們每個人都不過是在勉強過一生。」

我的身世？我的臉上露出內心的困惑。

「妳現在應該已經知道妳父親不是妳的親生父親。妳母親之前有過一個男人。據說是個王公貴人，妳的親生父親，有的是錢。我記得妳母親那邊戴孚瑞家的人還跑去威脅人家，把妳當把柄，想換來封口費。」她用好的一眼打量我一眼。「唉，這不可能那麼出乎意料吧。妳徹徹底底是妳母親的翻版，妳們兩個簡直就是同一個豆莢裡的豆子。」

我腦海中出現那畫面。一幅古老的畫面，多年來已褪色，沉寂在心底：一個棺木蓋，就在我們家。鹽巴代表驕傲，芥末籽代表撒謊，大麥粒代表咒罵，烏鴉肉佐李子。一條線軸形狀的麵包。還有紅潤的葡萄。新鮮的葡萄，代表產下私生子。

這麼多年來，這畫面一直在我心中，但是我從來不想去看。而此刻，我的心像是要裂開了，彷彿一條脫散的線正扯開所有的縫線。我是個謊言。同一個豆莢裡的豆子。

當初我去偷麵包的時候，我告訴自己這是個誠實的罪過。但是偷竊哪一點可稱上誠實？

當初我母親找舅舅來毀掉家裡的聖壇時，我站在父親那一邊，對自己說如果是我，我會堅持自己的信仰。但是深藏在那段回憶某處的，是一個小女孩暗暗慶幸她母親的決定使他們全家免受肅清官的威脅。

我吃掉兩顆鹿心時，我用的是我母親的話，*如果你死了，就什麼都不是*。我告訴自己，我必須活著才能幫老食罪者，但是事實上，我在救的是我自己的命。

難道到了現在，我還不知道人們都是用自己選擇的方式看待自己的罪嗎？總是有理由可以辯解說自私其實並不自私，說罪過是誠實的，說有人被殺害時，明哲保身地袖手旁觀其實是更勇敢的選擇。儘管有罪，我總是可以找到理由說自己是個**好女孩**。我以為我是個歐文斯。但是也許我一直是個戴孚瑞。

我說出聽罪結束的句子。說的當下，她不會動的那隻手臂翻到一側。我不知道是不是因為她在抖動，但是她的手指輕觸到我的手指。我久久凝視著她的雙眼，想知道更多，想從她的視角看到我自己，但是我只看到她的眼神，既有些嚴厲，同時又有些溫柔。

從貝絲的房裡出來列罪食時，湯姆正坐在餐桌邊。莉亞轉向牆，一隻手舉起來遮在眼前，但是從指尖偷看。離開時，我的腳在門內又感覺到那塊凸起。

我走到那破舊的小屋。已經離開幾年了，但是我的雙腳還記得路，就跟童話故事裡的格蕾塔一樣，找到回家的路。一個髒兮兮的小男生，頭上一簇簇的黑髮，臉頰上一個半月形的凹窩，正在院子拿著根棍子玩耍。我久久站在那裡看，久到他怕得跑進屋。

我的外婆從屋裡走出來，全身已乾枯皺縮，搖搖晃晃地拄著枴杖。「沒人叫妳來。」她對著院子裡的水坑說。「走開。」說完她在雙肩與雙臀間畫十字。

我甩甩頭髮，露出半邊的微笑，讓她看到我是誰。她遲疑了一下，把重心從一隻腳換到另一隻腳。「沒人叫妳來。」她說，這回語氣平靜一些。

「怎麼了？」我聽到一個男人的聲音傳到門口。我大舅弭司捷。他瞇起雙眼，接著他看到了那S，立刻把頭轉開。「我姊姊的私生子來了，想用夏娃的眼睛記住我們家。把她趕走！」

我的表哥撿起第一顆石頭，然後是我舅舅。然後是我外婆。

◆

我漫無目的地走在路中間，行人讓不讓路都無所謂，也懶得理會車夫與太太的喊叫。我隨意地轉彎，不知該去哪裡。

眼前的小巷子走入一個小廣場，我從來沒來過。廣場中央有一個石噴泉，讓人們可取水。我的臉又紅又熱，於是我舀了一口喝。水不好喝，嚐起來像金屬一樣。往後一站時，什麼東西引起了我的注意。噴泉的石座上被黑炭畫了個記號。兩條直線之間一條波狀的曲線。又是一個女巫的記號。

難不成有女巫在跟蹤我？這就是為什麼貝絲跟我揭露了這樣的祕密嗎？這就是為什麼我自己的親族對我丟石頭嗎？這就是為什麼我被最慘的厄運窮追不捨嗎？

不對，如果我被詛咒了，那早在以前就被詛咒了。就在我母親產下我這個私生子的那天。她的死，然後父親的死，然後我變成食罪者。說真的，我這一輩子慘透了。

兩個太太邊聊天邊提著水桶走到廣場上。其中一個看到我把手浸到噴泉裡，立刻就拉著另外那個太太往回走。

我第一個想法是她們也看到女巫的記號了。但是當然不是，而是因為我。我才是把她們嚇走的原因。

我比女巫的詛咒還可怕。

我肚子裡冒出一陣笑聲。就如貝絲說的，總在感傷的時候，我也能笑出來。然後我腦中冒出一個想法。就說噴泉上的記號是女巫的詛咒好了。它對我又能造成什麼傷害？還有什麼會比我至今的境遇還更慘？我的笑聲大起來。我還有什麼好怕的？我問噴泉。

噴泉想不到答案。

我直接從池裡舀水，喝了一大口，用我的碰觸又好好玷汙它一番。水嚐起來還是很難喝，使我笑得更起勁了。絕望了這麼多天，這一笑感覺真舒暢。

如果我不抵抗我的天性，而是屈服於它，會怎麼樣？我對著髒水咯咯笑。

它只說：加入我。

我脫掉披肩跟衣服。赤裸的皮膚上，雞皮疙瘩從肩膀到腳踝起了滿身。我跨過石緣，一隻腳，然後另外一隻腳，整個走進噴泉裡。

規則的存在使人有所依據。你知道你是好或壞。而且就算你壞，你還是知道自己的位置，你屬於某個範疇。但是我不想再讓別人的規則來告訴我我屬於哪裡，我想用自己的規則說。

我環視廣場上的屋子，聽到一扇接一扇的遮板啪地關上。很好，大家在看，他們看到的景象很快就會傳開來。

我在水裡慢慢坐下來，感覺它的涼意逐漸漫上小腿、大腿，滑進我的陰部與臀部。我詛咒這座噴泉，我在心裡對廣場說。我從一扇關著的窗盯向下一扇關上的窗。從此刻起，大家都會知道這是食罪者的噴泉。再也沒有人敢喝這水、用這水、碰這水。只有我。因為我無法被詛咒。我就是詛咒。

16 醃小黃瓜

我胸中的羞愧與悲痛消失了。我感覺到一個奇怪的感覺。我感覺到一點點的自由。我再也不是父親的女兒了。然後呢？我會向我母親看齊，罪人最理想的導師。詛咒最理想的導師。

腦海中冒出一段回憶。很久很久以前的一段回憶。母親跟我上市場。什麼都沒買之前，母親要我從水溝裡撿起三根爛掉的胡蘿蔔，是被蔬果商丟掉的，因為爛了不能賣。她叫我把胡蘿蔔擦乾淨，藏在圍裙裡。隨時注意怎麼樣對妳有利，她說。然後她去買胡蘿蔔，挑出三根，要我跟藏在圍裙裡的爛蘿蔔偷偷換過來。

「你這騙子，賣了爛掉的胡蘿蔔給我！」母親對著蔬果商大喊，大聲到周圍的人都轉過頭來看。他看看那三根發霉的胡蘿蔔，提議換給我們三根新的。母親接受了，然後我們回家，三根新換來的在她手裡，三根之前買來的仍藏在我的圍裙裡。

我還記得，我跟父親一五一十敘述我們聰明的技倆時，他很平靜。後來他去質問母親，他很溫柔，母親卻很強硬。「商人全都是騙子，我不過是在他們騙我之前先騙他們。」母親當時說。

「說不定這就是他們為什麼要行騙。」父親說。

我從來不想跟戴孚瑞家的人一樣，但是我確實知道怎麼當個戴孚瑞。

走到城北的客棧街時，我口渴了，於是我拉開街上最簡陋那間酒館的門。酒館裡光線黯淡，陰暗的角落裡隨時可能發生惡事。這應該就是我的戴孚瑞舅舅們會去的地方。

老闆母親透過昏暗的光線看著我。一看清我，她就站起來。「西希？西希！食罪者來了！」

廚房裡傳來鍋子的框啷聲，一個女人的聲音緊張地喊：「她要什麼？她要什麼全給她！」

「妳拿給她！」老闆母親叫。

「我才不幹！」廚房裡的聲音喊。

老闆母親從低層的擱板上抬起一整桶啤酒，放到我腳前。「好啦。」她說，彷彿我是匹她試圖馴服的野馬。

「她走了沒？」廚房裡的聲音問。

「還沒！」老闆母親尖聲說。

我其實只想要一杯，但是一桶也可以。我把酒桶抱起來，用屁股把門推開。酒館裡一個漆黑的角落裡傳來一陣噝聲，我噝回去。

◆

到家時，保羅跟弗德睿還裹在披風裡睡覺。布里妲窩在我的毯子裡，坐在火爐前。角落裡有個異地的女人坐在我的床墊上，想必是從閣樓拖下來的。

「珍妮有身孕。」布里妲大聲解釋。

看得出來，是又有身孕了。她身邊躺著一個小娃兒在睡覺。背上又背著另外一個，用黑黑的大眼睛看著我。火光照亮那女人的五官。平滑的頭髮猶如一片平靜的水潭，蒼白的皮膚像是太早從火爐裡取出的麵包。她的寶寶看起來沒那麼像異地人，但還是有些異地的特徵。這女人八成是個娼妓，想必是因為女王即將舉辦的慶典而來到城裡的。

我把啤酒桶放到水壺邊。

「珍妮是從遠方來的。」布里妲故作歡欣地說，也許是因為拿走了我的床墊，覺得有些困窘。

「妳休息吧，布里妲。」珍妮說，發音腔調再普通不過，彷彿我們是一起長大的鄰居。語言中的關懷也明顯不過，不過我看得出來，珍妮在保持距離。

我走去沉睡的保羅邊，摸索他的口袋。他驚醒過來，把弗德睿也吵醒了，但是我已經從他的皮鞘裡拉出一把薄刀。保羅大叫一聲，雙手舉到臉前，不過我已經回到酒桶邊，拿刀柄敲開塞縫石。打開後，我把水壺倒滿啤酒。

保羅、布里妲、弗德睿跟珍妮全用眼角餘光觀察我下一步要幹嘛。珍妮的娃兒則觀察珍妮。我要做什麼？我要喝啤酒。

我母親在這種狀況下會怎麼做？我自問。

把她的床墊要回來。

於是我轉過去，盯著床墊。仍坐在床墊上的珍妮在我的盯視下僵硬起來，但是一語不發。我繼續盯著床墊。漸漸地，珍妮開始坐立不安。

我是個詛咒，我在心裡對她說，然後又喝一口啤酒。

她的坐立不安終於成了良心不安，我還沒把水壺裡的啤酒喝光，她就從床墊上挪下來，坐到地板上。我隨之也把目光移開。整間屋裡的氣氛緩和下來。我抓起床墊，爬上通往閣樓的梯子。床墊裡一根稻草戳出來，扎在我背上，我伸手去抓。這一抓，我才吃驚地發現以前總是皮包骨的地方，現在長了肉。我在床墊裡尋找茹絲的壓痕，想看看我是不是更接近她的身材了，但是現在床墊裡只有我的壓痕。

隔天早晨，我的火爐上難得一見有只鍋子在烹煮。那異地女人珍妮在煮湯，魴魚與洋蔥的香味四溢。這香味以前總讓我等不及去拿碗。但是現在我只想到造謠這條罪。我的骨頭外已經長出一層肥肉，這湯我讓別人吃。

珍妮的娃兒爬到弗德睿身上，細瘦的手腳如磨坊的輪輻上上下下。他們看起來跟他有點像，說不定是他的小孩。大娃兒去打小娃兒，小娃兒開始放聲大哭，大娃兒含糊不清地罵回去，接著珍妮也開始罵起來。但是我走去啤酒桶時，她就讓兩個娃兒住嘴了。我對我的霸住房客有兩種感覺。他們多少算是生活中的伴侶，使屋裡充滿歡欣的閒聊與溫暖的臭屁。但是有時候，我也擔心他們過不了多久就會把我埋在菜園裡，然後霸佔我的屋子。我吞下一口啤酒，看看他們。布里妲跟保羅靜靜地坐在火爐前，目光轉向別處。弗德睿跟其他人安安靜靜。這天早晨，他們比較像是是生活中的伴侶。

◆

一個美好的春日。我母親在這樣的日子會做什麼？

走到市場時，市場剛開市。有一個男人在賣綠蘋果，旁邊還有個小女孩，看起來應該是他女兒。我的親生父親是個有錢人，我心想。*母親是怎麼遇到他的？*

在腦海中，我又看到諾曼使節來到那天，鼻子紅潤的鄉間鼠。說不定我父親母親就是在河邊相識的。我的親生父親坐船來城裡，母親剛好在河邊撿蚌殼。他對她喊，說想買她的收穫。她喊回去，說她什麼都不賣，還充滿責備地瞪他一眼。

他頓時滿臉通紅，說：「對不起，我無意冒犯。」

鄉間鼠會說「無意冒犯」，我心想。母親會送給他一把的蚌殼，表示接受道歉。然後他會問她願不願意到船上來陪伴他。碼頭上夠忙碌，她得以溜上船，沒被哪個好管閒事的船夫看到說閒話。然後她，不對，我就跟鄉間鼠單獨在船上。他穿著那種開叉的袖子，就跟我第一次遇到他那天一樣。他跟我說宮廷裡的宮女好無趣，說她們對鄉下人最簡單的事情一無所知，像是怎麼洗毛毯才不會把毛毯變成毛氈。

然後我跟他說，宮廷的宮女就跟鄉下女孩一樣，也會把月經穿的小短褲染滿血，他聽了笑起來。他倒了一杯濃啤酒，我們輪著喝，然後把酒杯傳過來傳過去的時候，我心想他的嘴唇就碰在我的嘴唇碰過的地方。他看著我，我一點都不緊張，因為我覺得他早就認識我了。他的眼角皺起來，問說我們能不能就坐著船駛出小城，沿河而下，直到我們找到一塊沒人知曉的野地。我們在一個青翠的河岸泊船，然後在長草裡玩捉迷藏。我跑得好快，看得他讚嘆不已。我們撥開一棵老柳樹的垂枝，找到一個蔭涼的角落獨處。

附近一間屠宰間的兩個小男生把我從白日夢拉出來。大的那男生甩著一根公牛的陰莖，想去打小的那男生。誰知道我母親跟我父親是怎麼認識的，我只知道他在小巷子裡把她逼到角落了。

我瞥見前方有個甜食販。他有瓶瓶罐罐各式各樣美味的甜食。我小的時候，總會想像如果我有錢，我會選哪一種。糖漿花、糖漬葡萄、糖衣果仁。有那麼多種，但是我總是想要同一種。今天，我走上前，一手伸進糖霜柳橙的罐子裡，抓出一大把，表面的糖像沙一樣。

「嘿，幹什麼！」甜食販大叫，然後看到我的頸圈。他轉向周圍其他的小販。「嘿！喂！怎麼回事？」一個賣醃蔬菜的男人吃驚地猛搖頭。

糖霜柳橙吃起來一點都不像沙。表層的糖霜在我的舌頭上甜蜜地溶化，甜到我耳朵裡都發麻了，就跟你吃蜂蜜時一樣，只是還更強烈。還有那柳橙！有點酸酸的，但是又甜甜的，就像吃掉一朵鮮艷的金盞花。

一根木棍打在我的前臂上。甜食販舉起木棍，準備再給我一棍。棍子一揮下來，我就鑽到一個太太身後，結果他一棍打到那太太的肚子上。那太太叫出來，甜食販咒罵一聲。然後醃菜販大喊叫保安官，我立刻又躲到另外一個人身後，嘴裡不禁嘎嘎地笑。這笑是因為緊張，不是因為開心。保安官還沒到，我就溜出市場了，在耳裡還能感覺到糖霜的甜蜜。

現在呢，我想要一雙鞋。有軟木底的好鞋，這樣我就不會每踩到路上一塊石頭腳底就瘀青。我走到上次看到保羅在乞討的那條巷子。我記得那裡有間鞋匠鋪。

鞋匠鋪裡有個婢女在跟鞋匠師傅說話。「一雙白皮的。如果你用牛皮冒充小牛皮，我的女主人一分錢也不會付你。」婢女說。

一個在刻鞋跟的雇工第一個注意到我。他匡噹一聲讓刀子落到地上。我得選快一點。我快步從婢女身旁跑過去，停在一個架子前，架子上全是做好要交貨的鞋子。我把左腳的鞋脫掉，因為左腳比較大，然後拿起鞋去跟架子上做好的鞋比長短。有一雙漂亮的靴子，上好的皮質柔軟得就跟手套一樣，但是太大了，簡直像做給巨人穿的。還有幾雙天鵝絨拖鞋，有一雙甚至跟我自己的舊鞋一樣大，但是光是走回屎糞溪那段路，天鵝絨就會髒掉破掉。最合適的是一雙黑皮鞋，鞋頭是圓的，而且鞋底是軟木，就跟我想要的一樣，腳踝處還有個繫帶可扣上。訂做這鞋的女人腳踝比我壯，但我還是把鞋穿上了。

我抬起頭，看到雇工仍坐在椅子上，掉了刀子的手還舉在空中。鞋匠師傅目不轉睛地盯著工作檯上一團蠟。婢女已經嚇跑了。離開店鋪時，她正跟一個巨大的男人轉進巷子來。說不定那雙大靴子就是他訂的。她為巨人指向我這裡。我轉過去，對他們低聲嘶吼。那巨人立刻停下腳步。

我是個詛咒。

我開始跨大步往前走，但是才走一步我就摔倒了。軟木底鞋跟平底拖鞋完全不一樣。鞋底又厚又高，我根本感覺不到路面。就好像走在一塊木板上，只不過木板綁在你腳上。我搖搖晃晃地一步一步走，努力保持平衡。鞋跟的厚皮磨著腳跟，而且腳趾老頂到鞋頭。我努力不感到失望。重要的人都穿這種鞋，我提醒自己。

接下來呢？去我一直想去、但是從來不敢去的地方嗎？以前我會說是王宮或富商的家，但是這些地方我都去過了。樓梯我也爬過了，教堂前排我也坐過了，就連監獄我也待過了，哪裡我還沒去過？然後我想起一個地方。

回到城北的路上，鞋子漸漸沒那麼笨重了。等到我回到屎糞溪時，差不多已在用平常的速度走路了。經過染布場的巷子時，附近一棵樹上傳來一聲鷹嘯。我抬頭去看，但是只看到一隻小鳥在巢裡。一定是隻杜鵑鳥。杜鵑鳥會模仿老鷹的聲音，把孵蛋的成鳥從巢裡嚇跑。接著那杜鵑鳥把巢裡的蛋推出巢，然後把自己的蛋下在巢裡，留給別人去養。真可惡，杜鵑鳥。

離我家幾戶屋子遠，改教院就聳立在路邊。改教院是以前在老國王的命令下，猶太人於改信新教期間要居住的地方，現在已經破敗不堪。我從來沒進去過。我甚至連個猶太人都沒見過。我對猶太人只知道三件事：他們在造物主之書裡是被造物主挑選的民族，他們是異地人，還有，這點就跟小仙子一樣，在盎格魯境內一個也沒有了。

一樓一扇空洞漆黑的窗戶像張沒有牙齒的嘴。頹圮的煙囪塌在屋頂上，到處都可見到砂質的磚石像乾酪一樣崩解粉碎。就好像是布里妲是棟建築物，從外面開始消蝕。但是這樓房以前一定很漂亮。只有豪宅跟教堂會用石頭建。住在石建的屋子裡，該是何等享受。

前門已被修理過好幾次，而且還不是用好的木頭修理的。它一碰就開了，這可不是好預兆。

我大舅弭司捷會說：門上如果有重重的木條跟門閂，就表示住在裡面的人財產比你多。要搶劫就是要去這種地方。但是如果門根本不閂上，就表示住在裡面的人財產比你少，這時候你就是有可能被搶劫的人。我久久思考這番話。然後我踏進屋裡，畢竟我自己的門也沒有鎖。

我以為會聞到布里妲的味道，敗壞的樓房就應搭配腐爛的空氣。但是裡面儘管漆黑，我卻聞到油脂蠟燭熟悉的濃烈野味。

在陰暗中，我勉強辨出一間大起居室，裡面只剩下四支堅固的桌腳。桌腳後是在屋外看到那倒塌的煙囪的內部。地上一層厚厚的灰塵，顯示此處已經很久沒有人走過了。但是在遠處，我看到灰塵上有一道狹窄的腳印，走向樓梯。最近有人來過這裡。

然後我聽到魯特琴的琴聲。

我的胃一沉。音樂是從樓上傳來的。有人在這。

我從來沒聽過這樣的音樂。既甜美又憂傷。一支笛子也加入了。所以這裡不只一個人。這樣的音樂怎麼會從改教院的廢墟中傳出來？說不定猶太人真的就跟小仙子一樣，充滿魔幻。畢竟他們是造物主挑選的民族。

笛子吹奏的是不同的曲調，但還是跟魯特琴的音樂相搭配。就跟你在五朔節上跟大家輪唱一樣，只不過更複雜。那音樂使我的心頭一緊，像在悲悼一樣。我既想哭泣，又想微笑。這不是仙子的音樂，這根本就是天國的音樂。但是演奏音樂的是天使，還是魔鬼？我鼓起勇氣，走向樓梯。無論樓上是什麼，我告訴自己，都不會比我還可怕。

爬到第四階後就一片漆黑，於是我跟著音樂走，用腳去感覺階梯，爬到樓梯頂端。一邊只是更漆黑，但是另一邊，一扇搖搖欲墜的門後隱約透出搖曳的光線。那音樂如此強烈，傳進我的五臟六腑。我走向那扇門，完全不知道門後會是什麼。

門後就猶如有個魔術師創造了另一個世界。在改教院的廢墟裡，是女王的樂師，使節到訪時在河邊演奏的那群異地人。他們戴著女王的徽章，總共六、七個人，坐在凳子上，圍成一圈，演奏魯特琴、長笛跟提琴。我踏進門時，那個精瘦結實、一頭黑髮的男人剛好把琴弓舉到他那巨大的提琴上，突然間那琴聲便在我的胸膛裡迴盪。

他們身後，毯子、被子跟各種被褥靠在牆邊。袋子、箱子擺了滿地，彷彿這群樂師來自遠地。一扇窗灑進微弱的月光，窗台與桌子上燃著蠟燭。

一個年老的身軀，耳朵上有頭髮，但是頭頂上沒頭髮，站了起來。音樂彆扭地停下了，樂師全靜下來。「這是我們的地方，請妳離開。」毛茸耳說。他的口音就像夏天駕著馬車來城中心廣場表演喜劇的異地人一樣。

我等他們注意到我頸子上的S，然後嚇得抱頭鼠竄。我心裡很遺憾，因為我很想再多聽一點他們那既甜美又憂傷的音樂。

但是他們沒有抱頭鼠竄。「請離開。」毛茸耳又說，既不憤怒，也不害怕，倒像個小孩只想保住手上的蛋糕。

我伸手指向頸圈，讓他看到我是誰，但是他只是繼續說：「這是我們的地方。女王邀請我們來表演我們的音樂，但是沒有客棧願意接待我們，沒有人願意收容我們。所以我們只好來這，我們的前人也曾在這找到庇護。」他說這話的時候，直直地看著我。其他樂師也一樣。我的頸背一涼，這種反應很不對勁。

我仔細觀察燭光有沒有穿透樂師的身體。沒有。所以他們不是鬼魂，而是有血有肉的真人。

我抓住頸圈上的S，舉起來讓他們全看見。**我是個詛咒。**

毛茸耳往後踏一步，跟演奏巨提琴的精瘦男人用異地的語言講了什麼。

我用力把腳跺在地板上。樂師開始互相咕噥，但是並不把目光從我身上移開。我覺得赤裸脆弱。他們為什麼不怕我？我滿腔怒火。我像隻公牛呼氣。然後，想都不想，我跑進房間，把所有的蠟燭都打翻，把燃燒的蠟油濺得到處都是。只聽到一張張凳子重重刮在地板上，樂師全驚聲尖叫地逃進角落裡。

終於，我對改教院的牆壁說。這才是迎接食罪者的方式。

◆

我走去我的噴泉。樂師一定是在微弱的光線下沒看清我的頸圈，噴泉告訴我。我想讓它的字句使我感覺好一點，但是我不確定是否有在說實話。

我讓赤裸的雙腳垂在水裡。新鞋把腳都磨紅了。我的腳趾往前伸往後彎，又涼爽又輕盈，但是當了一天的詛咒後，我並沒有感覺到以為會感覺到的自由。

我的腳指甲好髒。我開始晃腳，這樣在水下就看不到骯髒的腳趾了。小腿上的肉跟著晃動，這倒是新鮮事。現在身上長了肉，說不定我的月經又會回來了。自從我的食物開始變少後，我的月經就不來了。我得弄點月事帶來，縫好小短褲，月經來時才有所準備。

我再次提醒自己，我是自由人。不依賴任何人。我又開始晃腳，看小腿肉晃動。但是沒用。母親就很善於如此，善於為所欲為。但是我不是。我用舌頭去舔後方的牙齒，還有淡淡的柳橙味。吃甜食是很好。有新鞋也很好。但是什麼會使我更開心？

住在舊家裡。

過著過去的生活。

再見到父親。

這些我都得不到。但是我想到有一件事是我可以得到的。

我離開噴泉，穿越城裡回家。沒過多久，我就在一輛馬車後方找到我想要的東西，而且沒有人看到我拿走。

到家時，沒有傳話人在等。可能都去城裡找我了。我的霸住房客也不在。我把從馬車上找到的東西一起帶上閣樓。不是多珍貴的東西。只不過是個木盒子。我把它放到最低的擱板上，就在茄絲的盒子旁，就跟我之前所有食罪者的盒子一起。我還沒有東西可以收進去。但是也許不久就會有了。看到它擺在其他盒子旁邊感覺很好。

才剛在床墊上坐下，就傳來一陣敲門聲。我懷疑這世上有沒有一天沒有人死。一整天，只有生命，生氣勃勃、欣欣向榮。又一陣敲門聲。今天不會是這樣的一天了。

傳話人衣著體面，而且戴著一個我不認識的徽章。女王地牢裡一個被判決的犯人要聽罪，他跟我說。我在胸膛裡又感覺到那顆小小的李子核，磨著我的心。我要回到茹絲死去的地方了。

17 香料酒

過去，我從來不會刻意在夜間走在城裡，又有哪個女孩會呢？畢竟陰暗的巷子裡可能有小地精、小妖怪或是更可怕的生靈在尋找獵物。染布場的巷子裡傳出一聲嚎叫，把我嚇了一大跳，傳話人更別說了。我提醒自己，我就是小地精，布里妲就是小妖怪。更可怕的生靈呢？全躲在王宮裡，忙著互相下毒跟下咒。在這外頭還更安全。

穿越城中心廣場時，我納悶被判決的犯人是不是上次在地牢裡看到的天主教伯爵夫人。密謀暗殺女王所以被關進地牢的那個。

一個保安官來到廣場上，朝我跟傳話人舉起提燈。我掀開披肩露出我的S，他就走開不干涉了。我沒那麼提心吊膽了。夜裡存在著某種寧靜，人形化成了陰影，眼睛在黑暗中觀看，但是就跟把我自己的盒子放到架子上一樣，我有一種歸屬感。說不定我在世界中的位置不是一幢屋或一個家，而是我的行當，食罪。

◆

來到王宮，有人領我穿越寂靜的庭院。心裡那顆李子核好像脹大了，壓得我喘不過氣。

我爬下那十級發霉的階梯進入地牢。伯爵夫人的牢房離入口不遠，我還記得。但是我沒被帶去她的牢房。

一個男人等在牢房外，戴著跟傳話人一樣的徽章。上次來時那個年輕的守衛徽斑翳打開牢房的門。裡面是個年老的身軀，坐在那，似乎在等待。牢房裡有蠟燭、有書桌，一張椅子上還有坐墊。他請我在椅子上坐下，然後自己在石頭地板上跪下。這是天主教徒聽罪的方式。

他沒什麼罪可說。連身為天主教徒他都沒講。我覺得這是因為他不相信這是罪。我明明知道他有罪，但是他自己卻不承認，感覺很奇怪。我一直希望他講出來。我甚至還在心裡對自己說。但是接著他就說完了，我也不能怎麼辦。我說出聽罪結束的句子，然後把那寥寥幾樣罪食說給戴著徽章等在外面的男人。

我已經盡了我的職責，但是我無法離開。是茹絲。我感覺部分的她仍在這裡，就在走道深處，就在她死去的牢房裡。她仍未安息的那部分。在等待。

*她現在跟造物主在一起，不是在冰冷的石牢房裡。*我提醒自己

但是接著我的雙腳便沿著走道走進去，一下就到了通往地牢深處的黑暗轉角。

我站在茹絲牢房的門外，突然間很害怕往裡看。害怕她的血跡仍在那裡。我還記得在父親的墓上對她承諾過：我會為她理清鹿心引起的這團混局。我還沒理清。我只是一直在靜候時機，盼望混局會自己理清。我覺得她就是在等這一點。等我行動。

牢房裡傳來一陣輕聲的咳嗽，我的心飛揚起來，茹絲！我衝到門上的小孔往裡瞧，心裡知道

不可能是她，但我依舊如此希望。

但是裡面當然不是她。儘管只看到背影，我還是認出裡面那扭曲的身形。老柳樹，一枝蠟燭舉在身側，彎身在一個軀體上。

「是你嗎？」他喊。趁他看到我前，我立刻從小孔前退開。「你可以開門了。我弄完了。」沒人回應，於是他提高音量喊：「嘿？」走道上響起腳步聲，接著黴斑鬍轉過轉角，我迅速躲到陰暗處。黴斑鬍往茹絲的牢房裡瞧。

「這次終於找到女巫了，是吧？」黴斑鬍問。

「很遺憾，沒有。」老柳樹答。「願造物主幫助我們。」

黴斑鬍打開門，老柳樹便走出來，一邊用一塊深色的布擦手。經過黴斑鬍時，他說：「你可以把屍體移走了。」

黴斑鬍花了好一番功夫才把那女人拖出來，她身上有肉燒焦的味道。我只管盯著陰暗處，不想看到老柳樹是怎麼折磨她的。黴斑鬍離開後，我才溜出地牢。

是深夜了，一輪滿月照亮庭院。我不知道是因為老柳樹，還是因為是女巫作怪的午夜時分，總之我只覺得膽戰心驚。我屬於黑夜，我提醒自己，然後上路準備回家。

走進庭院才沒幾步，就有什麼引起了我的注意。一個門口的陰影下，一個微小的亮光閃了兩次，然後便消失了。沒過多久，它又出現，像個燭光，閃了兩次，然後又消失。

還在猜想那可能是什麼的時候，我就聽到庭院的另一邊有扇門打開。我像隻兔子動也不動，只見一個戴著兜帽的人影自信穩重地在月光下直接走向那閃光。

亮光又出現，這一次穩穩地亮著，穩定到讓我看清是個男人舉著一根蠟燭。戴兜帽的人影走向他。如果他們有說話，那麼我也聽不到。突然間兜帽人把手伸進兜帽扯了扯，然後把拔下的東西交給蠟燭男。蠟燭男接過頭髮，用手帕包起來。

在月光下拔下的頭髮。我在腦海中聽到母親的聲音，告訴我女巫會等到滿月，然後拔下頭髮用於她們的黑魔法。彷彿是聽到了我的想法，一個守衛突然大喊：「什麼人？」守衛一隻手握著劍，一隻手拿著提燈，快步跑向兩個人影。

蠟燭男一點都不吃驚。他跟兜帽人泰然自若地站在那，等著守衛過去。守衛把提燈舉到蠟燭男面前。是老柳樹。

接著兜帽人拉下兜帽。守衛一見嚇得往後退一步，然後倉皇地低下頭。兜帽人不是男人，是女王。

她命令守衛跟她走。守衛像隻狗一樣跟在她身側，提燈照亮走向卷軸門的路，回到女王的寢區。老柳樹看著他們離開，然後捏熄手上的蠟燭，只在月光的導引下拖著步子走在石磚上，穿越庭院。

我頭重腳輕，像是要昏倒了一樣。捉巫官自己在收集頭髮用於巫術，而女王是他的同謀。而且我親眼看到了。要是我在聽罪後直接回家，就什麼都不會目睹到了。

茹絲。說不定這就是為什麼我會走向她的牢房。說不定是理清這團混亂的時候了。

我在腦海中聽到貝絲的聲音說，妳身上流著妳母親的血。母親從來不會坐著等事情發生。她像隻狐狸一樣謹慎，但終究還是隻獵食的猛獸。

但是我能做什麼呢？我問身上戴孚瑞家的血。王宮裡到處都是守衛，而且更可怕的是，還有黑手指。

跟著老柳樹，我的血說。輕巧、敏捷，查出他想搞什麼鬼。

老柳樹漆黑的人影越來越難看清了。我開始跟蹤他，膽顫心驚。

我跟著他穿越庭院，走過卷軸門。他走進一條拱廊，這裡的石頭在我們腳下又鬆又碎。我突然隱約知道他要去哪了。我以前來過這裡。最後他在兩扇古老的木門前停下來。女王的私人教堂。然後他就消失在裡面了。

我跟進去。

我踩著新鞋，盡可能輕巧無聲地走進女王的教堂。老柳樹已不見蹤影。突然聖壇那有個刮擦聲，我立刻躲到一個長木凳後，只見老柳樹從祭袍室走出來，拿著一根長長的蜂蠟蠟燭。一個我不認識的女人跟在他身後，抱著一個大布包。老柳樹開始輕聲唱誦。

他的唱誦混和著異地的語言與盎格魯語。這不是新教的禱文。這是巫術，我知道。

那女人差不多就跟老柳樹一樣高，但是更胖。她把布包放到聖壇的腳邊，然後翻開一本書，跟著一起唱誦。

赫克茲泰斯，赫克茲泰斯，
無所不能、永生永世的造物主。

他們一遍又一遍地唱誦這句話，稍後又加入其他的句子。那聲音聽得我頭暈目眩。說不定他們下的魔咒開始在我身上產生作用了。我搖搖頭，頸圈叮噹一聲。老柳樹舉起一隻手，那女人停下來。

我動也不動，幾乎不敢呼吸。老柳樹審視一排排的長木凳，目光在我前面的長木凳停下來。我摒住呼吸，摒到胸都痛了。然後他又開始唱誦起來。那女人加入他，這時我才終於敢長長地、輕輕地把氣吐出來。

他們一直重複唱誦，等到蠟燭燒掉三根手指的寬度後，他們突然停下來。四周的寂靜使我心驚肉跳。

老柳樹輕柔地說：「造物主，我們來到祢的殿堂。我們說的語言比教士的語言還古老。我們是祢虔誠的僕人，為我們的女主人祈求祢的護佑。我們將把她的頭髮與畫像放在祢面前。」說完老柳樹就把包著女王頭髮的手帕掏出來，放到聖壇上。然後那女人取出一幅小小的肖像，擺在頭髮旁邊。

老柳樹彎身鞠躬。「護佑她，造物主，免受惡敵的侵害。護佑她，就跟祢護佑祢最優秀的子民一樣。」這算是某種黑魔法，混和著造物主的信仰。我以前根本不知道有這種事。

老柳樹繼續說：「我們祈求祢接受我們的獻祭。一樣祭品，換來祢的護佑。一個犧牲。一條生命，換來另一條生命。」這時我聽到聖壇腳邊的布包裡隱約傳出一聲哭叫。一個小寶寶驚恐的哭叫。

18 奶油酥餅

突然間我不是個詛咒了，只是一個陷入險境的小女孩。我努力壓低呼吸的聲音，結果只是呼吸得更大聲。這兩人想在教堂裡謀殺一個小寶寶，而且就在離我不到十步之處。

「要他靜下來！」老柳樹低聲罵。那女人跪到地上，抱起在哭叫的布包，舉到聖壇邊。

我覺得手掌上又熱又黏。原來是我把指甲刺進手掌，用力到手掌都流血了。

「快點！」那女人低聲催促。

老柳樹把手伸進袍子，掏出一把又短又粗的刀子，又開始唱誦：

赫克茲泰斯，赫克茲泰斯……

布包開始拳打腳踢，但是那女人緊緊抱著，摀住他的聲音。

我的雙腳像灌了鉛一樣重，但是我努力把它們抬起。

老柳樹踏向聖壇，那布包在女人的緊抱下掙扎扭動。

我站起來了，但是站得太快，結果眼冒金星，有一片刻什麼都看不清。但我還是跌跌撞撞地往前走，因為沒時間了。

赫克茲泰斯，赫克茲泰斯……

老柳樹把匕首高高舉起。我才走到一半。一絲燭光閃爍在匕首上，反射我到我眼裡。來不及了。那女人把布從那尖叫扭動的小小身軀上拉開，我只瞥見一絲粉嫩的皮膚，匕首就揮下去了。小寶寶發出最後一聲尖叫。

我大叫一聲，猛地跪到地上。

老柳樹瞬間把頭扭過來，但是我已經躲到一張長木凳後了。「去擋住大門！」他低聲吼。

那女人已經開始跑向大門。他們在教堂裡連小寶寶都敢殺了，如果抓到我，還有什麼不敢對我做的？我把嘴巴緊緊閉起來，不讓牙齒顫抖。我得另尋出路。

聖壇後是祭袍室。說不定裡面有條密道給教士進出。我在長木凳下沿著冰冷的石頭地板往教堂的側邊爬去。爬到長木凳的末端時，我仔細聽。只聽到一個腳步聲：在大門附近，那女人急促的腳步聲。我放膽一看。老柳樹只在幾步之遠，匕首仍握在手裡。

「那邊！」他低聲吼。

我拔腿就跑，衝向教堂前端。我聽到那女人的腳踩在石頭地板上追上來。她速度比我快。我不知道我是否逃得了。

隨時注意怎麼樣對妳有利。

什麼對我都不利。但是接著我想起來老柳樹的聲音。他從頭到尾都壓低音量，這表示他們不想讓別人聽到他們在幹嘛。我不能說話，但絕對可以尖叫。

我張開嘴，扯開喉嚨尖聲大叫。叫聲在教堂的石牆間反覆迴盪。那女人僵住了，眼睛睜得又圓又大。我不停下來看她接下來做什麼，只管跌跌撞撞地衝進祭袍室。右邊有扇小門，我跑過去。我不知道會去哪，但我還是進去了。門在身後自己關上了。

密道很窄，而且一片漆黑。我把雙手搭在牆上，摸索前進的路。轉了一個彎，然後又一個。我去聽那女人或老柳樹是否跟上來了，但是他們想必在我尖叫後就逃走了。

最後，我的手指終於摸到一扇門。我小心翼翼地打開，來到一間大廳，籠罩在微弱的月光下。大廳中央擺著一張桌子，一面印有女王徽章的旗幟，也就是一朵玫瑰上方有一隻獵鷹，掛在首座後方的牆上。其他牆上則掛著各王公貴族的徽旗。黑手指的獅子掛在女王徽旗的一側。獅子旁邊則是女王的繼母卡崔娜的家族徽旗，也就是一個美髮少女從一朵花中站起。之後的徽旗上是一頭公鹿，鄉間鼠的家族徽章。

在腦海中，我看到聖壇上那灘黑色的血泊。我沒能阻止他們。我爬到桌子下，蜷縮起來。我吸氣、吐氣，吸氣、吐氣，重複了好長一陣子。

◆

晨曦才剛鑽進窗戶，我就被大廳外經過的人聲驚醒。

「是女巫嗎？」一個女人的聲音問。

「不知道。」另外一個女人答。「但是聖壇上擺著女王的肖像。而且那血……」我在腦海中又看到聖壇。「妳的籃子裡最好有足夠的抹布。」

「噢，我見過那些小東西流血死掉。」第一個女人說。「妳會以為他們身體裡只有血！」我的心一沉。她的語氣如此輕鬆，彷彿見到小寶寶被謀殺根本沒什麼。

我來到了什麼黑暗的深淵？人們在這樣一個世界裡還有什麼希望？我把頭埋在膝上，差一點就沒聽到她最後說：「在造物主的聖壇上屠殺一隻豬仔，這一天食罪者可有美味的罪食可吃了。」

花了片刻我才聽懂她的話。接著我就狂笑出來，大聲到都擔心走廊上那兩個女人會聽到。是隻豬仔，不是小寶寶。

這是不知多久以來我第一次聽到好消息。無論老柳樹在搞什麼鬼，都不是殺人。我把裙子塞進嘴巴，因為經過了昨晚的悲慘折騰，我此刻只想開懷大笑。從來沒想到我會把在教堂裡被屠殺的豬仔視為幸事。一想到這，我又笑得更厲害了。結果她們就發現我了。

19 腰子派

我被押在王宮一樓的一間房裡。窗外，我可以看到庭院對面就是地牢的入口。窗戶的玻璃很老了，下緣更厚，使地牢的門看起來像是往土地裡陷下去了。

老柳樹又把雙手插在腰上。變形的窗戶灑進的陽光閃爍在他手指上那根銀色的粗針。

黑手指站在他對面，雙眼從外緣到中心一片陰沉。「沒有人叫食罪者來。」他嚴厲地對老柳樹低聲說。

「她的出現無疑是凶兆。」老柳樹說。「她在哪被找到的？」老柳樹一臉沉著冷靜，一點都不像我昨晚看到他的樣子。這只使他更可怕。

「她在徽旗室被發現的。」黑手指說，「就在教堂不遠處。」

老柳樹沉默下來。如果他之前不知道在教堂裡看到他的人是我，想必此刻也猜到了。房間裡的空氣感覺起來好悶，而且隱約瀰漫著煙味，像是煙囪沒掃乾淨。

黑手指扯扯耳朵。「今早在女王教堂裡發現的駭人血案，她就是罪魁禍首嗎？她就是我們在找的女巫嗎？」

老柳樹抬起頭，一方陽光照在他半邊的臉上。「如果她人在附近……」

噢，我的造物主。他要把他的魔法罪行嫁禍到我身上。我的牙齒又開始打顫了。

黑手指壓低聲音說：「我來審問她，而且我一定會讓她說話。」我不只牙齒在打顫，連五臟六腑都在顫。

「不，」老柳樹立刻說，「讓我把她帶走，做個女巫試驗。」他不想給我機會告訴黑手指昨晚的事。

「女王的安全是我的職責，不是你的。」黑手指厲聲說。

「但是女巫是我的職責。」老柳樹反駁。

我不知道哪一樣更可怕：被黑手指用石頭壓死，還是被老柳樹放血跟燒死。煙味更濃了，我一定是要昏倒了。

「女王受到四面八方的威脅。」黑手指怒斥。「女巫、天主教密探，而且她兩個貼身侍女棺木上擺著鹿心，表示她們謀殺了皇室成員！其他君王見到一個女王如此飽受醜聞困擾，絕對不會浪費時間，立刻就會趁機打壓這女王。如果這小鬼——」他朝我點個頭——「有任何線索，我一定會查出來！」

老柳樹如狗吠般大笑起來。「諾曼國王根本不相信貝特妮女王跟她侍女的罪過有關連。荷蘭國王不相信，她在北方的天主教表妹也不相信。不，閣下，他們聽到棺木上有鹿心，看到我們的女王受到叛徒與密探的威脅，就跟他們自己擔心會陷入的處境一樣。鹿心對女王來說不是威脅。」

「那女巫呢？天主教徒呢？」

「我會保護她！」老柳樹大聲吼，在房間裡好刺耳。「遠古學者預言童貞女王會把世界統一在一個信仰下。我在做造物主的工作！你呢，閣下？」他的聲音更大了。「你的理國才能就只是像個平民惡棍一樣去謀殺、策劃、密謀！」

突然間，王宮深處傳來一聲尖叫。接著是更多尖叫，從庭院傳來。「把御醫找來！」我聽到有人喊。

瞬間就有人在敲門。

「怎麼了？」黑手指喊。

一個守衛踏進門。「失火了！」他對老柳樹點個頭。「我們急需御醫閣下。」然後他看到我。「還有食罪者。」

老柳樹的聲音低沉地迴響：「這就是了！她不是我們的女巫！」

「什麼？」黑手指喊。「之前你還說要做個女巫試驗！」

「沒錯，因為我之前相信她是另有目的來到王宮的。但是現在我看到造物主的用意了。有人要死了，所以造物主把她引來這裡了！」老柳樹繼續說，「就像蛆爬向腐肉，這就是為什麼她在這裡。」

「這理由不夠充分！」黑手指說。

「那麼我就在此時此地做個女巫試驗。你要當見證人嗎？」

黑手指的雙眼瞇起來。

老柳樹舉起一隻手，手指上的戳巫針閃閃發光。那針有半根手指長，跟棺木上的釘子一樣粗。說時遲那時快，他一下就把針深深戳入我肩上的肉。一聲哀號扯出我的肺腑，冒出我的嘴。等在門口的守衛開始唸起造物主的禱文。老柳樹把針拉出，我立刻緊抓著肩膀，想止住血。

老柳樹睜著又大又亮的眼睛看著黑手指。「我很確定，閣下您一定聽過夠多劇痛引起的尖聲叫喊，聽得出來這是真的痛。她不是我們在找的女巫。」

我不知道黑手指相信什麼，但是他不想放我走。

老柳樹繼續說：「食罪者是造物主的僕人。我相信您有一次還親口說過，違抗造物主的意旨，就是……」老柳樹清清喉嚨，「叛國。」

一條青筋從黑手指的眉毛上爆出來。最後，他終於示意守衛讓我離開。

走在走廊上時，老柳樹大聲對我說話。反正周圍沒有人，只有我。「我的確相信造物主會給他最忠誠的僕人某些徵兆。這場火就是祂給我的徵兆，告訴我妳還有用處，因此我應該對妳大發慈悲。」他一邊走，後腦杓扁平的腦袋一邊跟著左晃右晃，說起話來語氣輕鬆。「但是如果我發現妳是個危險，我就會把妳用在聖壇上。食罪者的血無疑是最珍貴的祭品。」

他爬上一段樓梯，我跟上去。肩膀上被針戳進的地方在抽痛，但是咯咯的笑聲在呼吸間輕輕響起。

沒有詛咒可以傷害我。我就是詛咒。

房間裡瀰漫著肉跟鼠尾草的味道。兩個軀體躺在躺椅上。一個身材削瘦、穿著黑袍的藥師已開始在處理，彎身在一個軀體上，用藥膏塗敷傷口。還未塗藥的部分要不就是覆滿黑色的煙灰，要不就是紅白相雜，猶如被剝了皮的兔子。

玫格，媞莉·豪伊的朋友，彎身在第二個軀體上，為一隻肩膀裹上亞麻繃帶。我從她那疊繃帶上拿起一條，壓在自己的肩膀上。

老柳樹把一條手帕摀在鼻子前，審視整間房間。光是站得離他這麼近，我就提心吊膽。「怎麼一回事？」

藥師沒回話，太專注於照護病人了。玫格說：「一個宮女聽到隔壁睡房有人大叫，便去求救。來了四個守衛才把門打開。房間裡的宮女被救出來了，但是火勢延燒到樓上的房間，都是年輕的勛爵。」她對著兩個軀體點個頭，想必是辨不清兩人是誰。「媞莉·豪伊，造物主讓她安息，我以前協助她接生夠多次了，我不在意那血，也不在意那……味道。」玫格在裹傷的那男人輕聲呻吟。

「罌粟油，」老柳樹指示，「還有蝸牛。蝸牛的黏液會把體內的熱吸走。」

藥師往後坐。「他們已經用了夠多罌粟油了，再多恐怕會要了他們的命。」他沒提到蝸牛。

在這擁擠的空間裡，我盡可能遠離老柳樹，但是我的目光依舊不時飄向他。他也許沒殺小寶寶，但是他仍舊是個巫師。我納悶娃娃是不是他做的。

藥師站起來。

「你的工作還沒做完。」老柳樹說。

「還有第三個病人在等，閣下。」藥師說。

「噢？」老柳樹問。「在哪？」

「房間失火的宮女。她被帶到另外一間房間了，方便安靜休養。」藥師答。

「我應該親自去看她。」老柳樹宣布。藥師想反對，但還是鞠個躬讓步了。

老柳樹一走，我就吐出一口氣。我用繃帶把肩膀緊緊裹起來。肩膀在陣陣抽痛。

「玫格，取一碗水來，好嗎？」藥師說。玫格正要走時，藥師又說：「我希望食罪者在工作的同時，准許我們留在這裡照護傷者。」

我找到一張凳子，刻意擺在一個不影響藥師工作的位置，希望足以做為答覆。血肉花斑的那男人穿著紅色的長統襪，襪子上覆著一層煤灰。是大公雞。雙眼半睜著，但是似乎睡著了。我說出聽罪開始的句子，但是他動也不動。藥師清清喉嚨，挪動桌上一個小罐子。罌粟油。

這時我身後一個聲音說：「可以請妳聽我的罪嗎？」

我的心脹起來，飽滿到胸膛都容不下。我認得這聲音，儘管這聲音我只聽過一次。鄉間鼠。

「告訴我，」他緩慢粗啞地問，「我的肩膀是不是像羊毛一樣又亂又毛？」

我用咳嗽掩飾笑聲。他整個肩膀都燒傷了。但願罌粟油的效果夠強。

「你可以把你的罪告訴我。」我說。我以為我的字句會又乾又硬，像擺了太久的麵包，但是還好，聲調語氣恰到好處。

玫格提著一壺水回來了。他看到我跟鄉間鼠在一起，於是去幫忙滴水到大公雞的嘴裡。

「是妳呢，對嗎？」鄉間鼠緩緩吸幾口氣。「就是妳找到我的戒指。」他雙眼盯著天花板，彷彿轉頭會痛。「我的傷口沒那麼深，不是最嚴重的燒傷，不像……他。」他一定是指大公雞了。「藥師說最危險的狀況是感染，不過光是這疼痛可能就可以了結我了。」他幾乎在微笑，於是，儘管我的疲憊，也或者正因為我的疲憊，我也露出微笑。房間裡很溫暖，我脫下披肩，擺到旁邊。「所以我現在就是把所有做過的錯事都講出來？」他問。

「是的。」我盡可能溫柔地說。「然後我會告訴你我要吃的罪食。」

「如果我不想用我的罪牽累妳呢？畢竟我們是老朋友呀。」這一次我真的笑出來了。我們第一次相遇時，他就說我們是老朋友。

我望向玫格跟藥師，但是兩人都無意干涉我。「那你就跟我說你的美德吧。」我對鄉間鼠說。

「這點子太妙了！為什麼從來沒有人想到這麼做？在死前述說我們的美德，而不是列出我們的罪狀。真聰明！」

在腦海中，我聽到的是妳真聰明。我又開始笑出來，但是淚水也跟著流下，彷彿我已經累壞了，不知道什麼是笑，什麼是哭。我用袖子擦乾眼淚。「請說。」

「哇，我現在根本想不到我有什麼美德，只想得到我有什麼罪。疏於祈禱。不滿我的父親叫我來跟女王求婚。我算哪根蔥？有什麼資格娶個女王？」

「忠誠。」我打斷他。「這是一樣美德。」

「妳怎麼會覺得我忠誠？」

「你的戒指，你的金戒指。」

「當然，我的戒指。」他的繃帶隨著呼吸的動作沙沙作響。「我還記得那天呢，我遇到妳的那天。妳的臉孔跟其他人都不一樣。坦誠，可以這麼說。」

我的眼淚流得更凶了，但是微笑也更大了。這就是我心中勛爵與平民女孩相識的白日夢成真。在我的生命裡成真。

「善良。」我說，「又是一樣美德。」

「寬厚。」他答，「這是妳的美德。」

「並不總是。」我說。

他咳嗽起來，或者是笑起來，我不知道是哪一個。「好啦，我不想相形見絀，我又想到一條罪。」

「誠實，」我立刻說，「又是一樣美德。」

「嗯，」他警告，「我是個賊，我偷過一隻貓。」

「一隻貓？」

「一隻小貓。」他糾正。「這個城，是個無情的地方。」
「我一直都住在這裡。」
「我可以告訴妳，這世上還有別的地方。冬天仍是冬天，瘟疫仍舊會來，但是大家會祝願彼此安好，妳懂我的意思吧。這裡就不是這樣。」
「所以你偷了一隻貓？」
「小貓。」他把頭挪了一下，吃力地呼吸一陣子。「我猜我可以回家了。就算我之前真有機會，我現在這樣子也絕對配不上女王了。」我看看他的肩膀。最少也會留下深深的疤痕，比保羅臉上的疤還嚴重。「我回家後小貓怎麼辦呢？或是如果我死了？」
他的語氣如此輕鬆，像是根本不相信他可能會死。我想告訴他，人會死。而且每天都有人死，我親眼看到了。比下雨還頻繁。我的腦海中突然冒出一幅畫面，是他的棺木蓋可能的樣子。我立刻去想別的，趕走那畫面。「小貓在火災中倖存了？」
「沒錯。我把牠藏在上衣裡了。牠在附近嗎？」
我望向躺椅，但是沒有小貓。但是接著我就看到牠了，在躺椅下，睡在地板上的燈心草上。
「妳找到牠了嗎？」鄉間鼠問。「牠的陪伴會是一種慰藉。」
我把小貓抱起來。牠有灰色的毛跟灰色的眼睛。牠嗅聞我的衣物，用小小的爪子去抓扯。
「等一下！」他倒吸一口氣。「妳碰到牠了嗎？」他的聲音充滿恐懼。
水滴滴進我身後的水盆。我的白日夢消失了。

「我碰牠不會詛咒到牠。」我輕聲說。

「妳確定？」

「確定。」

「噢……那好。」他說，但是語氣有些猶豫。這表示這一刻是用玻璃做的，就跟父親修理的項鍊上的寶石一樣。但是我不想要鄉間鼠是假的。

「信仰。」我急切地說，「又是一樣美德。」

過了片刻，他才開口：「妳有時候會不會覺得我們活錯命了？像是如果可以自己選擇，我們寧可選擇另外一條生命？」

「我會選擇讓我父親回來。」我脫口而出。我得提醒自己，我父親並不是我的親生父親。

「我會跟我弟弟交換。」他說，戴著金戒指的手指抽動了一下。「但是這樣奢望也沒有用，是嗎？」

「我們可以做出小小的選擇。」我不假思索地說。「像是怎麼度過一天，或是我們想活得像什麼人。」

「我猜是吧。」他發顫地嘆口氣，呼吸變得更粗澀。罌粟油的效果一定是開始消退了。身後，藥師輕輕咳嗽一聲。

我想再多聊一會兒，就算只為了證明這一刻不是玻璃做的。但是我只是把小貓放到凳子上，說：「隨著罪食下肚，汝身之罪將成吾身之罪。」我的手是隻小鳥，手指猶如羽毛，去碰他的肩與臀，然後再碰另一邊的肩與臀。「緘默一生，背負入土。」然後我快速地輕聲說：「我會選擇你。」他大概永遠都不會聽到。

「讚美主。」他說。我的心一緊，納悶他是否還是聽到我了。

就算沒有，這樣的結局還是很好。我碰他，他說我的名字。如果真可以自己選擇，我知道他會怎麼叫我的名字。我拿起那瓶空的罌粟油，收進袖子裡，決定帶回家收進我的木盒子，用來紀念他。

20 葡萄乾

房間外的走廊上，男僕忙著把燒焦的木頭跟衣物抱走。婢女跪在地上，拿刷子刷洗灰燼。

「她的門鎖被人用樹脂黏起來了，所以門打不開。」一個瘦巴巴、唇邊長著幾根毛的婢女對一個胖一點的婢女說。「來了四個守衛才打開。」

「有人又找到了一個娃娃。」胖婢女說。

瘦婢女頓時面無血色。「宮女房間失火是娃娃引起的？」

胖婢女聳聳肩。「娃娃是在女王的寢室找到的。蜂蠟做的，一身衣著就跟女王自己一樣。」

「王宮裡都是女巫！」瘦婢女低聲罵。

一個看起來像執事的老頭子走過來，兩個婢女立刻低頭繼續清洗焦黑的石頭地板。「妳們兩個別再給我危言聳聽了。」執事說。「這全是某個異教叛徒想嚇唬女王跟她的追求者，就這樣而已。火災啊、娃娃啊、血啊，全都是——女王的秘書親自跟我們說的，他這個人不會判斷錯誤。」執事站到我面前，揮動一隻手臂，像是要我跟他走。

他領我爬下一段樓梯，然後走進一條走廊。轉進一個轉角時，他突然停下來，然後望向牆壁，清清喉嚨。他前方的壁凹處，我看到一男一女從擁抱中互相拉開。那男的是黑手指。

「閣下，」執事喊，「我正要把食罪者帶去……」他嚇得說不下去。

「那就快去！」黑手指厲聲說。

「是，閣下。」執事點個頭，快速繞過黑手指，眼睛直直盯著前方的走廊。黑手指站在原地不動，擋住跟他在一起的女子，仍舊躲在他身後的壁凹處。走過他們面前時，我只瞄到她粉紅色的裙子。

我們來到第三名受害者的門外。米糊臉站在牆邊，一身樸素的羊毛連身裙，提著一只籃子。

「女王的御醫離開了嗎，我的女士？」執事問。

米糊臉點點頭。「但是我敲門時，沒有人來開門。」

執事站到門前，大聲叩門。「食罪者來了！」

「我一直在等。」米糊臉喊，但不是對執事說。我們身後，秀髮女走進走廊來了。桃紅色的馬甲，粉紅色的裙子。她就是跟黑手指相擁的人。

「我去找了點東西想給她分分心。」秀髮女對米糊臉說，舉起手中的小籃子。她加入米糊臉，站在門邊等。我注意到秀髮女的馬甲太緊了，酥胸像發酵的麵團從敞開的領口擠出來。她變胖了。而且我不是唯一一個注意到的人。秀髮女在米糊臉的盯視下扭捏不安。「我們可以去看她嗎？」她朝門點個頭。

執事咳嗽一聲，說：「她只召喚了食罪者，我的女士。」

秀髮女嘆口氣。「也許我們應該晚點再來。」

「我們再等一下吧。」米糊臉說，把籃子擺到牆邊。

執事又敲一次門。

「頭痛用薰衣草還是鼠尾草比較有用？」我聽到秀髮女問米糊臉。

「我怎麼會知道？」

「妳以前跟那接生婆在一起那麼久。」秀髮女說。「還是妳在考慮學個行當，好買得起幾條新袖子？」

一個婢女終於打開房門。執事點個頭，便又沿著走廊離開了。婢女去稟告我的到來時，我瞥見米糊臉把雙手藏進寬大的袖口裡，我從沒見過她穿過別的袖子。「妳確定是妳的頭在痛嗎？」她對秀髮女低聲說，「我聽說是妳的肚子。」

秀髮女立刻低聲罵回去：「妳說話最好小心一點，以免最後被根女巫的針戳進陰部！」我沒讓自己的腳步顯露出內心的驚訝，但是走進房間前，我又偷瞄她們兩人一眼。秀髮女的雙頰就跟她身上的馬甲一樣紅。米糊臉回瞪她，一臉難以形容的表情，甚至像是佩服。

◆

房間裡的女人一臉素淨，但我依舊認出是白臉豬。紅眼圈圍著她的雙眼，沒化妝的雙頰有些斑駁，使我想起保羅的皮膚。看到我盯著她，她一隻手飄過去遮住臉。「白色的鉛粉毒害皮膚。」她說，「用得越多，就越需要更多鉛粉來遮掩。」

我找到一張凳子。白臉豬的左腳裹著繃帶，但是身體其他地方似乎安然無恙。「我可能不會死於這點燒傷，」房間裡只剩下我們兩人後她說，「但是有人想殺了我。我非常擔憂我的性命。我希望現在就列出我的罪，以免以後沒有機會了。」

我說出聽罪開始的句子。就跟之前那間房一樣，這房間也很溫暖，使我昏昏欲睡。

「覬覦、傲慢、虛榮。」她開始說。她顯然已經準備好了，一條條的罪如一根根的箭從她的靈魂射向我的靈魂。「挑錯、刻薄……」我的眼皮沉重，結果是我自己的頭猛然一抖，驚醒了我。她沉默不語，像是說完了。

「是否有任何最後的遺言？」我問。

「柯麗斯有列出罪食是鹿心的罪嗎？」突然間我異常清醒。「媞莉．豪伊呢？」白臉豬望向門口，但是房間裡只有我們兩人。「沒做的事，我絕不認，無論有何後果。」

所以她對鹿心的事知情。

拜託再多說一點，拜託再多說一點，拜託再多說一點。

我想起烏里克舅舅。他知道怎麼讓人開口說話。我在戴孚瑞家的廚房裡目睹過不只一次。他的做法就是坐在別人對面，一語不發。似乎太簡單了，但是沉默、恐怖的烏里克坐在那瞪著他們幾分鐘後，他們全都等不及開口說話，打破沉默。

我直直盯著白臉豬泛著紅眼圈的雙眼，在心中默數自己的呼吸。才數到八，她就開口了：「無論如何，都是柯麗斯跟那個土包子接生婆。」她苛刻地說，然後又止住，像是身體在跟內心作戰。「我不應該責怪柯麗斯。我們全都住在卡崔娜跟西摩男爵的家裡——柯麗斯跟其他的女士、她們的家庭教師、卡崔娜跟貝特妮的醫生……瑪麗絲還在位，急於生下繼嗣，維持盎格魯的天主教狀態。」她緊張地撥弄手指上一只戒指。「我們全都目睹了貝特妮捲入的是非，我們沒有一個人把她保護得夠好。她的繼母卡崔娜應該保護她的，但是她自己懷有身孕，身體狀況很差。貝特妮是個衝動、暴躁、狂野的女孩，就跟她父親一樣。而貝特妮自己的母親還因巫術、亂倫跟通姦的罪名被處死！我們全都很清楚這可能會有什麼後果。」

她往上看，彷彿她的想法全串起來掛在天花板上了。「然後卡崔娜死了，留下小寶寶米蘭達跟貝特妮獨自跟西摩男爵住。才幾年後，西摩男爵就因叛國罪被處死。我還記得他被處死的那天。他的徽旗，那對金色的翅膀，在王宮大門上燃燒。劊子手劈了兩刀才砍下他的頭。」

她靜靜地坐在那一會兒，接著她的聲音溫柔起來。「我們當時幫助貝特妮，但不是以她想要的方式幫她。我們以造物主之名發過誓，絕不洩漏我們做過的事。」

突然間，她直直地看著我。「我不像其他人想的那麼笨。女王的秘書認為是某個天主教徒想推翻女王，但是我確定這威脅的來源更接近宮廷。」她的雙眼露出祈求的神情，但是我不知道她要什麼。她只跟我述說了一堆雜亂的往事，但是沒有一個解釋了鹿心的出現。

白臉豬雙手緊緊交握。「真相應該十五年前就埋藏起來了。都是柯麗斯的蠢點子。她把祕密織進一幅壁毯，這樣貝特妮女王有一天就會知道我們做了什麼。現在這祕密被破解了，但不是被女王破解。被誰破解，我不知道。我只知道：我們現在一一被謀殺，這樣那樁罪行就會在我們的棺木上揭露給全世界。但是我們絕對沒有謀殺小寶寶。柯麗斯沒有，媞莉沒有，我也沒有。」她緩慢鬆軟地往後癱，像條被擰乾的抹布。

我以為她說完了，但是接著她又說了一句。「如果我死了，兇手會受到審判嗎？」她盯著我，彷彿我有答案。我知道教士會怎麼說，但這不是她在問的。她在問我，我會審判她的兇手嗎？

我開口說：「隨著罪食下肚，汝身之罪將成吾身之罪。」我的手碰觸她的肩與臀，然後另一邊，畫出造物主的十字。然後我點一下頭。

我會找到妳的兇手。

她的呼吸似乎順暢一些。但我找兇手不是為了她，是為了茹絲。

21　大蒜

打開白臉豬的房門時，秀髮女跟米糊臉都走了。一看到老柳樹站在那，離我不到兩步的距離，我的背脊就不寒而慄。他之前在門外偷聽嗎？

「我來聽取罪食的。」他一副像是在對白臉豬說的樣子，但是我知道他是指我。我站在他面前，告訴他需要的罪食，聞到那同樣的霉味，就跟柯麗斯聽罪後他寫下罪食時一樣。

他走後，我靠在鑲著木板的牆上，仔細思考。空氣中仍有煙味，地板上還有灰燼。

讓它告訴你，父親的聲音說。

我讓我已經知道的細節回到腦中。柯麗斯跟媞莉·豪伊都被下毒了，棺木上被人擺上鹿心，說她們謀殺了皇室的寶寶，儘管兩人從未坦承犯過這樣的罪行。

白臉豬的門被人用樹脂黏住了，然後房間裡被人放了火。她本應是下一個受害者。她的字句在我腦中迴響：我們現在一一被謀殺，這樣那樁罪行就會在我們的棺木上揭露給全世界。

這就跟福克斯老爺的故事一樣，聰明的瑪莉殺了他，最後讓全城的人得知他的罪行。如果白臉豬說的沒錯，那麼兇手並不是想嫁禍於她們，而是真的相信她們殺了一個寶寶。但是她們其實並沒有。

那麼誰殺了寶寶？什麼寶寶？誰又把鹿心放到她們的棺木上了？

這就像在黏稠的蜂蜜裡思考。我母親又會怎麼說？

隨時注意怎麼樣對妳有利。

知道別人不知道的事情，是個有利的優勢。每種惡棍的勾當便立基於此，也就是知道的比你要騙的人多。白臉豬告訴我一件多數人都不知道的事情：一幅織著祕密的壁毯。說不定我就可以在此處找到我的優勢。而且我隱約知道她指的是哪一幅壁毯。《林中黛安娜》，女王接見室裡那幅，秀髮女說是柯麗斯送給貝特妮的。

我不敢回到女王的寢區去看那壁毯，畢竟黑手指等不及用酷刑折磨我。但是我也不需要。壁毯的內容已深深嵌入我的腦海，就像燕麥粥一樣緊緊黏在食道上。

我靠著牆往下滑，最後蹲坐在地上。我在腦海中回想壁毯的每一部分。

赤裸的女王在滿月下。這很容易想起。

她一隻手搭在一根樹幹上，一個有翅膀的小仙子從樹枝上一朵花冒出來。

女王另一手覆在肚子上。那肚子，我記得，有哪裡不對勁。

一隻藍色的野豬像條狗依偎在她腳邊。旁邊還有一隻獅子跟一頭公鹿，也依偎在腳邊。

每想起一個細節，就使我想起更多，就猶如項鍊上一個個的環圈，領我一路找到垂飾。

此外還有文字織進了邊緣的藤蔓裡。字裡有我名字裡的字母：兩個小寫的n，兩個n之間是一條曲線，旁邊一個小點，像一棵樹彎像一顆蘋果。蘋果樹下是一個小小的絞刑架。第二個n下面是一條小小的蟲。這個字有助於解開謎團嗎？如果這個字這麼明顯，就不是祕密了。但是話說回來，我也不知道閱讀是怎麼回事。說不定這是一個很罕見的字，或者只有某些人認得這個字。

我思考從壁毯上得到的結果，我知道我需要什麼。它就在家等著我。我想把披肩圍上，但是披肩不在我身邊。我在鄉間鼠那間房脫掉了。我責怪自己居然把披肩忘了。*至少披肩在他身邊，*我忍不住想。

◆

穿越城中心廣場時，正有一齣時事劇在讚揚即將來臨的慶典，也就是諾曼使節離去前女王特意為他舉辦的盛會，就在王宮邊的田野上。今天的觀眾比平常多，滿是為了慶典進城來的人。只剩幾天而已了。我以前好喜歡這種慶典，但不是說平民百姓就會被邀請去。只有王公貴人可以參與，但是大一點的女孩跟男孩可以得到刷鍋子、端碗盤的工作，而且有好多剩菜可以吃。

*蛋糕跟糖衣果仁，*我想像著。*烤馬鈴薯。*肚子咕嚕咕嚕叫起來。也許是因為想著慶典，也許是因為我已經習慣每天都有得吃，總之，我此刻餓壞了。

我走到城北，聞到惡臭越來越濃，最後終於走到屎糞溪。快到家了。肚子又開始咕嚕咕嚕叫。*羊排上一灘濃濃的肉汁。*

我大笑起來，笑自己的想法如此殘酷。羊排是背叛的罪食，我怎麼可以夢想這種東西呢？

我轉進自家的巷子。門外站著兩個傳話人。「王宮裡失火了。」第一個傳話人說。他手臂上戴著女王的徽章。一定是他們在王宮裡發現我之前派來的。

第二個傳話的小男生站直身子，說：「監獄裡有人發燒。」

我試著不感到慶幸。

◆

我來到似乎是一輩子之前所待過的那間牢房，當時我在裡面等待著一個從來沒有來臨的判決，或者應該說是意想不到的判決。十個犯人跟兩個獄卒已被埋在一起了，六份基本罪食擺設在牢房裡。帶來罪食的家屬等在外面的路上，在空氣流通的戶外沒有傳染的可能。

麵包都很小，但是我現在領悟到為什麼老食罪者總是慢條斯理。一次吃掉六條麵包，分量可多了。沒有凳子，於是我蹲坐在地上。吃第一條麵包時，我想起記錄官。地牢裡的灰鬍子說，他把自己的老婆判成了食罪者。但是他為什麼又選了我呢？

記錄官不只是判決了我這輩子，我心想。這是真正的詛咒。等到他要死了，我一定會投桃報李，好好謝謝他。

我咀嚼第二條麵包。麵包很好吃，我尋找麵包師傅的記號，但麵包是自己烤的。剩下的幾條麵包看起來一點都沒這麼好吃。

白天成了傍晚，有些家屬離去了。空氣涼爽下來，最後只剩下我在監獄裡，在如同岩洞的牢房裡舔著碗裡的鮮奶油。我已經好長一段時間沒睡覺了。我發現自己此刻疲憊不堪。

走回家的路上，我的肚子沉甸甸地懸在腰上。在屎糞溪轉進自家的巷子時，我看到人影流連在我家門外。我立刻繃得跟只弓一樣緊，準備拔腿就跑。但是接著那人影踏進月光。都是年老的身軀，佝僂孱弱，不是強盜，根本沒有打鬥的力量。

「是誰來了？」我走近時，一個人影說。他拿著一根長長的木杖，手包住頂端。

「弗德睿的妞兒。」另一個人影說。一開始他看起來是個駝背，不過那只是掛在肩頭的袋子。

第一個人影仔細打量我，接著就拍打另一個人影的手臂。「不是！真的不是！這是個食罪者！」他轉身遮住雙眼。

「當食罪者還不夠胖。」第二個人影說，眼睛盯著巷子的泥地。然後又說：「這主意不好，借住在食罪者家。這主意不好。」他吐口口水，挪挪身上的袋子。

「不要冒犯她。」第一個人影把深色的帽子朝我的方向脫下來，然後伸手把第二個人影頭上的帽子也抓下來。

「這是幹什麼？」第二個人影說，但是便跟著第一個人影從門前退開一步，讓我進屋。

我家已經變成客棧了。布里姮坐在角落裡，端著碗小口喝湯。弗德睿跟珍妮的兩個娃兒舒服地窩在爐火前，一邊跟保羅聊天，保羅已用破布仔細裹住臉，儘管屋裡很溫暖。這裡既是客棧，也是平凡不過的住家，因為珍妮也在，正在爐火上攪動一只湯鍋。然後屋門在我身後打開了，之前那兩個人影也進來了，帽子仍抓在手上。第一個人影把木杖擺在門邊。

「錢幣請丟到盆子裡。」弗德睿從火爐邊說。「付吃的。我們自己不拿錢。」他的目光從我身邊飄過去。「我們的恩人回來了！」

我以為我已經在自家裡建立起主人的地位，但是現在我看到他們已經爬到我頭上來了。就像茅草屋頂慢慢開始腐朽。我罩得住，妳每天都想。沒那麼糟，妳告訴自己。直到有一天，妳在一堆腐朽的茅草中醒來，頭上除了白色的天空，什麼都沒有。如果我母親在這，她一定會把他們全趕出去，但是此刻，我還有求於他們。

我直接走到火爐邊，火爐邊地上積了一灘灰燼。珍妮立刻讓開，拿著一盤牡蠣走開。我跪下來，在灰燼裡畫出壁毯上的字母。珍妮的兩個娃兒全衝過來看我在幹嘛，結果哥哥被珍妮狠狠打了一掌在手上，痛得叫出來。

「這是什麼？」弗德睿問，把大娃兒一把抱進懷裡，搔他的肚子，搔得他咯咯笑不停。弗德睿看看灰燼，搖搖頭，說：「看不懂。」

之前那其中一個人影有些遲疑地問：「你跟食罪者說話？這樣不吉利！」

「我其實是對著房間說話。」弗德睿答。「是獨白，不是對白。如果她聽到了，那就讓她聽到吧。」

第一個人影一臉狐疑地看著弗德睿。「說了不少話。」

「她這人有什麼問題？」第二個人影問，看著屋裡，但是朝我這裡點頭。「她不是惡棍吧？

我可不想繳費在這一帶鉤竊。」

「她有她的謎團。」保羅從爐火邊說。「這是庇護的代價。」

「這算庇護嗎？」第一個人影說。「外面門上是有這樣的記號，但是我從來沒待過這樣的地方。屋裡有死人的味道，還住了個食罪者跟痲瘋病人。」他瞥向布里妲，布里妲則回瞪他。「還有什麼？難不成上面還有吉普賽人跟天主教徒？」他抬頭望向梯子。

「你隨時可以離開！」保羅嚴厲地說。

第一個人影挪動了一下，打量保羅。儘管臉上有疤，保羅年輕力壯。這兩個人影已經好幾年三餐不繼了。

第一個人影舉起雙手求和。「我們不會在這裡待很久。女王慶典期間掙點錢，然後就走人。」他把大拇指往身後的木杖一指。我看到木杖頂端有個洞，他之前在屋外時用手遮住了。鉤竊的鉤子就是插在那裡面。鉤竊的人會去找沒關上遮板的窗戶，用鉤子鉤出亞麻跟布料拿去賣。不是很聰明、也不是很危險的勾當，通常都是不是很聰明、也不是很危險的人在做。

第二個人影往後退一步，眼睛盯著地板，說：「我們謝謝你們的款待。」

「那就好。」保羅說。

我又轉向灰燼，用手指沿著字母又畫一遍。

弗德睿靠過來看。他指著小寫的n跟旁邊的小點。「這是保安官的符號，對不對？」

「不知道。」第一個人影說，「真正的惡棍從來不用乞丐的符號。」

「你在門上很清楚看到庇護的標誌了。」弗德睿厲聲說。

人影沉默了。

布里妲瞇起眼。「保安官的符號是下面有一點，不是旁邊有一點。」

乞丐的符號。門上庇護的標誌。我在腦中思索他們的話。傳話小男生以為是女巫的記號，其實是乞丐的符號嗎？乞丐跟遊民用的圖像語言。這就是為什麼各式各樣的人接二連三跑進來住。

珍妮從盤裡的牡蠣中抬起頭來，用手背抹額頭。「她在灰燼裡畫的不是符號，是文字。」她的聲音平淡疲倦。

「你的妞兒說話了耶。」其中一個人影對弗德睿說。

弗德睿仔細看一眼我畫的東西，搖搖頭。「我懂英語、法語，還有些許拉丁文，」他望向珍妮，「這不是文字。」

保羅也仔細看一眼。「古老的語言有不同的字母。」

珍妮把牡蠣丟進鍋裡。「那得問個醫生，或是猶太人了。」

我咬緊牙根。這我怎麼辦得到啊？我唯一知道的醫生是個屠殺豬仔的巫師，至於猶太人呢，全都在老國王治下改教或趕走了。接著我想起改教院裡的樂師。我丟蠟燭想嚇唬的那群樂師。

「這小鬼不滿意。」第一個人影說，朝我揮手，彷彿我散發出臭味。「一點都不滿意。」

我像隻鵝低聲嘶吼，朝他衝去。他往後退，差一點就被布里妲的殘腳絆倒，抓起第二個人影的手臂，喊：「噢，該死！她在幹嘛？」

我繼續逼近。第一個人影抓起他的鈎竊手杖，頭轉到一邊，把手杖當劍一般盲目地朝我揮舞。「不要過來。」

我把他們趕到門口，最後兩人跌跌撞地逃出去。然後我提起水壺跟一塊破布。門砰地一聲關上，把沿著小巷跑走的兩個人影嚇了一大跳。我看一眼門上的記號，一個女人的曲線兩側各有一隻眼睛。我擰乾破布上的水，開始擦洗。這屋子是我的庇護所。只有我選中的人可以住進來。一個全身發臭的瘋瘋病人、一個脾氣暴躁的毀容男子、一個嘰嘰喳喳的演員、一個懷孕的娼妓，還有她的私生子。我的親眷。

22 白蘭地甜奶凍

我睡得好熟，睡到中午了才被敲門聲驚醒。聽到傳話的小男生說出貝絲的名字，就猶如吐出憋了好久的一口氣。我不想要她死，但是不需要再等待，也是一種寬慰。

食罪儀式上莉亞跟湯姆都在，當然了，還有好幾張熟悉的臉孔。但是他們似乎不一樣了。就好像是我過去的回憶都是透過一扇窗望進屋內，而現在我卻透過另一扇窗望進去。屋裡還是一樣，但是光線不太一樣。湯姆成年了，耳朵裡都長出毛了。什麼都知道的葛蕾西・曼諾斯有三個小孩了，他們拉著她的裙子，她自己則看起來像朵蒼老的水仙花。就連屋子本身與貝絲聽罪時相比，似乎也不再相同。更小了。

離開前，我穿過廚房。架子上擺著那個畫著風鈴草的老鹽缽。我把它帶走，用來收進我的木盒子，用來紀念貝絲。

◆

在噴泉的水面下，我的腳看起來斑駁陸離。就與白臉豬跟保羅的皮膚一樣。我伸手想把披肩圍在肩上，才又想起把披肩忘在王宮了。

幾個人穿越廣場。一看到我他們就徑直繼續往前走，根本不磨蹭。兩個小孩怯生生地穿過廣場跑進小巷，不久我就聽到他們開始玩棍子打石頭的遊戲。

太陽在濃厚的粉紅色雲層後西沉。我把雙腳從噴泉拉出來，在裙子上抹乾。抹的當下，我看到那個本來以為是女巫記號的圖案。乞丐用的圖像語言。我回想柯麗斯壁毯上的圖案，說不定祕密就在圖案裡。一這麼想，女王腳邊的動物就不難猜測了。家族徽章常常就是動物，獅子可能就是指黑手指，公鹿是鄉間鼠的家族，野豬則又是另一個貴族家族。但是壁毯在此之外還有什麼意義，我就不知道了。

穿越城北回家的路上，我發現不是只有貝絲家跟老鄰居不同了。走在客棧街時，路邊的娼妓全在我經過時垂下眼簾，而且沒有小男生開玩笑地把彼此推向我。他們全躲起來了。我走在路中間，路人全讓開，就跟以前他們讓路給老食罪者一樣。就如同造物主故事裡的紅海。

我經過藥房巷。醫生或猶太人，珍妮說他們可能懂得壁毯上的字。藥師會有足夠的學問嗎？我還記得喉嚨被割傷後，這裡的藥師見到我都嚇跑了。我往巷子的泥地上狠狠吐了一大口痰，暗中希望有人看到。

我又站在改教院前。今天傍晚，沒有音樂從裡面傳出來，只有涼爽的黑暗。上次在這時，我引起了一片驚恐。現在我則需要樂師的協助。我仔細傾聽，搜尋他們的跡象，但什麼都沒聽到。說不定他們只是我憑空想出來的。

就在這時，我聽到巨提琴那低沉的琴聲，就是跟人一樣高的那個弦樂器。那琴聲又在我胸中迴盪，使我傷感起來，但是我不知道為什麼。音樂在這方面就有點像魔咒，你會不自覺地感覺到什麼。儘管我是個詛咒，我還是祈禱了一下，祈求造物主的庇護。

樓梯就跟上次一樣黑，到了頂端只有一絲搖曳的光線，不過這次是從走道另一端的門後透出來的。我輕輕敲門，然後把門推開。

我欣喜得目瞪口呆。裡面是間我見過最漂亮的工作坊。牆邊擺滿了魯特琴跟提琴彎曲的木身。上次演奏巨提琴的黑髮精瘦男人坐著，巨提琴夾在腿間，在修理一根弦。身旁是張工作檯，檯子上有各種木工的工具，還有大大小小的木件，看起來是樂器的部件。檯子上跟地板上撒滿了捲曲的木屑，猶如厚厚的緞帶。這是樂器師的工作坊。

樂器師把巨提琴如小寶寶般小心翼翼地放下，然後站起來面對我，一把鉗子緊緊握在拳頭裡。

我舉起雙手，表示沒有惡意，但是樂器師只是把鉗子抓得更緊。

「這裡是我的地方。」他說，就跟毛茸耳上次說的差不多。「妳要什麼？」

我揮手要他別看我。他半瞇起眼睛，像是在笑。說不定他眼睛不好。我從工作檯上拿起一枝油脂蠟燭，照亮頸子上的S頸圈。他大叫一聲，躲到長凳後。他還記得我上次對他們狂丟蠟燭。

我等待。他確定我無意丟東西後，便站起來。我又把S舉給他看。

「食罪者，沒錯。」他說，「我看到了。妳要什麼？」

我的胃一沉。什麼樣的人敢在聽罪之外盯著詛咒的眼睛？說不定這些樂師真的是鬼魂。

樂器師的雙眼仍瞇著，但是失去了溫暖。「我沒有這個信仰。」他說，彷彿食罪者是獨角獸或大象，有些人相信，有些人不相信。

然後，就彷彿他真的是鬼魂，他問了那個一直停留在我舌邊的問題：「妳為什麼不怕？」他問。「進來過的流浪漢都怕我們，因為你們說了好多我們猶太人的壞話。他們看到我們就離開了。妳為什麼不怕？妳為什麼來騷擾我們？」

騷擾？我大笑起來。

樂器師對我怒吼。

我往後跌，手中的蠟燭掉到地上。他是個惡魔。或者是瘋了。

他朝我衝過來，我逃向門口。不過他跑過來是為了蠟燭，燭火剛點燃撒在地上的木屑，他立刻踩熄。「出去！」他大喊。

我背靠在門上，心在胸膛裡砰砰地跳。

「出去！」他又大喊。

但是我不出去。我把眼睛緊緊閉上，試著安撫我狂跳的心。我是個詛咒，我身上流著戴孚瑞家的血。

我聽到樂器師憤怒的呼吸。

我跟痲瘋病人與演員住在一起，我告訴自己。我逃過黑手指，逃過黑手指派來的殺手。我來這裡是為了理清我的謎團。我對自己的心一遍又一遍說這幾句話。最後我的心緩下來了，胃也靜下來了。

樂器師仍在忿忿地呼吸，擺出一副隨時準備打鬥的樣子。但我仍舊鼓起勇氣，決意完成我此行的目的。我慢慢地、穩穩地走到工作檯邊，把壁毯上的字母畫在木屑裡。

חַוָּה

第一個字母像小寫的n。

低垂的蘋果樹，下面有個絞刑架。

再一個小寫的n，下面有隻小蟲。

樂器師的呼吸平緩下來，歪著頭看我寫出來的字母。

「我不是很精通你們的語言。」他說。

我把木屑抹平，再一次把壁毯上的字母描出來。

樂器師靠近些，身體也放鬆了。「啊，這是希伯來文，是嗎？」

我不知道。我指著字母。

「哈娃。」他說，像是要吐痰一樣。然後用棕色的手指描摹那字母，手指上的指甲剪得短短的。「哈娃。」他又說。「妳為什麼想知道這個字？」他平靜地問。

我需要他告訴我這個字是什麼意思，於是又指向字母。

「妳來這裡就是為了這個？」

我點頭。

突然間他的雙眼瞇成一個微笑，嘴巴張開大笑起來。他這個人簡直就像春天的天氣，一下打雷，一下又出太陽。「為什麼要知道這個字？」他輕快地問。「為什麼又跑來丟蠟燭？為什麼？」他盯著我的眼睛，像是真的想找到答案，但是此外還有什麼。什麼不太一樣。他看著我，就像我是個人一樣。就像是我身上根本沒有詛咒或邪惡的成分。自從成為食罪者，就沒有人這樣看著我了。就連鄉間鼠也沒有。

我學弗德睿講話時那樣揮動雙手，敦促樂器師再多說一點，告訴我這個字的意思。

「哈娃，懂嗎？妳知道這個名字嗎？」

我搖頭。

「這名字出自我們共同享有的聖卷。」他的雙眼又瞇起來。「哈娃；**夏娃**。」

我的腸胃攪動起來。但是他一臉坦誠，眼睛眨也不眨。他在說實話。

「夏娃。」他看到我臉上的疑惑，又說一遍。

裸身女王壁毯上的字是夏娃？不可能。如果真的是，就是褻瀆。夏娃是造物主世界裡最邪惡的罪人，是最原始的墮落叛徒。

我的腦海中浮現出什麼。壁毯上女王的肚子有點不對勁。肚子一片光滑平坦。為什麼我覺得這一點很奇怪？

因為肚子上應該有個凹洞，有個肚臍。我們全都有肚臍，因為我們全都是母親生的。世界上只有一個女人沒有肚臍，因為她是造物主自己創造的。**夏娃**。

樂器師說的沒錯。壁毯上的女王被塑造成夏娃的形象。但是為什麼女王的摯友柯麗斯要請人織出這麼可怕的圖案？

「看來妳很吃驚聽到這是夏娃的名字。」樂器師把頭歪向一邊。「其實應該說是她其中一個名字。她有兩個名字，懂嗎？」他看出我的困惑。「哈娃，還有艾莎。母親跟女人……不對，**母親跟處女**，懂嗎？」

我咯咯笑起來，立刻又忍住。他說的話毫無道理。

他把頭往後一甩，彷彿又要生氣了。我閉上嘴巴，內疚地低頭看地板。一會兒後，他似乎接受我的道歉了，繼續說：「哈娃跟艾莎，母親與處女。一個是有寶寶的夏娃，一個是還沒有寶寶的夏娃。兩個不同的名字。」

牲畜也有不同的名字，像是還沒去跟公牛交配的牛隻叫做小母牛，生過牛犢的則叫做母牛。說不定古老的語言也這樣區分。

他又指著木屑上的字。「這是夏娃其中一個名字。」

壁毯的祕密就是我們的女王是處女夏娃？

「哈娃，」他又說，「**有寶寶的夏娃**。」

腳下的地板搖晃起來，我伸手去抓桌子。貝特妮女王有過寶寶。樂器師衝過來，抓住我的手臂扶穩我。那溫熱令我震驚。上一次有人碰我是什麼時候？保羅為我縫合頸子上的傷口時？保羅的碰觸根本就只是鳥爪般的抓搔。這就像是找到一樣我根本不知道已經遺失的東西，我現在才發現自己有多想念它，搖撼著卡在我心裡那顆小李子核。我想都不想就反手抓住他的手臂。

千頭萬緒從我腦中冒出來，如水從磨坊的水車沖下來。貝特妮女王有過寶寶，而柯麗斯把這個祕密用一種只有學問最淵博的人才懂得的語言織進壁毯裡。保羅跟弗德睿甚至根本不知道那是字母。我一開始以為是盎格魯語，只因為我認識的字那麼少。

點點滴滴的發現猶如鑰匙的凹口推動我那卡住的鎖裡的栓子。鎖還沒完全打開，裡面的栓子仍卡住了，但是我開始摸索出哪裡堵住了。

那個被謀殺、使我吃了兩顆鹿心的寶寶，是貝特妮女王的寶寶。不對，她當時還不是女王。她當時跟我年紀差不多，就如媞莉說的，但是仍在繼承王位的順位上，未婚，住在繼母卡崔娜家。為了避免毀於一旦，她跟摯友會不惜做出什麼事？柯麗斯，她的私人教師；媞莉，一個接生婆——她們會殺了她的皇室私生子嗎？

如果這件事被揭發，貝特妮就毀了，儘管她已經在位這麼久。諾曼王子跟其他的求婚人士全會拒絕她，她八成也會失去王位。沒結婚就跟人上床的女人是娼妓，殺掉親生骨肉的娼妓罪孽更深重。什麼人會接受這樣的女人當他們的統治者？

女王的敵人正在謀殺這些女人，想讓全世界看到她們的棺木，然後得知真相，就跟故事裡的福克斯老爺一樣。

但是此外還有一個祕密。也就是那寶寶沒有死。有人把鹿心擺在棺木上，讓世人以為寶寶死了。鑰匙又撞在鎖裡的栓子上。我越思考這一點，就越覺得沒道理。

我只知道貝特妮女王有過一個寶寶。知道實情的女士正被一一謀殺。而且女王的私生子可能還活著。

23　鹽巴

天黑後，我才步履蹣跚地走回家，爬上床墊。夢裡，茹絲把石頭一顆接一顆地放在我的胸膛上，每一顆都代表我吃過的罪。通姦、長舌、疏於祈禱。一大桶的貪婪跟色慾。亂倫。謀殺皇室寶寶。

老食罪者就跟貴族一樣戴著一面徽章：一張臉，嘴唇縫住了。她身後，我在王宮地牢裡看到的那個伯爵夫人在唱歌，歌詞在說杜鵑鳥把自己的蛋孵在其他鳥的巢裡。接著夢境又變了，是我自己的罪變成了石頭堆上來：偷竊、對死者不敬、背叛老食罪者。

然後夢境又變了，不是食罪者在堆石頭，而是母親。石頭代表的罪卻毫無道理，像是產下長翅膀的小仙子，還有把華麗的黃色蜂蠟蠟燭燒到底。母親戴著的徽章上是一隻狐狸，嘴裡啣著葡萄，葡萄的汁滴下來。然後我外婆來了，又堆上更多石頭。我上氣不接下氣地驚醒過來，但是胸膛上什麼也沒有。

我躺回床墊上。那夢境就如同一座狹窄的水井，太黑太深，望不進去，但是有什麼東西浮現出來，在水面上起伏晃動。一樣我在泥濘中應該看清的東西。蠟燭，是嗎？不對，蜂蠟。娃娃是蜂蠟做的，不是油脂做的。只有有錢人才可能用蜂蠟做娃娃。

我爬下閣樓去用尿壺。布里妲躺在我的毯子上，那張毯子現在是她的了。珍妮的小孩也在，全睡成一團，儘管此刻想必已是中午了。珍妮自己則醒著。起初我還以為自己一定還在作夢，因為珍妮正站在一塊大木板前作畫。但是我沒在作夢。她有一枝畫筆跟幾罐顏料，畫的圖看起來像棟大房子，但是充滿異地風情。我實在想不透她為什麼在畫圖。一個懷孕的娼妓在食罪者的家裡作畫？一陣敲門聲把我從疑惑中驚醒。

外頭只有一個傳話人。他個頭比我高一點，一頭黑色的捲髮像羊毛一樣，年紀比平常傳話的小男生大一點。一定是哪個貧窮人家沒錢派別的傳話人來。他感覺起來也比一般的小男生更強硬。眼裡的神情像是可以看透你的衣裳，直接盯在你赤裸的皮膚上。他的目光閃到我臉上，然後又閃到我家的屋頂上，一邊的嘴唇揚成微笑，一個又小又深的弧線陷進臉頰。他開口，那名字在我腦中隆隆地迴響。「戴孚瑞。老婆子的聽罪。」從上次看到他，他變了不少，但是現在我認出那張臉了。我表哥把手指插進褲腰，彷彿是來出門蹓躂的，彷彿今天無所事事，而不是我們的外婆要死了。

◆

冷風從河邊吹來，翻動我的裙擺。那屋子沒變，彎向河岸，茅草屋頂上長滿了野草，隨風搖擺，似乎與河水的漩渦相呼應。身後突然傳來一個鞋子拖地的聲音，我轉身去看。我抓到我表哥剛好把頭轉開，雙手仍插在褲腰裡。他把袖子捲起來了，露出赤裸的前臂，長滿了黑色的捲毛。

我還可以感覺到當初他跟他哥哥把我壓在廚房地上時，他的雙手試圖抓住我的腿，儘管離那時已經過了那麼久。

我不想進去。

我是個詛咒，我默默地對前門說。

我是個夢魘，從門樑下走進屋時，我在心裡唱誦。

踏上凹凸不平的木頭地板時，我在心裡唱誦這兩句話。在身後聽到我表哥的腳步聲就離我不到兩步的距離時，我在心裡唱誦這兩句話。

出於習慣，我直接就走進廚房。廚房的屋頂比我記憶中的低，不然就是屋頂下陷了。火爐是冷的。我轉身，看見我表哥從一個變成兩個了。一人站在門框一側，瘦瘦高高的身子靠在門柱上。他們避開我的目光，裝出若無其事的樣子，但是我可以感覺到他們對我的邪念。

屋頂上突然砰的一聲，我嚇得差一點跳起來。其中一個表哥的臉頰露出那半月形的戴孚瑞微笑。我外婆一定在樓上了，就在我兩個表哥左右守住的門後。

我鼓起勇氣，抬起頭，走向他倆，暗暗祈禱他們會讓開。就在快碰到他們前，他們就挪開了。跟他們靠得這麼近，使我渾身不舒服，就像有污泥蔓延開來，一直往上到頭髮長出之處，一直往下到雙腿間別的毛髮長出之處。我真想把那污泥搓掉刷掉，把自己洗得乾乾淨淨。

但是我只是走向樓梯，感覺到他們的目光在我身後，心裡默默唱誦：

我是個詛咒。我比他們更可怕。

住在這屋裡的一整年，我從來沒爬上過這樓梯。老舊的屋頂太低了，除了屋樑撐起的地方，我根本無法站直身子，而且上面都是黴臭味。二樓只有兩間房間，一間房的門緊緊關著，另一間房的門半敞著。推開門時，黴臭味更濃了。

發出腐臭的不是茅草屋頂，而是她。

牆邊燃著白色的油脂蠟燭。她躺在一張繩編的床上，蓋著一條褪色的被子。繡花的亞麻床單下，露出老舊的稻草床墊。被子是天鵝絨的，一度是紅色的，現在是血漬般的棕色。這就是惡棍的寡居王太后。

她的雙眼在燭光下混濁發白，像煮得半熟的雞蛋。「是誰來了？」

我的聲音不如我所期待的圓潤，倒像狗吠。「無影者現身。」

「噢！」她厲聲罵。然後又「噢」一聲，這一回彷彿有些迷失。她在床上挪動，又皺又薄的皮膚磨在床單上窸窸窣窣。「我的兩個兒子在嗎？」她轉頭，像是在房間裡搜尋。「我要他們在場見證。」

「說出妳的罪狀。」我說，拿張凳子坐下。

她稍微坐直，像是準備演講一樣。「我什麼都幹了，我這一生罪惡滔天、十惡不赦。」她還有些驕傲地說。「得從東方國度請個廚師來，才能煮出我最重大的罪惡。我棺木上的罪食，妳恐怕根本吃不完。」她等著我領悟她的話。房裡一片寂靜，只聽得到她的皮膚擦在床單上的沙沙聲。「妳可以把我兩個兒子叫來嗎？我要他們在場見證。」她已經準備好自己的聽罪了，用來慶祝她惡棍的一生。這樣的聽罪需要觀眾，但是根本沒人來。一絲憐憫戳著我的肋間。我坐直一些，甩開那感覺。

她用力咳起嗽來，咳出黴臭的痰，伸出一隻顫抖的手臂拿杯子。她的手臂跟鳥腿一樣瘦。在腦海中，我還可以感覺到她的手背摑在我臉上，指節敲在我的顴骨上。我還可以感覺到一把丟來的水壺撞在我臀上，留下一個半月形的疤，就如同我那半月形的戴孚瑞微笑。我還記得她皺巴巴的手握著掃帚的手柄，一揮揮到我耳上。如果我現在抓起她的手腕，輕而易舉就可以把它折斷。坐在凳子上，我感覺到雙腿的厚度。貼在身體兩側，我感覺到手臂的重量。我的氣息沉得又低又深，一直到肚裡，最後猛地冒出成為狂笑。她再也不能傷害我了。

「怎麼回事？」她問，聽到我大笑緊張得像隻馬。

「根本沒人來。」我說。「說出妳的罪狀吧，老太婆。」

她的雙眼努力辨清我。「妳是那私生子。」

「妳的血肉。妳女兒的女兒。」

「她永遠也不可能遺棄妳。抗拒不了親生的骨肉。傻瓜，我女兒。聰明的女孩會叫產婆在私生子開口大哭之前就把它解決掉。我說我可以幫她解決掉。一旦生下了，活著了，妳就永遠也割捨不掉了。」

她想傷害我。我靠向她。「我是唯一來了的親族。妳兩個兒子都知道。他們知道妳要去找造物主了。但是他們寧可喝酒賭博，也不願坐在妳發臭的肉體旁邊，聞妳床單上的尿臭味。」我一股腦兒地說。她努力抗拒。「我是個詛咒。」我說。「我是妳的詛咒，妳創造的詛咒。我在妳墳上只會吃基本罪食，妳可以帶著妳的滔天大罪去找夏娃。」

「妳不能，」她沙啞地說，「只要聽罪時認了，造物主都會原諒。」她的聲音粗啞多痰。「妳要吃鮮奶油跟芥末籽。」她急迫地說。忌妒跟撒謊。「喝雪莉酒……」譏笑。「豬血腸、大蒜。」報復、吝嗇。「豬鼻、鴨舌、烤鴿子。」走私、放高利貸、偷竊。她知道所有的罪食。「吃羔羊心。」謀殺寶寶。「答應我妳會吃，答應我妳會吃我棺木上的罪食。」

她不是我的外婆了，只是一個垂死的、恐懼的老太婆。我心裡的李子核磨著肋骨。我真想用大拇指把它挖出來，塞進她的喉嚨裡。

「我會吃妳的罪食。」我透過李子核輕聲說。「我會把妳的罪帶進墓裡。」

她攤回床上，不說話了。

我走出屋子。我沒跟兩個表哥說話，都是噁心的污泥。我沿著兩側長著稀疏青草的巷子離開。戴孚瑞或歐文斯。為什麼一定得是這兩個選擇？要是我可以當個全新的人呢？就像從泥土裡竄出來的綠苗？全新的，只屬於我自己。

我走到城北的客棧街。我瞧進一間接一間的客棧，最後終於找到他們。弭司捷正在跟一桌惡棍玩牌。他放下一張畫著皇后跟黑花的卡片。烏里克坐在附近一張凳子上，一聲不吭，像隻吃腐肉的動物。桌上的談笑立刻沉默下來。我先是瞪著弭司捷，然後瞪著烏里克。「我要唸你們老母親的罪食。」兩人立刻靜止不動。

我列出罪食，然後讓整個氣氛沉重下來。幾個小惡棍受不了那死寂開始坐立不安了，我才說：「如果沒準備好她的罪食，你們就等著自己的罪食在你們的棺木上腐爛，因為我永遠也不會吃。」我把手伸向桌子。其他惡棍全嚇地跳開，一個還低聲唸起造物主的禱文。弭司捷既不動，也不阻止我。我拿起那張印著皇后跟黑花的卡片，用它代表戴孚瑞。

24 薑餅

我以為胸膛裡的李子核會消失，但是它仍舊在那，卡得緊緊的。在屎糞溪的惡臭中，離家就只有幾條巷子了，我發現家不是我此刻想去的地方。

我的手指沿著牆邊摸索，在樓裡的黑暗中保持平衡。我可以聞到油脂蠟燭在燃燒的味道。樂器師從工作檯另一側不太確定地看著我，一把魯特琴未完成的木身還抱在手裡。我走過去，他立刻站起來，一腳踢翻了長凳。我跨過長凳，一把抱住他，雙臂圍在他身上，把臉龐貼進他的胸膛。他唇間吐出一聲疑問，想知道我到底在幹什麼。他的氣息吹向我，扭動身子，試圖在倒下的長凳邊找到平衡。

我把他抱得更緊了，一聲顫抖的啜泣從肚子深處冒出來。他立刻靜止不動，心在皮膚下砰砰地跳。我把自己整個貼向他。他的身體緊繃，在抗拒，但是對我來說，那是我父親柔軟的保護。他想把身子轉開，但是他是鄉間鼠溫暖的氣息。他沒有抱著我，但是他是我母親。他是所有不再陪伴著我的人，所有我無法擁有的人。

我哭得好傷心、好醜陋，鼻涕口水都抹到他的上衣上了。啜泣聲先是越來越快，然後越來越慢，最後我只是個一勁兒地打嗝。我抓在他身上的手指鬆開來，但是他沒有把自己拉開。他把仍抓在手裡的魯特琴放到地上，然後握住我的手。

他扶起長凳，把我抱到膝上。他大拇指上一塊厚繭磨著我的手掌，又黑又短的毛輕觸我的手腕。我已經忘了自己可以如何感覺到另外一個人。我把臉頰貼到他的下巴上，去感覺他的鬍子。我讓額頭留在他的嘴前，去感覺他的呼吸。我真想鑽進他體內。我想要他擁抱每一部分的我。這就像是以前餓了好幾天肚子後，除了吃的我什麼都想不到。我現在就是如此渴望觸摸、渴望溫暖、渴望皮膚、渴望氣息。

我拉開他的上衣領口，把臉埋進去，他身上的捲毛鑽進我的鼻孔。我把他的上衣扯啊、拉啊、扯開，直到他整個胸膛都露出來。他任我施為，甚至幫忙我把上衣從頭上脫掉，然後緊緊抱著我。

我的雙腿找到他的腰間，最後我整個窩在他的懷中。我的呼吸與他的呼吸相配合，只偶爾打個嗝。我把雙手在他的背上張開，浸在他的溫暖中，如浸在陽光下一般。

我已經忘了皮膚有一種味道。一種隱隱的味道，跟保羅的臭屁或布里妲的腐味那種濃烈的味道不同。你要靠得很近才能聞到皮膚的味道。他聞起來像原木、像刺鼻的清漆、像油脂蠟燭的濃烈野味。我對著他吐氣，他對著我吐氣。長大之後，這是我最接近另外一個人體的一次。

等我抱夠了，等我吸滿了他的體溫，我就把我的氣息拉開，把他的身體推開。我們坐著，看著彼此，他的目光把我餵得飽飽的。

他的手指溫柔地舉向我的臉，但是快到臉前就停下來了。停在我的頸圈前。他摸摸那S。他摸摸掛著S的沉重黃銅。他的手指像隻蜘蛛沿著頸圈往後爬，爬到最後面。他溫柔地拉扯試探，在尋找什麼。發現根本沒有門子時，我看著他的雙眼吃驚地睜大。發現那把鎖時，我看著他的吃驚轉變成顫慄的憤怒。然後突然間，他就在工作檯上翻找工具。

他站在我身後弄那鎖。他停下來兩次去點新蠟燭。他在那費勁的時候，我心想，他真是個傻子。教士把這把鎖封死了。但是他光是在那裡照料我，感覺就很好了。他溫熱的雙臂碰著我的雙肩，就如同母親以前幫我編辮子時一樣。

然後突然間，喀啦一聲。很微弱，但是我聽到了，猶如柴火在斧頭下裂開。他退後一步，身體的溫熱離開我。

有一刻我根本無法呼吸。我不敢呼吸。接著我把雙手舉到頸子上。頸圈一拉就鬆了，鉸鏈打開來。我把頸圈拿下來。

我的胸骨飄起來，如光線在水盆裡的水面上跳躍。我感覺好輕盈，好赤裸。

樂器師說話了。一開始我還以為他說了什麼異地的文字，但是接著我就聽懂了。

「自由。」他說。

25 豬血腸

回到閣樓，我躺在床墊上的一側。頸圈躺在另一側。

自由。我不知道自由是什麼。

我以為我知道。我以為自由是在市場上偷糖霜柳橙，或是身為詛咒。但是現在我不確定了。

我摸摸以前戴著頸圈的地方，灰色的皮屑像蜘蛛網一樣脫落下來。頸圈的內側也積滿了皮屑，還有麵包屑。我真不懂麵包屑是怎麼跑進去的。

沒有頸圈標示我的身分，我可以跑走。這就是自由嗎？不顧路上的土匪強盜，跑到一個沒人認識我的城鎮？我還是不能說話，因為我得掩藏被標記了的舌頭。但是我可以找到其他的無影者，娼妓、瘋瘋病人。求他們收留我。躲在城裡的黑暗角落，食物用偷的，冬天等著受凍，祈求保安官不會抓到我，把我當成無業遊民刑以鞭笞，用根燒燙的鐵桿子在耳朵上戳個洞。我越想越覺得可怕。難不成這就是自由？

說不定我可以去別處。更遠的地方。溜上一艘駛往下游的駁船，然後再溜上一艘更大的船。一艘前往異地的船，像是樂器師生活的國度，一個沒有人相信食罪者的地方。我可以又只是個女孩。一個沒有親眷的女孩，不懂異地的語言，活在異教徒之中。這就是自由嗎？

我聽到珍妮在樓下責罵她的小孩，他們正拿水壺玩把頭藏起來的遊戲。想著逃往他鄉，我感到一絲悲傷，就在心坎深處。布里妲跟保羅、珍妮跟弗德睿是有點煩，但是他們已著實成了我生活中的伴侶。他們是我的親眷。

悲傷轉變成悲痛。這座城是我的家，父親被埋在這裡，我所有的回憶都藏在此處，藏在此處的路上、此處的房子、此處的人裡，此處的土地與天空裡。我覺得自己像艘在豪雨下船纜鬆開了的小船，在洶湧黑暗的水面上旋轉翻動。

這就是自由的感覺嗎？我問頸圈。但是它也不知道自由是什麼。

門外一陣敲門聲。

我的心頭一緊。不要現在，我告訴頸圈。不要在我想清楚前。

但是敲門聲又出現了，重重的敲門聲。一定是聽罪。一個無法等待的靈魂。

妳是唯一一個可以解脫那靈魂的人，頸圈說。

他們可以再找一個食罪者，我說。

妳要記錄官這麼做嗎？頸圈問。詛咒另一個像妳一樣的女孩？這樣妳就會自由嗎？

就在這一刻，我知道逃走永遠無法使我自由。我的靈魂背負著這座城的罪。我會一直背負著這些罪，直到我死去的那一天。我無法擺脫掉這些罪，就如同我無法擺脫掉父親的回憶，或是我體內戴孚瑞家的血。

我看著頸圈在午後的陽光下輕柔地閃爍。它佔去的空間似乎就跟我一樣多。

又一陣敲門聲。我仍舊不知道答案，但是有一個靈魂無法等待。我把頸圈戴回頸子上，用根別針穿過鉸鏈固定住，出去見傳話人。

◆

走在路上時，頸圈在頸子跳上跳下。太鬆了。我擔心如果別針掉出來，頸圈就會匡噹一聲掉到地上，然後教士就又會把頸圈鎖上。不過別針沒掉。我來到一間酒館。

要聽罪的人是個比我沒大幾歲的女孩，名叫潔妮．布朗。潔妮躺在床上，一隻腳上有個傷口，已經潰爛了。她發著高燒，時而昏睡、時而清醒，而且腿上有一條條紅色的條紋。她母親坐在旁邊，手裡拿著一條濕布為她降溫。她穿著酒館老闆母親的圍裙。潔妮的父親在角落裡祈禱。他們是平民百姓，就跟我們家以前一樣。我納悶如果父親母親沒死，我們一家是不是就會像這樣。

潔妮的雙眼花了片刻才找到我的雙眼，然後又花了片刻才理解自己看到了什麼。看到我是誰後，淚水立刻湧進她的眼眶，流出來，淌下臉頰。她緊緊抓住她母親的手。「我不想走。」她輕聲說。「我不想一個人走。」

我知道恐懼失去父親母親是什麼感覺。「妳不會孤單的。」我告訴她。「在妳之前有那麼多人都去找造物主了，他們都在等妳。」

「蘿絲姨母，」她母親溫柔地說，「索羅外公。」

潔妮微微點了一個頭。接著她突然想起什麼。「造物主會審判我的罪？」她母親捏捏她的手，但是無法為女兒帶來安慰。

「我會為妳背負妳的罪。」我說。

潔妮的恐懼消失了，些許的寬慰拉起她的嘴角，最後她幾乎在微笑。「真的？」她問。

我一直點頭，直到她也跟我一起點頭，直到她母親也在點頭。直到潔妮的微笑變成一陣有些哽咽的笑聲。

「我什麼都沒做過。」她說。我以為她是在說她的罪，但是接著她繼續說：「我什麼都還沒做過，我這輩子。我一直想……我總希望等我要死時，我至少做過些什麼。做過些有實質的事。當母親，或是當產婆。或者只是我釀的啤酒讓客人想去跟鄰居說。」她笑自己，但是接著便哭起來。「我這輩子做過的事就只是洗酒館的碗盤。」

「妳當過女兒。」我跟她說。

「我這一生有意義嗎？」她的聲音沙啞起來。

我想說些安慰的話，但是我不知道該說什麼才對。於是我點個頭，堅決而肯定地點個頭，說：「大家會懷念妳。」

◆

回到床墊上，我跟我的頸圈並排躺著。它就像是床上的夥伴，就像是我有個姊妹，但是這個姊妹是個食罪者，而我躺在床墊的另一邊看著她。我就只是玫。我父親的女兒，我母親的女兒，我。

說不定自由就是能夠擁有不只一種身分。就像是我現在躺在床上，就可以只是玫。等我起床戴上頸圈，那麼我就是選擇去當食罪者。拿下頸圈後，我又可以只當玫。說不定自由就是為自己做出選擇。儘管你的選擇寥寥無幾。

一陣睡意襲來，一個零星的想法卻從我腦中的水井浮現到表面。女王繼母卡崔娜的徽章：一個一頭秀髮的少女從一朵花裡冒出來，那一頭秀髮使我聯想到另外一個一頭秀髮的少女。鎖裡的栓子輕輕發出喀啦一聲。一旦想清前因後果，似乎就很明顯了。

我本來以為黑手指可能是謎團背後的兇手，但是他不是。兇手想揭發女王產下私生子的事實，如此就能毀掉女王。黑手指並不想讓女王受到傷害。他想跟女王生下繼承人。

老柳樹也想要女王保住王位。他在教堂裡那番恐怖的巫術都是為了保護女王。

這兩人都不是兇手。兇手是個身陷絕境的人。一個選擇寥寥無幾的人。

秀髮女，鎖輕聲說。我看到她跟黑手指相擁。而且發胖了，就像懷孕了一樣。黑手指想娶女王，所以如果她懷了黑手指的孩子，她可能會絕望到不擇手段去傷害女王。特別是如果她真的相信女王當初派人把黑手指的前妻推下樓梯了。如果女王因為謀殺自己的私生子而下臺，那麼黑手指就不會想娶女王了。秀髮女就等於是自由了，可以嫁給黑手指。自由。

秀髮女有可能理解壁毯上的祕文嗎？我記得米糊臉曾在讀一本有圖畫的外語書。說不定秀髮女也懂得異地的語言。我還有一次看到秀髮女從配藥室走出來。配藥室就是可以取得某些毒藥的地方。

我抬頭看牆上那一個個的食罪者盒子。裝著貝殼的盒子。裝著難看刺繡的盒子。裝著一綹頭髮的盒子。我死去時，我的盒子裡會有什麼？會有什麼物品代表我，代表我的一生？代表我這一生有意義？

一瓶空的罌粟油。

一只鹽缽。

一張紙牌。

我活得好辛苦。我想要用什麼物品來代表它，代表茹絲的死去，代表黑手指差點殺死我，代表老柳樹的黑魔法，代表王宮裡的人在我心中引起的所有恐懼與困惑。我想逮住秀髮女。我想逮住她，讓她感受到她帶給我的所有悲痛。等我逮到她了，我會從她頭上剪下一綹金色的捲髮，放進盒子裡代表她。

26 蜂蜜蛋糕

尿壺的問題就是它擺在你房間裡。所以如果你有尿壺，你就不需要去屋外的茅廁。要逮到秀髮女，我就需要一個茅廁。

我躺在床上，浸在一絲絲的晨曦下。有時候，夜裡靈光乍現的想法會在清晨時分模糊微小地浮現出來。我仔細回想我的想法。它們依舊閃亮耀眼。

我的推想如下：我需要在秀髮女一個人的時候逮住她，但是我不想去王宮裡找她的房間，弄開她房門的鎖，同時避開她的婢女，說不定還又會被黑手指捅一次，等等等。但是懷孕的人時不時就要小便，所以我需要一個她得去用茅廁、而不是用尿壺的時刻，而我知道什麼時候會有這樣的時刻。再過兩晚就是女王為諾曼使節舉辦的慶典。慶典會在王宮外田野上的巨大帳篷裡舉辦，沒有尿壺，但是人們總得小便，所以附近一定會挖幾個茅廁。秀髮女就是會去這樣的茅廁。

我聽到珍妮的小孩在樓下一起玩。布里姮溫柔的聲音飄上來。

在慶典上，一個食罪者可能會引起太多的注意。但是一定有某些人的出現不會遭到質疑，特別是在廚房後台等的忙碌熙攘之處。我兩個舅舅的圈子裡總有幾個偽裝身分的男人。裝瘋賣傻的乞丐，假裝是戰爭英雄的瘸子。打扮成王公貴人的騙子，贏取了對方的信任，再敲對方竹槓。我也可以這樣做。

最適合假冒的對象是那種其他人見了就想忘掉的人。要設想出理想的裝扮，得思考一番。最後是我的霸住房客讓我靈光一閃。我抓著滿手的硬幣爬下梯子。不過之前我先戴上了頸圈，用別針固定住。我不敢讓別人看到我可以把頸圈拿下來。取下頸圈的懲罰想必不輕。至少至少，他們一定又會把頸圈鎖起來。

屋外，傳話人已經在等著，但是我還有事要辦。我需要一條新披肩、一點白堊、一枝油脂蠟燭、一些乾草，還有一桶舊的尿。

◆

在市場上，小販都有些猶豫，但是等我放下硬幣後，他們就讓我拿走我需要的東西。買完東西後，我提著一個空水桶去泥土地的老監獄。

一個新獄卒守著牢房。見到我，他嚇得跳起來，左看右看，彷彿可以找到我來的原因。我等著，最後他終於搞懂我的意思，把牢房的鎖打開。

我以為裡面的女人和女孩會驚惶地躲到角落裡，但是驚人的是，她們全靠過來。

一個聞起來像老啤酒的胖女人直接走到我肩膀旁。「聽我的罪，好嗎？我明天清晨就要被吊死了。」

「我沒有硬幣。」一個不可能超過十二歲、但是眼神更蒼老的女孩說。「但是如果妳聽我的罪，我就告訴妳哪裡可以偷草莓。我知道有個太太從來不鎖菜園的門。」

「照年紀來。」一個年老的身軀擠向前。「我活得最久，所以罪最多。我應該排第一個。」

我來其實只是為了那桶尿，但是聽到她們你一言我一語，我忍不住覺得，坐牢的人不能聽罪，實在不公平。以前我會說她們不是好女人，所以沒資格聽罪。但是這有什麼道理？聽罪就是為了解脫你的罪，而誰又比坐牢的人更需要解脫身上的罪？

一群人的最後方有一個骨瘦如柴的女孩。她憂慮得額頭深鎖，但是並不擠向前。我走向她，其他女人全讓開，不想碰到我。

「無影者現身，」我對那瘦女孩說，「無聲者出言。汝身之罪成為吾身之罪，緘默一生，背負入土。請說。」

她一開始出不了聲。快出口了又停在那，像輪子卡在泥地裡。但是一旦出口了，就力道強勁地滾滾而來，你絕對不會想到一個瘦女孩的聲音可以如此強勁。「我滿肚子都是火。我被惹火了，就做出令自己後悔的事。」

其他女人逐一坐下來。她們無處可去，於是她們就聽。瘦女孩繼續說：「大多時候我會把氣憋在心裡，忍住不爆發。我知道女人就是應該溫柔和善，這我聽過太多遍了。」之前最先開口的胖女人嘟噥一聲，彷彿深有同感。「我在一棟豪宅裡當婢女。妳們知道商人街上那棟兩層樓的房子？黃色的遮板、紅色的屋瓦？」

「我知道。」另外一個女孩說。「就在窗上有藍色玻璃的那房子邊。」

「沒錯。」瘦女孩說。「我在那工作三年了，總是把屋子打掃得乾乾淨淨、整整齊齊。每天把火爐裡的碳渣掃乾淨，刷洗尿壺的座椅，太太身體不好時照料她。我盡心盡力。但是上個主日，她告訴我她老公決定讓全家夏天時搬去他家族的地產上，說他們不會帶我一起去，因為鄉下的地產上已經有夠多婢女了。」幾個女人透過牙縫吸了一口氣。「我跟她說我沒有其他工作。我該住哪裡？我能吃什麼？她說這不是她的問題，還說我不應該對主人說話這麼放肆。」一個女孩握起瘦女孩的手，但是瘦女孩一把甩開。「太太從來不知道我叫什麼名字。我在那工作了三年，她還一直叫我『女孩』！我跟她說她不是我的主人，說她根本就是我的惡魔，因為她要丟下我，讓我沒工作。她摑了我一巴掌，然後說她會跟所有的太太說我脾氣暴躁，這樣就沒有人會僱我當婢女了。」

所有人聽了都氣得猛吸氣，連獄卒也不例外。

「她說她要敗壞我的名聲！這樣我以後怎麼可能找得到地方投靠？」瘦女孩哭著說。「就是這個時候，我滿腔的怒火冒出來了。我像聾了一樣，根本聽不到自己心裡的聲音。我現在很後悔。造物主原諒我，我當時使盡全身力量對她又打又抓。」有些人又開始吸，有些人哼一聲，彷彿要是自己也會這麼做。瘦女孩的聲音微弱一些。「我把她一隻眼睛挖出來了，所以我會被吊死。」她又跟我講了幾條小罪，撒謊、疏於祈禱之類的。我告訴她我要吃的罪食。

「但是我沒親眷幫我準備罪食。」瘦女孩說。「連個基本罪食我都準備不起。」

我真希望我可以做什麼或說什麼，但是我能做的就只是在她身上畫十字。希望這一點可以帶給她安慰。我轉向下一個女人。

我聽了所有被判死刑的女人的罪。我發現她們犯的罪，還比不上監獄外我聽罪過的人，她們只是運氣不好，被抓到了。多數人根本沒親眷把能幫她們把罪食帶到墳上，所以這些聽罪變得好沉重，根本沒有該有的寬慰。許多人，像是瘦女孩，是因為人心殘酷或事態不公，一氣之下才犯罪的。憤怒似乎會使人覺得強壯，但都只是短暫的幻覺。

最後，我走到尿桶邊，把我的空桶子裝滿。等我從監獄出來走到路上時，已經傍晚了。但是我還能看到人們在王宮旁邊的田野上走動。他們已經開始慶典的準備工作了。

兩天後，我告訴田野，我就會逮住秀髮女。

回到閣樓後，我取下頸圈，放在床墊上我身旁。我漫不經心地搓揉頸子上的皮膚，很高興自己此刻只是玫，直到入睡。

◆

隔天清晨，也就是慶典的前一天，不是只有我在準備出門。整間屋子都鬧哄哄的。我在戴頸圈，弗德睿在唱歌，保羅拿塊乾淨的布裹住臉。珍妮把小娃兒綁在背上，大娃兒則繞著大家活蹦亂跳。布里妲從爐火邊觀看。

我們最後全在同一時刻出門上路，他們的說笑聲就在我前方。他們一定是想去田野上找工作。至於我呢，我今天要探查一下茅廁會在哪，帳篷又會在哪。熟悉一下場地，就跟我舅舅弭司捷一樣。在行騙之前，他會觀察人，觀察場地，注意特別的細節，像是門是往裡開還是往外開。一種開法有利於迅速逃脫，另一種開法則可能會使你被人逮住。我沒有喬裝打扮，這留到明晚的慶典上才用。

「保羅，你把臉裹成這樣，別人可能會以為你是薩拉森人。」離開屎糞溪時，弗德睿說。

「總好過一見到我的疤就對我嘶個不停，彷彿我跟個髒兮兮的食罪者沒兩樣。」保羅惡毒地說，好像不知道我就走在他後面幾步。

「你們想想看，」弗德睿說，「曾有一度，要確保死後你的靈魂可以上天國，就是以主之名殺掉一打薩拉森人。現在呢，我們人人都得虔誠向善，否則死後就會去找夏娃，陷入永恆的苦難。」

「不是所有人，」珍妮開口了，「我家鄉的人就不相信夏娃。」

「唉，這問題就有待教士思考了！」弗德睿笑著說。「沒有信仰的無罪之人會去找夏娃嗎？那麼心地善良、信仰多神的老太婆呢？純潔可愛的異教寶寶呢？」弗德睿去給珍妮的大娃兒呵癢。「這些人的靈魂想必不會受罰吧。告訴我，珍妮，妳們家鄉的人認為我們進入幽靈的國度後又會如何？」

「我很小就被賣掉了。」珍妮說。「但是我記得家裡有一座祭壇，紀念死去的親族。爺爺、奶奶，還有歷代祖宗。」

到了田野邊，我真覺得自己是個傻瓜。田野上不只會有一座帳篷。田野上至少會有四座帳篷，每一座都跟棟屋子一樣大。不對，跟兩棟屋子一樣大。一座帳篷已經搭起來了，其他幾座還鋪在地上。

一個穿著華麗的男人在監督做工的人。一個文書站在旁邊，拿著一個攤開的大卷軸，上面滿是圖畫與數字。他們隨意地朝我瞥一眼，一見到我就僵住了。這時弗德睿走過去，他們的注意力就被拉開了。

弗德睿對監工與文書一鞠躬。我聽不到他們在說什麼，但是弗德睿往後指向珍妮與保羅。那男人滿腹狐疑地瞟向保羅臉上的破布跟珍妮異地的容貌。弗德睿的手勢更大了。不久之後他走回來。「我們全被雇用了。保羅，我跟他說我們是清道夫，說你當學徒時嚴重燒傷。說出我們跟明晚演出的戲劇的關聯似乎不太妥當，因為他們兩人看起來太虔誠。」弗德睿轉向珍妮：「畫家正在畫隔壁的帳篷，親愛的。祝妳好運。」

珍妮跟兩個小孩消失在已搭起的大帳篷後。弗德睿跟保羅加入幾個男人，準備搭起另一座帳篷。帳篷最中央的竿子就跟棟兩層樓的房子一樣高，頂端有一隻巨大的木鳥。我在想這木鳥應該是隻戴著皇冠的獵鷹，就跟貝特妮女王的徽章一樣。幾個男人用三根長繩把竿子拉起豎直。

在他們豎起竿子的當下，我注意到帳篷的帆布頂還躺在地上。帆布就跟天鵝絨一樣重，而且這塊帆布頂就跟座教堂一樣大。光是這樣看你就看得出來帆布頂太重了，弗德睿、保羅加上另外幾個男人根本抬不起來。我實在不知道他們要怎麼樣把帆布撐上去。接著，魔法就展開了。

弗德睿跟一個歪鼻子的男人一起抓住一條沿著中央的杆子垂下的細繩子，兩人合力拉。就他們兩個人。他倆一邊拉繩子，帆布頂就一邊被幾條更細的繩子往上拉。實在沒道理，只有兩個男人在拉，但是那巨大沉重的帆布就圍著他們升起來了。一個挑夫跟兩個男孩停下腳步看，就跟我一樣感到不可思議。挑夫大聲問他們是怎麼辦到的，弗德睿在使勁拉扯之間大喊：「滑輪！」彷彿這就回答了一切。

挑夫這一問把搭帳篷幾人的注意力引到我這個方向。他們沒久看，但是我感覺到他們認出我了。之後，他們就跟緊張的馬匹一樣，不時就瞥向我這裡，看我還在不在。

保羅、弗德睿跟其他男人繼續豎起竿子、拉起帆布。每換一個位置，歪子鼻子男人就用一根量繩告訴大家要把繩子用木樁固定在哪裡，下一根竿子又要豎在哪裡。一轉眼，太陽就已高掛在天上，一整座帆布廳就在我眼前的田野上變出來了。

幾個男人停下來喝淡啤酒。歪鼻子偷瞄我一眼，然後低聲問其他人：「她為什麼還在這？」他撿起一顆拳頭大的石頭，然後瞥向其他人。幾個人也跟著撿石頭。他們的意思很明顯。我快速看一眼威脅要用石頭丟我的那群人。保羅也在裡面。

就在此刻，我下了一個決定。一旦理清這個謎團了，我就會把保羅趕出家。他不是同伴。他沒資格得到庇護。布里妲跟其他人可以留下來，但是保羅，我不歡迎他了。

我繼續去辦我的事。田野更深處，我看到一座座大帳篷正被連接起來，就像豪宅的側翼那樣。此外還有較小的帳篷，從較大的帳篷旁延伸出去。不知道小帳篷是用來做什麼的。

我經過最大的帳篷，看到珍妮跟幾個人正在帆布牆上作畫。他們在合作完成一幅好大的圖畫。已經畫了幾棵果實纍纍的樹，還有一片青翠的草原。我想起她在我家畫的圖。也是給慶典用的嗎？現在珍妮正在畫一隻母鹿跟幼鹿。她畫畫真有一手，畫出來的鹿一點都不像山羊。

帳篷之後，又有另一群人在忙著搭建野地廚房。我猜這是有理由的。如果你要在戶外舉辦慶典，那就需要地方煮菜。地上已經挖了幾個火坑，工人正在上方架起炙叉，準備烤肉用的。一輛滿載大鍋、爐架跟肉鉤的馬車就停在附近等著廚房建好，成堆的籠子關著吱吱嘎嘎的雞、鴨、兔、鴿等著被宰。稍遠一點，一個牧人正把他的羊群展示給王宮的屠夫，一隻綿羊已經被吊起來放血了。搭建廚房跟帳篷的工人也需要吃東西。

田野的更遠處，我看到一個男人修長的背影。他在小便。看來茅廁還沒挖好，我得等到明天才能完成我的探查了。

◆

到家時，一個傳話的小男生背靠著屋牆坐在地上，在太陽下打呼。一隻腳跟著夢境在擺動。我把一顆小石子踢向他，但是他照睡不誤。我走近，讓陰影遮住他的臉。他驚醒過來，喊：「不是我！不是我！」花了片刻他才想起來自己身在何處、為何而來。「沙羅．貝克文的食罪，在河邊的鑄造間。」他最後終於說。

鑄造間如果在河邊，一定是因為需要水，但是一走進鑄造間的巷子，似乎只有火跟熱。兩張長凳已從鑄造間裡搬出來了。裡面，三個男人站在牆邊，全穿著皮圍裙。一個用皮圍裙蓋住的軀體躺在泥土地上，一隻強健的手臂露出來，皮膚映照著鑄造火爐裡的黃色火焰。

「棺木快來了，」我踏進門時，一個公牛般的男人說，「是不是？」

一個年輕一點的男子，大概是學徒，點點頭，說：「巴特說他很快就會把棺木帶來了。」

「我們沒東西把他放上去嗎？」公牛男突然問。「把桌子搬過來。」他對學徒揮揮手。

「他走了，費茲。」第三個男人說。「對沙羅來說都無所謂了。」

公牛男用手抹額頭，在皮膚上留下一條黑色的煤灰。「我們的鑄造間太小了，建不了大砲。我跟女王的人說過我們地方太小了。」

我沒看到罪食，更別說凳子了。

公牛男似乎也注意到了。「罪食呢？拿過來！」公牛男對學徒喊。年輕的學徒匆匆走到一袋沙子邊。沙袋上有個布包，他打開來，露出裡面的麵包、鮮奶油、鹽巴、大蒜跟一枝瘦巴巴的韭蔥。他端著轉過身來，然後頓住了，不知道該把東西擺在哪。

「你這個笨蛋！」公牛男說，然後把身上的圍裙一把扯下來，恭敬地在鋪在我面前的地上。「等一下。」他又說，走向一個大砲的鑄模，把那龐然大物推向我，請我坐在上面。

我在邊吃罪食的時候，其他的鑄造匠也加入原來那三人的行列，把他們龐大的身軀擠進狹小的鑄造間裡。

「棺木呢？」一個男人問，個頭沒比我高多少，但是身體的寬度就跟高度差不多。

公牛男火起來想吵架，但是學徒反應快：「巴特馬上就帶過來了。」

公牛男垂下頭、駝起背。「為什麼我們全得建大砲？我們這裡太小了，建不了大砲啊。我以為現在是太平盛世。」

身體寬闊的男人點點頭。「女王嫁給異國的王子，不就是為了和平嗎？」

一個年紀較大的男人說：「她不會嫁給他。她是童貞女王！如果嫁給他，她成了什麼？就只是國王的妻子啦。」

「巴特到了。」門口有人說，一群男人便讓路給一具新製的松木棺木。儘管體積龐大，這群男人卻身手敏捷。當然了，我心想，畢竟他們要在這麼狹窄的地方工作。

吃完罪食，說出結束的句子時，四周一片沉默。走出門時，我看到公牛男跟寬背男早已在屋外了。「我打賭大砲是為了北方那群該死的天主教徒。」寬背男對公牛男輕聲說。「北方人相信女王跟她的宮女用巫術謀殺了瑪麗絲的寶寶，奪來王位。說這種話分明就是想挑起戰爭。」

公牛男點點頭。「西摩男爵就是因為這樣被處死的，不是嗎？」

「不是，他是因為自己想奪取王位被處死。砍頭。家產跟頭銜全沒了，金翅徽旗在王宮外燒掉了。」寬背男往鑄造間裡一瞧。「就是那大砲鑄模了結了沙羅？」

「掉下來，像個壓榨器把他壓死了。」公牛男往地上吐一口口水。「這個地方太小了，建不了大砲。」

◆

我走回家，頭上的天空散布著朵朵白雲，猶如棉絮。我思考今早前往田野的路上珍妮說的話，也就是她家鄉的人不相信夏娃。我又想到樂器師也不相信食罪者。這想法使我惶惶不安，彷彿他們剛告訴我說我們腳下的土地並不穩固，或是天空可能會裂開掉下。我又變成了繩子鬆開的小船，在黑色的河水中打轉。

回到閣樓，我脫下新披肩，脫下鞋。打開黃銅頸圈。把頸圈轉過來，仔細端詳這個這段時間緊緊捆住我的東西。依教士的意願，這東西應該永遠鎖在我頸子上。但是它現在被解開了，而土地沒裂開，天空也沒有墜落。我不相信珍妮跟樂器師說的對，但是說不定他們也沒錯。

你只是個東西，我對頸圈說，試探它的反應。

頸圈嚴厲地盯著我。它想跟教士一樣重大，想跟教士的話語一樣有分量。它想把我鎖住，讓我毫無選擇。但是它再也無法把我鎖住了。

你現在只是一塊金屬，我說。然後我又說，同時胃底有些發顫，一塊我擁有的金屬。

我緊張兮兮地傾聽，不知道它會怎麼回應。但是它沒說話。它沉默不語。

於是我繼續說。你不過像鐵匠的鉗子或洗衣婦的圍裙。明天我會把你戴起來，只因為我工作時需要。然後我把頸圈擺進架子上我的木盒裡，它會待在裡面，直到我又需要它。

這麼做感覺真好。我依然不確定珍妮跟樂器師說的話是對是錯，但是我又站在穩定的地面上了。就好像是我已經不是學徒了。就好像是把頸圈放到它所屬之處，我已成為師傅。

27 公雞腦餡餅

慶典的早晨，全屋的人又早早就起床。我把頸圈從木盒裡拿出來，用別針固定在頸子上，然後把新披肩小心翼翼地裹上去，藏住頸圈，又從其中一個老食罪者的盒子裡取出一頂小布帽戴上。這是我喬裝的一部分。

我保證會還回來，我對盒子發誓。

我穿上我那雙新軟木底鞋，把從市場上買來的油脂蠟燭、乾草跟白堊藏進袖子裡，然後提起那桶放了兩天的尿。

◆

我滿心讚嘆地站在那，眺望田野上的景觀。簡直就像個童話王國。帳篷的竿子頂端全都雕著戴著皇冠的獵鷹，篷頂與篷牆交接處的篷簷上垂著金色的流蘇。

但是真正的奇蹟是上面的繪畫。一片仲夏之夜，星空下盛開著月光花與櫻草花，就框在帳篷的入口，看起來就像是你可以直接走入圖畫中。我看得目瞪口呆。

「快讓開！」一個男人喊，他正跟另外兩個男人拖來一座噴泉。他們把噴泉就放在帳篷入口的前方。

「這什麼？」我身後一個人問。「一座水景奇觀？」是弗德睿的聲音。他跟保羅兩人都跟我一樣在四處亂看。一看到保羅，我胸膛裡就燃起一團星狀的怒火。

我晚點再來對付他，我跟大帳篷說。我還有個殺手要逮住。

「葡萄酒噴泉。」拖噴泉的人告訴弗德睿。

「哇，這慶典就如同奢華墮落的羅馬！」弗德睿高聲說。

「我們還有一座要搬來，你們快讓開吧？」搬噴泉的人說。

我緊跟在弗德睿跟保羅的身後，走到帳篷的側邊。我們遇到珍妮跟其他畫家，都還在作畫。珍妮的小孩一看到弗德睿就跑向他。他用鼻子蹭蹭他倆的頭，然後要他們回到珍妮的身邊。大娃兒想跟著弗德睿，於是弗德睿對他說：「你要當我們最小個子的工人，幫我們搭建舞台嗎？晚一點到化妝間來，保羅可以把你扮成一隻熊。」

弗德睿跟保羅繼續走到其中一個連接著大帳篷的小帳篷，已經有男人在忙著把皮箱跟掛衣服的架子搬進去。

「我們應該清早就開始了。」一個臉上剃得乾乾淨淨、頭髮跟女人一樣長的男人說。

「我帶幫手來了。」弗德睿說。

「這不是保羅嗎？」一個個子高大、蓄著整齊的灰鬍子、聲音宏亮的男人說。「好久沒看到你了。」保羅與他相擁，然後就跟弗德睿加入幫忙的行列。

我繼續走到帳篷區的最後方，來到野地廚房。一邊走的時候，我看到昨天在監工那個衣著華麗的男人。今天他身邊還有幾個守衛。

野地廚房的火坑已在冒煙。轉動炙叉的男孩們都把上衣脫了，儘管早上天氣還很涼。一排廚工站在一輛馬車與一座小帳篷之間，傳運亞麻布料、碗盤跟餐具。這個小帳篷一定就是他們把盛宴的菜餚擺上盤子、裝飾點綴的地方了。

野地廚房再往後，我終於找到茅廁了。茅廁挖在夠遠的地方，這樣慶典上的王公貴人就不會被那景象和臭味所煩擾。我暗中希望這距離也夠遠，若有人在茅廁裡大叫，就不會被聽到，尤其是戲劇上演時還有音樂。

茅廁的外面掛著布簾，使茅廁看起來更高雅，不只是草草搭建的小屋。但是茅廁還是夠大，穿著裙撐的女人可以輕鬆進出，這表示裡面有足夠的空間實行我的計畫。

現在我需要找到一個好地點等待。田野邊有一座小山丘，其實比個土墩沒高多少。上面有幾顆大石頭可以坐，而且坐在上面不只可以看到茅廁，還可以望到從帳篷入口一直到茅廁的整條路。運氣好的話，我就可以看到誰正要去小便。但是現在大白天的坐在那太明顯了。我得找到一個不會令人起疑的地方等日落。

依舊提著我那桶尿，我掀開主帳篷的門簾走進去。沒花多久我就找到弗德睿、保羅跟其他的演員，全站在我這輩子見過最大的桌子上。那一定就是他們的舞台了。擺著皮箱跟掛衣架的小帳篷就在正後方。

弗德睿正為舞台的後端裝設一條長木槽。沒鬍子的長髮男人正唱著歌走來走去。個子高大、聲音宏亮的那男人則伸著一隻手臂，一下往前戳，一下又往後收，像是在擊劍，但是他只有一個人，手上也沒拿東西。這景觀實在太怪異了，人們想必不會注意到這人群中靜靜坐著一個平凡的女孩。

就在我坐在一旁看著的當下，臺上的演員全聚過來，合力把一座高大的拱門豎立在舞台上。沒多久，我就看到一樣我見過的東西。兩個演員把珍妮在大木板上畫好的畫作抬進來了，也就是一棟充滿異地風情的屋子。他們把大木板嵌進弗德睿裝設好的木槽裡。畫好的大木板直立著，使舞台看起來像條路，就在那充滿異地風情的屋子前方。此外還有另外一塊大木板，畫成又深又暗的樹林。

保羅、弗德睿跟其他人在大木板的上方綁上繩子，把繩子又連接到上方的拱門，然後用那幾條繩子把大木板拉上拉下。就跟昨天他們拉起帳篷頂一樣。我實在不懂他們怎麼可以這麼輕鬆地拉起這麼重的東西。這幾人一定力大如牛。

我的思緒飄到我看過的幾齣戲劇。不是時事劇，而是成年演員在舞台上演出的真正的戲劇。總是在夏天，戲班子會穿上一身華麗的袍子，唱著歌坐在馬車的後方來到鎮上。身為小孩，你知道你不該跟他們說話，因為演員都是遊民。他們不屬於任何一處，也沒有親族。葛蕾西・曼諾斯說有些演員還會在拜訪的城鎮裡賣娼。賣娼：李子乾。

我記得最清楚的是一齣主人跟僕人的喜劇。演員都是異地人，操著跟樂器師一樣的腔調。戲裡的主人不想娶一個被他搞大肚子的女人，於是他叫僕人跟他交換身分。裡面有很多雜耍嬉鬧的戲份，但是也有很多話語。像是僕人就講了一個笑話，說到他主人樹上的蘋果，這蘋果要不就是指主人的私生子，要不就是指他的睪丸，聽得觀眾全場哈哈大笑。

演員全是男的，就連飾演懷孕女人的演員也是男的。那演員的臉剃得乾乾淨淨，臉上塗了白色的鉛粉，就跟白臉豬一樣。我還記得她說那鉛粉毒害了她的皮膚。保羅想必就是這樣。如果他像我這麼大時開始飾演女人，那麼他在臉上手上塗鉛粉已經有十年了。但是白臉豬的臉遠不如保羅的嚴重。說不定不同的人有不同的反應。

到了下午，帳篷的牆全都用木樁固定住了，華麗的布料掛在內側，遮住樸素的帆布。盛宴的桌子也擺好了，中央擺著漂亮的裝飾，多數都是青翠的樹枝，繫著紫羅蘭或長羽毛。樹枝的中央還有個迷你的塔座，上面豎著貝特妮女王跟諾曼王子的徽旗。有人把看起來像鹿角的巨大燭台掛在帳篷的竿子上。很漂亮，但是掛起來耗時又費力。

一群樂師帶著魯特琴、提琴，甚至還有喇叭來了。我在納悶他們是不是住在改教院的樂師。我四處尋找樂器師跟他的巨提琴，但是沒看到他。

弗德睿跟其他演員向樂師們打了招呼。接著一群演員走到舞台邊，喊出指示，告訴樂師該在戲劇的何處奏樂。我注意到保羅不見了，一定是快傍晚了。

突然間我聽到一個強有力的聲音。是衣著華麗的監工帶著不只一個、而是一群喧鬧的文書來了。監工發號施令，一群文書便散開來，檢查每張桌椅跟每樣裝飾，拉直這個、擺好那個，確定樣樣都擺設得精確無誤。我提起我那桶尿，趁他們還沒走到我這裡時離開。

我沿著側邊快步走到主帳篷的的後端，這裡有一個垂著門簾的出口通到準備上菜的小帳篷。小帳篷又通到外面的野地廚房跟遠處的茅廁。

小帳篷裡有一座完全用棉花糖做成的王宮，有窗戶、有大門，什麼都有。我忍不住停下來看一眼。另一張桌子上擺著一盤又一盤的家禽，裝點成各種式樣，一隻煮好的天鵝甚至還插上了牠原來雪白的羽毛，看起來栩栩如生。還有一大塊鹿肉，滴著蜂蜜與烤蘋果的汁液。我看著它們，嘴裡似乎又嘗到鹿心的味道。

今天晚上，我的心砰砰地跳。今天晚上，我就會打開卡住的鎖。

奇怪的是，附近沒有一個廚工或廚師。帳篷裡空無一人。我一邊感到納悶，一邊踏出帳篷，走進傍晚的斜陽，直接走向黑手指跟他的守衛。

28 雪莉酒甜奶凍

幾個守衛已經把廚房的人團團圍住。我在人群的最後頭，周圍是之前裸著上身轉炙叉的小男生。黑手指站在一旁看，幾個守衛則一一檢查每一個人，確定其中沒有閒雜人等。而我就是閒雜人等。

我立刻轉身回去面向小帳篷。我可以走原路回去，從另一邊溜出去。但是還沒來得及鑽進小帳篷，一個守衛就注意到我了。

「嘿，別想溜掉，小女孩。」他說，「回到人群裡。」

我進退兩難。似乎有三、四個守衛在檢查。黑手指看起來有些不耐煩，但依舊在監視檢查的過程。我的心似乎要跳到喉嚨裡。儘管我裹上新披肩藏住頸圈了，又戴著小布帽遮住頭髮，黑手指還是有可能認出我的臉。我現在不能被抓到啊。

我努力移到人群的另一側，盡量遠離黑手指。前頭一個小廚師急得直跺腳。「我還有鮭魚要準備呢。」

另外一個小廚師忿忿地吐出一口氣，一邊嘟囔道：「我的紅酒醬還留在火上呢，我看現在都煮焦了。」

我一直瞄向黑手指，看他有沒有看到我。有三個守衛同時在檢查，我告訴自己。有夠多事情在引開他的注意力。但是我的雙臂又輕又麻。我想起老食罪者茹絲，想起她的穩重沉著，努力冷靜下來。

兩個小廚師被守衛揮手叫到前頭檢查。現在人群裡多只是廚工跟轉炙叉的小男生了。他們似乎一點也不急。站在我前面的那人還拿著根小樹枝掏耳朵。

我屬於這裡，我在心裡唱誦。我屬於這裡，但是我的心就像兔子的心一樣啪搭啪搭地跳。

「過來吧。」一個守衛揮手要我前進。他直直地盯著我的臉。我把頸圈藏起來了，我提醒自己。但是在他的盯視下，我依舊覺得自己赤身裸體。我一度根本不介意別人這樣盯著我，實在不可思議。

「妳在這做什麼的？」守衛問，快速檢查我一眼。

造物主知道我不能說話，而且若是我開口，他就會看到我舌頭上的S形刺青。於是我假裝害羞地低下頭，提起手上那桶尿。這一提就使一股尿臭味直接飄到守衛鼻子前。

「我的造物主啊，根本就是茅廁的味道。」他咒罵。

我點點頭，讓桶子前後搖晃。

「桶子放低一點，小女孩。還有離大家遠一點。」他指示。「慶典之後他們才會開始泡桌巾。」

我指向野地廚房，同時誇張地擺動尿桶，使尿臭味更濃烈。這是我的計策。我越臭，他就越只想趕快把我打發走。

然後，從眼角餘光，我瞄到黑手指望向這裡，想知道為什麼這裡耽擱這麼久。「怎麼了？」他問。

守衛在猶豫要怎麼回答。我不能被抓到。黑手指會殺了我。於是我晃到一邊，使雙腳在加厚的軟木底鞋裡搖搖晃晃。雙腳一晃，手臂也跟著晃起來，一不小心尿桶就往前一傾，潑出一小灘尿，直接就灑到守衛靴子前的草地上。

「嘿，小心點！」守衛叫，不再猶豫了，對黑手指喊：「就一個洗衣婦。」他摀住鼻跟嘴，揮手要我繼續走。「快走開，把妳那桶尿交給廚工或什麼人。他們會把妳的錢給妳。」

我偷瞄黑手指一眼。他的目光一直跟著我，看著我走向野地廚房。

◆

火坑冒出的煙刺痛我的眼。太陽還沒完全下山，但是已經沉得夠低，我覺得可以溜到之前找到的那座小山丘。我爬上去。從上面我可以俯瞰帳篷這一側整片的田野，一覽無遺。一邊是主帳篷的入口，王公貴人就在這裡進進出出。另一邊是我剛逃出來、用來準備上菜的小帳篷，然後是野地廚房，還有茅廁。

我找到一塊平坦舒適的石頭坐下來，把尿桶放在稍遠之處。我的喬裝奏效了。也許我的計畫也會奏效，然後在慶典結束之前，我就實現對茹絲的誓言了。一個願望浮現出來，一個小小的願望，幾天來已悄悄爬向我的心頭，就像藤蔓爬在屋瓦之間。

如果我抓到兇手，說不定造物主就會原諒我其他的罪，這樣我死時就可以上天國，而不是留在夏娃的身邊受苦。

今晚的夜空很晴朗，布滿又高又厚的粉色、金色雲朵，猶如大白熊。大白熊慢慢飄走，遠離西沉的夕陽，飄向藍色的夜空。大白熊似乎是好兆頭。也許我的願望會成真。

從這裡我還可以看到接在演員舞台後方、放戲服的小帳篷。一群演員都出來了。有些站在草地上，嗡嗡地像在唱歌，但是又沒有歌詞。剃鬚長髮的男人正跟弗德睿嘰哩呱啦地說話。珍妮也在，正把一頂鴿子形狀的帽子固定在一個演員的頭上。也許那演員要扮演成白鴿。

等到太陽終於下山、夜幕低垂後，一群演員就回到小帳篷裡。提燈仔點亮手上的提燈，準備隨時為人領路。女王的賓客開始一一抵達。

◆

主帳篷裡的燈光把裡面王公貴人的影子投射到帆布牆上。隨著帆布被風吹動，人影就變大或變小。音樂也從帳篷的帆布牆裡傳出來。奇怪的就是，風跟音樂你都看不到，但是一個可以擺動帆布，但是另外一個卻不行。

音樂就跟我在改教院聽到的類似，既甜美又憂傷。儘管之前沒看到他的人，但是我聽到樂器師的巨提琴。他一定在裡面。我不知道為什麼，但是這想法使我勇氣倍增。

突然間音樂就變了。有喇叭的聲響，像是在宣布有要人抵達了。我望向帳篷的入口，看到一排人在鞠躬。一定是女王跟諾曼使節正走進去。

不久之後，戲開演了。我知道，因為音樂又變了，而且我甚至聽到弗德睿響亮的聲音一路傳到土丘上來。

我坐著等。等到我左腳附近都有隻蟋蟀開始鳴叫。但願秀髮女會喝很多酒，喝越多她就越快得小便，這樣我就可以從這顆石頭站起來了。我挪動雙腳，蟋蟀靜下來了。

終於有人出來了。新月很明亮，所以他沿著帳篷走過來時，我可以看到那王公貴人的臉。他已經喝醉了。他對個提著燈在等待的提燈仔揮揮手，那提燈仔便領著他走去茅廁，我可以看得清清楚楚。

快到茅廁時，那男人接下提燈，一人繼續往前走。然後呢，信不信由你，他沒進茅廁。走了那一大段路，他最後就直接在尿在茅廁的外牆上，彷彿開門太麻煩了。有些人真奇怪。

夜越來越深。我偶爾可以遠遠看到野地廚房上火坑裡搖曳的火光。野地廚房上沒那麼忙碌，我在想是賓客都在專心看戲，沒在怎麼吃東西。沒多少人去上茅廁。我開始擔憂計畫恐怕不會奏效。說不定秀髮女根本不需要小便。說不定她會找到別的地方小便。更多蟋蟀加入第一隻蟋蟀的叫聲。

就在這時，兩團寬大的裙子晃入視野。看走路的樣子，應該是年輕的女士。其中一個對個提燈仔揮揮手，接著她們就開始往茅廁走去，提燈仔手上的提燈跟著晃啊晃的。我還看不到是不是秀髮女。兩人在講話，但是聲音沒像弗德睿那樣傳過來。不對，只有一人在講話。等到兩人走近時，我看到是媞莉食罪上那個一身黃色絲綢的宮女，正跟米糊臉走在一起。她們走過去。過了片刻，我才想起來繼續呼吸。

*我是個詛咒，*我提醒自己。*我是夜裡的惡魔。*但是一想到那些娃娃跟死去的女人，我的呼吸又止住了。我的勇氣開始消失。在一間狹小的茅廁裡獨力逮住一個兇手，突然間似乎是個很差勁的計畫。

還沒能繼續想下去，就有兩位紳士走出帳篷。他們趕上黃絲綢跟米糊臉。其中一個鞠一躬，兩位女士便停下腳步。他說了什麼，使黃絲綢笑出來。另外一位紳士轉開頭，彷彿沒興致。他一隻手伸進大衣，掏出一個小盒子。還沒打開，我就知道他是誰了。記錄官。就跟使節抵達那天一樣，他從盒子裡捏出一小撮什麼東西，舉到鼻子前吸進去。黃絲綢不知問了他什麼，他便從盒子裡捏出一撮給她。她聞了一下，就用力咳起嗽來。另外那男人仰頭大笑，讓我看清他的臉。是記錄官的兄弟，就跟使節抵達那天沒兩樣。他的眉毛又粗又濃，在臉頰上投下兩道陰影。然後我看到第三道陰影：下巴中央一條細細的凹陷。我的手指移向我自己下巴上的凹窩，頸背上泛起一陣涼意。*二十人當中不到兩人有這東西，*父親曾說。

我在腦海中看到這男人與我母親相擁。這不是回憶，只是一個想法。他可能就是我親生父親。一塊一塊的碎片突然全拼湊起來了。記錄官把我判成食罪者，因為我是他兄弟的私生子，就跟他把不孕的妻子判成食罪者一樣。把家族裡有污點的女人都清除掉。我的胸膛裡燃起一團星狀的怒火，又熱又白，越變越大。它想打鬥，它想讓我的雙臂變得強健有力，可以跑過田野，把指甲刺進記錄官的皮肉。我抓緊雙臂，用力捏。為什麼我不是黑手指，有權力用石頭壓人？或者是女王，可以指揮軍隊？

我怒不可遏，差一點就沒看到秀髮女從帳篷裡出來，遞給一個提燈仔一枚硬幣，要他提燈領她去茅廁。記錄官跟他兄弟得晚一點再處理了。我也許沒強壯到可以傷害他們兩人，但是造物主幫幫我，我會讓秀髮女罪有應得。

我溜下石頭，輕聲地走過草地。秀髮女停下來跟記錄官及兩位宮女打招呼，給了我一點時間在黑暗中加快腳步，躲到茅廁的一邊。

秀髮女在帳篷後接過提燈仔的提燈，最後二十步的距離獨自走到茅廁，大概是因為女士們不喜歡小男生聽到她們小便。提燈仔一點都不介意，反而還很開心。秀髮女一走開，他就把頭探進帳篷裡看戲。

一聽到秀髮女打開茅廁的門，我就衝過去，趁門關上前抓住門。我溜進去，在身後把門閂閂上。

秀髮女吃一驚，然後舉起提燈看清楚。「我不需要協助，小姐，而且也沒有錢幣給妳。請離開。」她揮揮手，等我離開。

我拒絕讓步，拉開披肩，露出我的頸圈。我的計畫就從此刻展開。不是多高明的計畫，像我舅舅那些繁複又自信的詭計。也不是多高深的計畫，像老柳樹的午夜儀式。只是一個受詛咒的女孩的簡單計畫，而我真心祈禱它會奏效。

我從袖子裡掏出白堊，開始在茅廁的木牆上寫字。我畫出記憶中壁毯上的字。還沒畫完，秀髮女的雙眼就睜得又圓又大，驚叫一聲。我繼續畫，畫出我家門上庇護所的符號，畫出我的噴泉上的符號。我把所有認得的盎格魯字母都畫出來，像是M與A。我把它們全畫在粗糙的木牆上。這樣全畫在一起，就連我都覺得看起來像女巫的符號。秀髮女似乎也是。

她尖聲喊出造物主的禱文，祈求護佑。我自己則祈禱戲劇的音樂大聲到足以淹沒她的叫聲。接著我伸進袖子，掏出我今早做好的娃娃。白色的油脂在幽暗的茅廁裡幾乎在發光。娃娃的女性形體很明顯，頭上的乾草也一樣，黃色的，就如同秀髮女的金色捲髮。我把垂在頸圈上的黃銅S舉起來，S的尾端就跟針一樣好用，把它舉在娃娃的胸前，威脅把它戳進柔軟的油脂。

秀髮女一副看起來快嘔吐了的樣子。「請不要傷害我！我從來無意讓她們死掉，求求妳。」她要不就是比我想的還要聰明，要不就是愚蠢到不行。她從來無意讓她們死掉？毒藥怎麼可能不殺人？我又把S的尖端舉起來。

「求求妳！求求妳，不要！我只有這一個牽掛。女王若是發現我懷孕，會殺了我！」

這一點我倒相信。

她繼續說：「她以前就做過這種事了！她派人把我愛人的妻子推下樓梯！」她的音量低下來，比耳語沒大聲多少。「我必須嘗試殺掉女王。我從來沒想到那些娃娃反而把別人殺了，我發誓！柯麗斯是個好人，那接生婆也是。我不知道我的巫術那麼強大。」她為什麼沒說到毒藥跟鹿心呢？

秀髮女低下頭。「他說妳知道真相。他說食罪者跟他說有人被殺了。他那時剛發現我就是做了娃娃的人。他割了妳的喉嚨，想隱瞞實情。」她開始哭起來。「我很抱歉，真的真的很抱歉。」她看著我手中的娃娃。「請不要殺了我跟我的寶寶。」

她在說實話，我看得出來。她供認了自己的罪行，但不是我在找的罪行。她做了娃娃，但是沒放鹿心。她對下毒的事一無所知。那麼誰才是真正的凶手？我的計畫奏效了，卻又完全沒有成功。

我割下她一綹捲髮時，她又驚叫一聲。我仍舊想要我的紀念品。

茅廁外有人聲，是男人警告的叫聲。我打開門。提燈仔跟三個守衛正從帳篷那跑過草地往這來。提燈仔指向我，一個守衛舉起提燈。燈光照亮他的臉，我看到他根本不是守衛。是黑手指。

我衝出去，繞到茅廁後方。貼在木牆上，快速察看我的選擇。田野開闊寬敞，不是躲藏的好地方。一邊，是野地廚房跟準備上菜的小帳篷。另一邊，是演員放戲服的帳篷。我從轉角瞄一眼。他們快抓到我了。我把雙手用力一捏，祈求好運，然後就衝到草原上，奔向戲服小帳篷。

黑手指的聲音在夜空下迴響。「抓住她！」我可以在身後聽到守衛的靴子砰砰砰地踩在土地上。我自己的軟木底鞋在腳下搖搖晃晃。我不敢停下來。如果他們抓到我，這一回我絕對逃不了。我想像一把劍從我的頭與肩膀之間一把劃過去，又跑得更快了。結果一沒踩好，腳踝滑到一邊。我痛得哭出來，但是繼續跑，一跛一跛地逃向帳篷。我聽到男人沉重的氣息就在幾步之遠。就只剩幾步了。最後一個衝刺，就在守衛抓到我之前，我衝進帳篷。

29 芥末籽

帳篷裡很暗，但是我勉強認出皮箱跟掛衣架的影子。我還看到兩個人，一個在幫另外一個穿衣或脫衣——不知道是哪一個——只就著地板上一盞提燈，提燈還糊了紙，減弱燈光。唯一另外一個出口是通往主帳篷的帆布簾。我站到一個掛滿了大衣跟長袍的掛衣架後面，消失在天鵝絨與錦緞之內，就在這時一陣風從我身後吹來，守衛進來了。我小心翼翼地蹲下去。我可以看到演員的腳在帳篷的一邊，一個守衛的腳——不對，兩個守衛的腳——在另一邊的入口處。然後另一雙腳也進來了。黑手指。

「那女孩呢？」他大吼。

「有戲正在上演呢！」一個演員低聲說。「就在帆布簾的另一邊！」長笛的樂聲與甜美的歌聲從主帳篷傳進來，彷彿在作證。

「這是女王的事務。」黑手指說，只稍微小聲一點。「剛剛有個女孩跑進來了，你們要幫忙找到她。」

光是他的聲音就夠嚇人了，演員立刻答：「唯一可以藏身的地方就是戲服裡了。」

「那就去戲服裡找！」黑手指不耐煩地說。透過戲服，我看到一個守衛拿劍刺進皮箱裡一疊衣服。

「不要像傻瓜一樣站在那裡！」黑手指喊。兩個演員的腳也動起來。其中一個走到我藏身的掛衣架的另一端。

「老食罪者在壓刑下花了兩個小時才斷氣。」黑手指的聲音說。我的造物主，他知道是我。秀髮女一定告訴他了。「她的血先是被擠到頭跟四肢。她的手指跟腳趾全變紫了，脹得像馬鈴薯一樣。」我胸頭一緊。我去摸索身後的帳篷壁，想看看有沒有可能從下面鑽出去，但是帳篷壁用木樁緊緊釘住了。「然後她眼睛的血管全爆開了，流出血來。一切都發生在幾分鐘之內。」我感覺到掛衣架上的戲服在擺動，是那演員沿著掛衣架走過來，在戲服裡翻找。我挪到掛衣架的最尾端，躲在最後一件長袍後。身後，就只是一片空地，隔著我與那個拿著劍刺皮箱裡的戲服的守衛。「沒錯，」黑手指繼續說，「她的肋骨戳出皮肉，她的汁水全滴出來了，像隻插在炙叉上的烤鵝。」演員的手指出現在我頭上。一聲啜泣冒上喉嚨，我緊緊閉上雙眼。不，我會像我母親一樣面對我的死期。我睜開雙眼，從喉嚨深處擠出一大團的口水。在他出賣我之前，我會把口水一口吐在他臉上。那演員把長袍拉開。

保羅。

那一刻維持了一輩子。我看清是他，他看到是我。他倒吸一口氣，發出微微的聲響。要不是布里妲，早就把我留在藥房巷裡等死的保羅。差一點就拿石頭砸我的保羅。罵我是孽種、說我髒兮兮的保羅。身後有拿劍的守衛、還有女王的秘書命令他找到我的保羅。我已經知道他會出賣我。我應該趁他開口前，把嘴裡的口水狠狠吐進他眼睛。

但是我沒吐。突然間，我不想像母親一樣面對我的死期，像隻狐狸般揪扯。我想如茹絲在我想像中那般面對我的死期，也就是堅決勇敢。我吞下口水。我直直地盯著他的眼睛，不嚴厲，不顫抖，只是沉著地盯著他。

保羅也盯著我。不嚴厲，不顫抖，只是冷靜地盯著我。

「這裡沒人。」保羅對黑手指喊，讓長袍又垂下來擋住我。

我忍住一聲竊笑，差一點就讓人聽到。

「她跑進來了！」黑手指低聲罵。我聽到一隻手摑在保羅的臉上，然後砰地一聲，保羅重重地摔到地上。

「你，」黑手指對一個守衛說，「把掛衣架再搜查一遍。」一雙靴子離開皮箱，直接走向我藏身的地方。一把劍劃進我旁邊那件長袍。眼看我馬上就會被一劍戳穿，像插在炙叉上的兔子一樣。

「大人！」保羅突然喊。我看到他的腳走向帳篷的門口。

「又怎麼了？」黑手指問，轉向保羅。

「您看，您看這裡。」保羅去拉帳篷帆布的底端。「也許是有個木樁鬆了。」守衛全跪下來查看。他們馬上就會知道根本沒有木樁鬆掉。

然後我頓時領悟保羅的用意了。他正在把他們的注意力從我這一處拉開。黑手指跟守衛全都背對著我。他在給我機會從通往舞台的帆布簾逃出去。舞台下此刻正有上百人在看戲，包括女王在內。但是我還有什麼選擇？

黑手指跟守衛仍面對著保羅，我立刻拖著疼痛的腳踝一跛一跛地跑到舞台的入口。我回頭看一眼。黑手指正在看著守衛去拉帳篷的帆布，保羅的臉轉向他們，但是像隻貓一樣，他的雙眼轉向我。眼中的神情就一如既往悶悶不樂，但是兩隻眼睛直直地看著我。快如閃電，我點個頭表示感謝，然後鑽出帆布簾。

30 牛排

我以為會有上百雙眼睛瞪著我。我以為全國的權貴人士都會大喊：「快看！」我以為我必須拔腿就跑。但是等我鑽到帆布簾的另一邊時，根本不是如此。

舞台上站著一塊我稍早看到的大木板，就豎立在我面前，比最高的人還要高。我什麼人都看不到。但是人就在不遠處。我聽到弗德睿在大木板的另一邊說話。我就在舞台的後方。

我的腳踝在抽痛，肉都腫起來了。突然間一枝喇叭吹起來，我聽到一陣輕柔的嗡嗡聲。我抬頭，看到另一塊大木板快速地降下來，滑入木槽裡。然後又一陣嗡嗡聲，第一塊大木板開始升上去。一個演員站在舞台的側邊操作升降的繩子。

突然間，長頭髮那演員從大木板的一側繞到舞台後方我這一邊來。他一身打扮成女士的樣子。他迅速脫掉小布帽跟裙子，露出一身看來是女人睡衣的穿著。他動作那麼快，一開始根本沒看見我。但是突然，他就嚇得叫出來。我聽到弗德睿在大木板另一邊的舞台上說：「我的愛？」

另一支喇叭響起來。長髮男瘋狂地揮動雙手，要我離開。弗德睿從舞台上又喊：「我的愛，你在遲疑什麼？」我還沒能呼吸，長髮男又衝到大木板的另一邊，回到舞台上演戲。

我必須離開。舞台離我較遠的那一端，是在拉繩子的演員。他身後是樂師。樂師之後，感謝造物主，我瞥見一個男僕端著一個空盤子在走動。準備上菜的小帳篷不遠了，從小帳篷我就可以逃到田野裡。

我躡手躡腳走到大木板的邊緣。但是接著我就停下來了。從我到拉繩子的演員那，還有五步的距離。五步空曠的舞台，在上面所有的觀眾都會看到我。

別無他法。我抓起長髮男丟在地上的衣物，穿上。都太長了，但反而是好事，因為我的臉剛好就被大布帽遮住了一半。穿戴的當下，我瞥見大木板後藏著一枝木棍，就像保安官夜間攜帶的那種，想必是戲上要用的。我的腳踝幾乎撐不住我的重量，於是我把木棍拿來當拐杖用。我可以聽到弗德睿跟長髮男在舞台上交換愛的誓言。幸運的話，觀眾會全神貫注在他倆的演出上，根本不會注意到我從後方走過舞台。我默默地祈禱，然後跛著腳走入燈光。

我從大木板後踏出一步，沒想到這時長髮男就衝過來想繞到舞台後方。我們兩人撞個正著，跌成一團。如果我本來想默默溜走，那我真的徹底失敗了。整間帳篷裡的每雙眼睛都射向我。我有好幾個月沒被人正眼看過了，而此刻，轉過來看我的臉孔比我這輩子見過的還要多。我無法呼吸。我無法動彈。我嚇得全身僵住。

「我的愛……這是什麼？」弗德睿的聲音說。

長髮男站起來。血從他的鼻子裡滴出來，我的頭一定是撞到他的鼻子了。

「噢，我的愛，你受傷了，因為撞到了這個……意外的訪客。」弗德睿大聲地說，彷彿仍在演戲。

長髮男把手壓在鼻子上。「這是誰？剛好來撞見我們的幽會？」他說，也是說給觀眾聽的。

弗德睿從上方端詳我。「看來是——噢，我的造物主。」最後這一句他只低聲說。他認出我了。

「她失去知覺了嗎？」長髮男著急地問。

「只是嚇呆了，我想。」弗德睿彎下身，把我脖子上的披肩圍好。他在掩藏我的頸圈。

「她是誰？為什麼如此出乎意料地出現？」長髮男追問。

「你看不出來嗎？我的愛？」弗德睿答。「這是我姥姥啊。」弗德睿用腳碰碰我。我想動，但是上百雙眼睛似乎把我釘在地上了。

「你的姥姥！」長髮男說。「就在我們最祕密的小樹林裡！你是何等幸運啊！」

「幫幫我，我的愛。」弗德睿說，接著他跟長髮男就一人抓住我一隻手臂，合力把我扶起來。我扭傷的腳踝軟趴趴地垂著。

「唉，你的姥姥瘸腳了。」長髮男說，一邊協助我站穩。我尋找保安官的棍子。

「沒錯，而且還啞了。」弗德睿補充。

長髮男瞥見地上的棍子。「瘸了，啞了，還帶著根警棍。真是罕見的女子。」

「我姥姥是偉大的布狄卡、凱爾特戰士女王的後代。她是我最忠誠的護衛者。」弗德睿編造。「她來無疑是想警告我們這樹林裡的土匪強盜。親愛的姥姥，我們感謝妳的警告。」

我開始呼吸了。我冒險踏出一步。

「唉，她要走了！」長髮男說。我一跛一跛地走向舞台的側邊。「不，不，樹林在我們身後呢，親愛的姥姥。」長髮男著急地說。

「她總是自己選路走。」弗德睿喊。「我想我們大概永遠也不會再見到她了。永遠。」

他有些嚴肅地說這話。

我走下舞台，經過吃驚的拉繩人跟一群目瞪口呆的廚工。接下來是坐在凳子上的樂師們。我經過一位長笛家跟一個演奏長魯特琴的男人。在樂師當中，我瞥見樂器師在拉奏巨提琴。他瞥向我這裡，一看到是我，嚇了一大跳，彷彿被什麼咬了一樣。

上菜小帳篷的入口就在前方了。小帳篷通往田野。我一跛一跛地走進小帳篷，暗暗希望觀眾的目光已回到弗德睿跟長髮男身上。

馬上就自由了。等我穿過田野後，就連自己家我也不會經過了。我會一路走到河邊，踏上出城的路，一直走下去。

上菜小帳篷裡一張張的桌子上現在堆滿了髒碗盤，廚工正忙著把它們擺進籃子，搬出去洗。只有一張小桌子還放著吃的。有一團團的杏仁糖霜、一碗碗的糖衣果仁跟其他甜點。兩個小廚正把甜點擺設到大淺盤上，一個大廚則在旁邊發號施令、監督指示。桌邊還有一個女的在幫忙，戴著跟我一樣的小布帽，所以我看不到她的臉。

突然間大廚的指示聲停下來了。「妳在這裡做什麼？」他大聲問。我正準備一跳一跳地逃跑，卻發現他不是在問我。他在問那個戴著小布帽的女子。

「是女王要求的。」那女子答，戴著手套的雙手端著一個擦亮的盤子，盤子上是乳酒凍糊。

「女王所有的要求都由廚房文書送達，我的女士。」大廚說，「為了女王的安全。」他仔細打量她。「妳尊姓大名，我的女士？」

那女子轉過頭，讓小布帽遮住臉。「你要讓女王等你嗎？她會砍了你的頭！」她這話說得很威嚴，但是聽起來大有蹊蹺。

大廚遲疑了，那女子便匆匆地走向主帳篷——走向女王——手上仍端著那盤乳酒凍糊。等她經過我面前時，我忍痛踏出一步，手一伸把她手上的盤子打翻到地上。

她跪到地上，彷彿還想挽救那凍糊。我還是沒看到她的臉，但是大廚想必是看到了，因為他說：「你是卡崔娜夫人的女兒，願她安息，不是嗎？米蘭達女士！」

一聽到這名字，那女子的小布帽立刻往上抬。她不管那凍糊了，站起來就衝向通往田野的入口。沒多久，她就不見了。

卡崔娜夫人與西摩男爵的女兒。白臉豬曾提過她。卡崔娜生下小孩後就死了，西摩則以叛國的罪名被處死。這兩人的女兒想必頭銜與家產都被女王沒收了。這樣一想來，這個米蘭達女士就很有理由痛恨女王了。

大廚在乳酒凍糊邊蹲下來，用湯匙舀了一點放進嘴裡。他立刻就吐出來。

「怎麼了？」一個小廚問。

「味道很怪，有可能是下毒了。」他嚴肅地說。「去把女王的秘書請來。」他說的是黑手指。

就在這一刻，我也跟著米蘭達女士衝出帳篷。

31 軟骨

野地廚房上火坑微弱的火光襯托出米蘭達黑色的背影。她在跑，但跑得不快。天色暗，而且田野的地面凹凸不平。她無疑早已習慣只穿著拖鞋走在石板路上。

我跑向另一邊，遠離她。我也跑得不快。我受傷的腳踝老使我踩不穩。但是茅廁不遠了。跑到茅廁，我就有一些遮蔽物，然後我就會從那穿過田野，往城裡走。我只知道我要離米蘭達越遠越好。幸運的話，黑手指會先去追她。

就在跑過茅廁的轉角時，我聽到他的聲音了：「我的女士，怎麼了？發生什麼事了？」我回頭望向野地廚房。他的手臂仍裹著布。是鄉間鼠。

我應該繼續跑。我應該趁黑手指跟他的守衛成群地湧出帳篷前，衝出田野。但是他一個人跟一個殺手在一起。我氣喘吁吁。地上的草擦在我腫脹的腳踝上癢癢的。

「怎麼——你怎麼會在這裡？」米蘭達問。

「帳篷裡太熱了，我出來想透透氣。是米蘭達女士，對嗎？妳不舒服嗎？妳剛剛在跑呢。」

「我是不舒服，沒錯。而且迷路了。告訴我，往哪走可以回到路上？」

「路上？讓我叫人來幫妳。這附近一定有個提燈仔。」鄉間鼠轉向主帳篷。「哈囉！」他喊，「哈囉？」

像隻狐狸一樣快，米蘭達立刻用戴著手套的手從火坑附近拿起一根長長的鐵肉鉤。「安靜點！」米蘭達說，一邊把鉤子揮向鄉間鼠。「照我說的去做，帶我回到路上，否則我就勾出你的內臟！」她彎著身子，像是被一群狗逼到了死角。想都不想，我就衝向他們兩人。

她從眼角瞄到我，嚇得退後一步。很好，她現在亂了方寸。但是她手上還拿著鉤子。她轉向我，肉鉤錐形的尖端閃爍著肉油的光澤。這時我看清她的臉了。一張容易被人遺忘的臉，一身樸素的毛料衣裙與寬大的袖口。一個小小的金胸針是她為慶典戴上的唯一首飾。米蘭達女士就是米糊臉。儘管母親曾是皇后，在貝特妮王宮裡卻得挨餓度日的女孩。

一邊的腳踝動不了，要打鬥我根本沒勝算，於是我拿出唯一的武器。我舉起頸圈上的S，讓火光照亮。

但是米糊臉根本沒像秀髮女那樣嚇得雙腳發軟。甚至連呼吸都沒變。這是個警訊。她要不就是急了，要不就是瘋了。我還沒能想到該怎麼辦，她就往前一跳，拿鉤子劃向我。我猛地閃開，受傷的腳沒踩穩，狠狠摔到地上，差一點就掉到一座火坑裡。騰騰的熱氣撲向我的臉，我翻個身遠離火坑，結果剛好直接看著米糊臉手上的肉鉤尖端。

這時只聽到砰砰砰的腳步聲，鄉間鼠衝向她，把她手上的鉤子撞開。她快步跑去撿起來，用兩隻手握著，像抓著寬刀一樣。「我會殺了你們兩個。」

鄉間鼠躺在地上，上氣不接下氣地抓著受傷的手臂。撞倒米糊臉耗掉他太多精力了。她衝向他，舉起肉鉤，像是想砍下去。

我喊出我唯一能夠喊出的字句：「說出妳的罪！」

我這一喊使她吃驚地僵住了，肉鉤仍高高舉著。「妳是造物主派來復仇的嗎？」她低聲問。

「妳的罪。」我又說。我沒有其他辦法了。

米糊臉的鉤子仍對準鄉間鼠。「如果妳跟蹤我了，那妳知道我的罪。」

「列出妳的罪。」我說。

她的臉突然一點都不平淡了。「我殺了她們。」她堅決直率地說，彷彿大聲說出來她一點都不覺得羞愧。「女王十四歲的時候，跟我父親通姦了。這妳知道嗎？」她等著我露出吃驚的表情，但是我不吃驚。她又更堅決地說：「柯麗斯跟其他的家庭教師教會我拉丁文、希臘文跟希伯來文。這是我得到的唯一恩惠。結果這恩惠為我帶來什麼好處了呢？我發現一幅壁毯，上面繡進了女王的羞恥。女王曾經懷孕過，孩子的父親就是她自己的繼父，我親愛的爸爸。」肉鉤仍對準鄉間鼠。「那個嘰嘰喳喳的媞莉・豪伊在我給她喝下夠多的酒後，自己承認了。媞莉把孩子接生下來了，但是女王要柯麗斯跟其他人發誓把孩子殺了。而現在呢，我一一殺掉她們。為了我那被謀殺的手足。為了我那被丈夫與繼女背叛的母親。為了我那被偷走的家產。」她看著我的頸圈。「妳知道真相。妳聽了她們的罪了。柯麗斯跟媞莉的棺木上都放著鹿心。」

我的確知道真相。沒有人列出罪食是鹿心的罪。但是米蘭達以為有。她不知道那私生子沒有死。媞莉・豪伊沒有告訴她這一點。

「這就是我的罪。」她有些驕傲地說。「我殺了兩個人。那場火災有些失控了。」她朝鄉間鼠點個頭。「火比毒藥難控制，但是那老女人不肯喝我給她的酒。無論如何，她過不久就會死了。她的燒傷已經變黑了，而且感染了在發高燒。撐不了兩天了。現在呢，女王就跟我一樣孤孤單單，我也會殺了她。」她的雙眼陰沉起來，手指握緊肉鉤。她想把我們兩人都殺了。

她把鉤子往上一舉，準備下手，於是我直接撲過去，抓住鉤子的手柄。我們都想把鉤子搶過來。多年刷洗漂淨床單被褥的雙臂，當然不同於多年只拿著書本與刺繡的雙臂；但是她依舊緊抓不放，拉著我繞一圈。我突然覺得腿邊一熱，原來是她把我轉到火坑旁了。她這個人就跟隻狐狸一樣聰明。我用力推向她，但是受傷的腳踝一軟，滑進火坑，瞬間我的腳跟就站在餘焰裡。她只要再推一把，我就會整個人跌進火焰裡。

我在身後摸索。熾熱的金屬燒進我的手掌，原來是我抓到火坑上掛著的大鍋的提把。我像隻烏鴉尖叫一聲，使盡全力把大鍋甩向她的臉。大鍋擊中她的下巴，把她的頭劈啪一聲往後撞。她一屁股跌在被踩扁的草地上，像隻動物般呻吟。

我也跌到草地上，上氣不接下氣。但是有什麼東西尖尖的戳在我胸膛上。是個金胸針，米糊臉之前戴著的金胸針。一定是在扭打中從她身上掉下來了。我把它從皮膚裡拉出來。上面是一對金翅膀。西摩男爵的徽章。這一定是她紀念她家族唯一的物品了。我還記得那恐怖的一晚，在王宮的徽旗室裡看到這對金翅膀，就在卡崔娜——少女浮出玫瑰——的徽旗旁邊。

不對，金翅膀沒有在徽旗室裡。但是我覺得在哪看過這兩個徽章在一起。一個少女從一朵花中站起，還有金翅膀。在哪看到的？

然後我想起來了。在柯麗斯的壁毯上。樹上，一個少女從一朵花中冒出，身上一對金翅膀。兩家的徽章合而為一。

整張壁毯的畫面在我的腦海中浮現出來：女王一隻手摸著肚子，另一隻手搭在樹上。合而為一的徽章是樹上的果實。女王的樹的果實。

瞬間所有的栓子都滑入位，鎖開了。

我搖搖晃晃地站起來。對面，米糊臉也爬起來了，四肢著地。「我還沒告訴妳罪食的清單。」我對她喊。

米糊臉抬起頭，下巴以怪異的角度垂著。

「等到妳以叛國罪被處死時，」我說，「我會吃兩顆豬心，代表妳謀殺的兩個女人。」米糊臉挺起上身，跪在地上。「身為私生子不會被懲罰。」我告訴她。她立刻把頭轉向我，一臉困惑的神情。「但是如果妳真的殺了女王，」我繼續說，「我會在妳的棺木上吃天鵝心，因為妳殺了自己的母親。」

她不可置信地看著我。但是我說的沒錯。我肚子裡知道。米糊臉看到壁毯上的異地字哈娃，就以為這是唯一的訊息，就跟會認字讀書的人一樣。但是平民百姓會在圖案中看到意義，就如同乞丐的符號。

壁毯的祕密就是：貝特妮女王的私生子是西摩男爵與卡崔娜的孩子。至少，眾人以為是西摩男爵與卡崔娜的孩子。米糊臉是女王的私生子。

「妳在騙人。」米糊臉透過斷掉的下巴喊。

關在地牢裡的天主教伯爵夫人曾是卡崔娜的宮女。她曾提到一隻杜鵑鳥，當時我以為她只是在胡說八道，其實她沒有。她一定是知道真相，或者至少猜到了真相。

貝特妮當初想把這私生子殺了。她要柯麗斯、媞莉跟白臉豬下手。她們發誓會下手，但後來欺騙了她。她們是幫了貝特妮，但不是以貝特妮要求的方式。

卡崔娜的生產過程不順利，死去的不只是她自己，她的寶寶也死了。這麼脆弱，這些寶寶。柯麗斯跟其他人以貝特妮的私生子取而代之。孩子們被掉包了。

「她們的棺木上有鹿心啊！」米糊臉咬牙切齒地叫。

「是有人偷偷放上去的。」我終於大聲說出來。「我不知道是誰放的，但是這條罪從來沒被提到。」

我讓米糊臉領悟這句話，然後說出最後一件事。「妳殺了唯一想保住妳性命的人。」柯麗斯、媞莉、白臉豬。「其他所有的人，如果他們發現妳是誰，只會想奪走妳的命。」

她是個聰明的女人，米糊臉，我看到她自己內心的栓子也滑入正確的位置。她的雙眼先是閃閃發亮，然後又黯淡下來。她知道這是真相。

主帳篷那邊傳來男人的喊叫聲。是黑手指跟他的守衛。米糊臉搖搖晃晃地站起來，踉踉蹌蹌地跑進田野。我也得走了。

我看向四周尋找鄉間鼠。他正吃力地站起來。守衛馬上就會到了，跟守衛在一起，他就安全了。鮮血滲入他的亞麻繃帶。不對，那不是亞麻。他的肩膀裹在一條披肩裡。是那條我忘在王宮的披肩。

有幾秒鐘，他轉過來看我。然後他轉頭，朝從主帳篷跑過來的守衛大喊：「她往那邊跑了！」伸手指向米糊臉跑走的方向，引開守衛。

我衷心地輕聲說出一句謝謝，然後就跌跌撞撞地跑進黑暗的田野。

32 小麥粥

我又躺在父親的墓上。這似乎是躲避等黑手指跟他的守衛最安全的地方了，而且我知道我很長一段時間不會再回來。黑手指、老柳樹、米糊臉。我得去一個全新的地方，一個沒有人想殺了我的地方。

從我躺著的地方看墓碑，歐文斯裡O、N跟S儘管上下顛倒，看起來還是一樣。幾乎有點像魔術。但是W卻變成了M，就跟玫裡面的M一樣。而E則變成了一個我根本不認得的東西。就有點像我現在的生活。關於我，有些事情還是一樣，有些是新的，有些則已完全失去了意義。

我在墓上說了三段禱文，兩段是對造物主說的。先是感謝造物主引領我安全地逃出田野，儘管我的腳踝又腫又痛，我的手還嚴重燒傷；再來是祈求造物主保佑我安全離開這城。第三段禱文是對母親說的，謝謝她教會我所有這些我以為自己根本不想知道的事情。我現在也明白了，我需要戴孚瑞家的血才得以成長到這個地步。得以實現對茹絲的承諾。而且未來幾個月，我又需要戴孚瑞家的血了。我一如既往結束禱文：讚美主，讚美主，讚美主。

◆

夜最深的時候，我回到屎糞溪。布里妲坐在那張現在是她的毯子上。珍妮跟兩個小孩睡在火爐的另一邊。我脫下從舞台後方借來喬裝的裙子，放在布里妲身旁，算是一樣禮物。我真希望我有東西可以送給保羅。

布里妲看到我燒傷的手，從巨大的鼻洞呼嚕地倒吸一口氣。她指向鍋子旁的罐子。裡面是油脂。我在手上抹上一大團，然後把罐子塞進圍裙的口袋，留著用。

回到閣樓，我把小布帽放回去。然後我再一次打開茹絲的盒子。我摸摸她的戒指，還有為她兩個沒存活的寶寶做的小垂飾。我現在知道為什麼柯麗斯跟媞莉被下毒了。至於米糊臉會不會被抓到，誰又把鹿心放到棺木上了，這些還是個謎。但是我對茹絲問心無愧了。我知道。

突然間，樓下的門開了。我全身緊繃起來，一定是黑手指跟他的守衛。但是沒有人聲，只有輕柔的腳步聲。一定是保羅或弗德睿從慶典上回來了。腳步聲停止後，安全起見，我動也不動、安安靜靜地等了好一陣子。然後我取出我自己的盒子，把秀髮女的一綹頭髮放進去。就跟其他食罪者盒子裡的東西一樣，沒有人會知道這綹頭髮的整段故事。但是它代表了些什麼，代表我活過，代表我這一生有意義。

爬下梯子時，我聽到輕柔的嗚咽聲。珍妮的寶寶在作夢，我心想。但是不是。是一隻小貓，就坐在地板中央。一定是剛剛開門的人放進來的。真奇怪。小貓的頸子上綁著一條布，布料跟我的舊披肩一樣。

我跑出門，四處張望，但是路上空無一人。回到屋裡，我望著小貓。我把牠抱起來，也放進圍裙口袋裡，就跟那罐油一起。

我從後門溜出去時，輕撫小貓的毛。我想去改教院，謝謝樂器師的幫忙。但是我不想被人看到。而且我有個奇怪的感覺，覺得以後會再見到他。

於是我穿越染布場，因為這裡惡臭無比，追殺我的人根本不想來這裡。我找到一根結實的木棍，拄著走路腳踝就不那麼痛，然後沿著泥濘的河邊一路往前走，經過屠夫傾倒內臟跟清道夫燃燒垃圾的地方，走啊走啊，走到除了石籬跟牧場，什麼人都看不到的地方。我一直走，走到腳踝再也受不了。

我跟小貓在羊圈裡過夜。羊圈裡又濕又臭，但是夠溫暖。小老鼠——我把小貓取名為小老鼠——跟我舔著油脂當晚餐。

我不確定我們要去哪。但是只要有人的地方，都需要食罪者。

之後

乳酒凍糊

我本來可以把頸圈丟掉的。我本來可以登上一艘駁船，前往一個陌生的異地。我是有選擇。但是我決定繼續走。我走在樹間的小徑上，穿越田野，經過鄉村。每次有人看到我，每次他們吃驚地睜大雙眼，看到一個孤單的乞丐女孩闖入他們的土地，每次他們想開口叫保安官來，我就舉起手指向我的頸圈，然後他們就閃人了。這頸圈真的很有用，我每天在路上都戴著，晚上它就躺在盒子裡。那一天，終於找到一個感覺起來很適合我的地方時，我就戴著它。

我選擇留下的小鎮比我出生長大的地方小一點，但是它有一間給教士上的學校，所以還是有不少人。我抵達時，小鎮上已經住著一個食罪者，但當我抱著瘦巴巴的小貓打開上方掛著S的屋門時，她似乎一點也不吃驚。

她是個老人家，似乎沒什麼可以再讓她吃驚了。我跟著她去聽罪跟食罪，有時候她身體狀況不好，我就自己去。

一天，當秋季已開始將早晨與傍晚的日光驅走時，我被叫去聽一個老人家的罪。那天老食罪者身體狀況不好，於是我戴上頸圈，自己去。

聽罪的老男人說他是醫生。他大半輩子都為一個貴族家庭效力，但是那家裡結了婚的女兒後來死於難產，寶寶沒多久之後也跟著走了，於是他便離開了。他待不下去了。但是離開之前，他做了一件事。「我參與了一樁重大的罪行。」他沒指名道姓，但是我開始搞清前因後果，因為那聽罪的老人家叫做豪伊老醫師。他就是媞莉的父親。他效力的是卡崔娜女士的家族。而卡崔娜的繼女是貝特妮。

另一個年老的身軀坐在豪伊老醫師旁邊。身軀佝僂，凸出的雙眼露出親切的神情。豪伊老醫師開始在回憶中哭泣時，凸眼老人握起豪伊老醫師的手，舉到臉頰邊，像個母親，或是太太。

我根本沒追問，豪伊老醫師就自己和盤托出剩下的祕密，證實了我那晚在田野上的猜測。「那家裡的繼女也有身孕，而且就快足月了。」他慢下說話的速度。「她要她的婢女們發誓，等寶寶生下來後，就把她在襁褓中悶死。」

豪伊老醫師鼓起勇氣。「我們決定……我們同意——」他修正，「保住她的性命。我們會把過去埋葬起來，但是我們無法謀殺一個小寶寶。於是我們把她放到一個安全的地方，然後再也沒提起這件事。」

我向凸眼老人列出罪食。他黴味般的口臭讓我想起老柳樹，但是他在石板上寫下罪食時，雙眼充滿了悲痛。

兩天後，老食罪者跟我去豪伊老醫師的食罪，就在他的大房子裡，來了很多人觀看。主廳裡掛著一幅大壁毯，就在棺木的對面。上面織著天堂，還有亞當，田野與果園的守護者。我想起柯麗斯的壁毯，然後又想起我從來沒弄清到底是誰把鹿心擺到兩位女士的棺木上。

咀嚼芥末籽的時候，我仔細思考一番。貝特妮女王以為她的寶寶死了，所以她預期在柯麗斯跟媞莉的棺木上看到鹿心。也許是有人把鹿心擺上去，好把謊言繼續編下去。也許他們認為，如果女王得知真相，她可能會要人把那私生子殺了。或者他們認為，女王會認那私生子。我外婆說，一旦寶寶生下了、活著了，當母親的就再也割捨不掉了。一個有私生子的女王一定會失去王位，她最親近的諫臣也會跟著下台。

我看到那凸眼老人坐在主廳後方一張椅子上。我納悶他為什麼不坐在前面更靠近棺木的地方。是他負責寫下豪伊老醫師的罪食，想必是很親密的親眷。

有什麼從回憶中浮現出來。另外一個年老的身軀寫下罪食。老柳樹。是他在柯麗斯跟白臉豬的聽罪後寫下罪食的。他大有可能在單子上加上鹿心，然後在沒人知情的狀況下，把列著罪食的羊皮紙交給皇家廚房的文書，說不定媞莉．豪伊的單子也這樣被他動了手腳。沒人知情，除了我。媞莉在聽罪時說，老柳樹在卡崔娜家曾是私人教師。說不定他知道貝特妮女王懷孕了，也知道貝特妮的婢女偷偷保住寶寶的性命了。或者是他在多年後破解了壁毯上的祕密。我只知道他投入畢生的精力鞏固起貝特妮童貞的名聲與女王的地位。一定是他把鹿心擺到棺木上，不讓她知道那寶寶活下來了。

◆

真相大白的瞬間，芥末籽從我鼻子裡噴出來。一旁的賓客開始議論紛紛，但是老食罪者只顧繼續咀嚼嘴裡的韭蔥，就連我開始大笑時，她也無動於衷。再也沒什麼能讓她吃驚了。

傍晚，老食罪者跟我一起靠在爐火邊，坐在凳子上，我暗暗希望這空間上的親密有一天會成為心靈上的親密。其實差不多了。儘管遠遠比不上我過去擁有的伴侶，至少我不是孤單一人。而且幸運的話，我們很快就會有更多的伴侶。我已經在屋門上畫上庇護所的符號，跟我一度在另一扇門上洗掉的一樣。我希望需要庇護的人會找到，而且希望這個訊息會傳開來。說不定還能一路傳到布里妲跟保羅的耳裡。

晚上爬上床時，我決定把老食罪者叫做貝絲，因為這樣感覺很好。說不定有一天我會得知她真正的名字。我窩進貝絲老食罪者找給我的舊毯子下。小老鼠，我的貓，也窩進來。我的頸圈躺在床邊我的盒子裡。等我睡著時，我又是玫。只是玫。

致謝

感謝我的經紀人史蒂芬妮・卡博，以及艾倫・古德森・克弗崔、瑞貝卡・戈登納、威爾・羅伯特，還有格納特公司的所有同事。謝謝我的編輯翠西・泰德，以及凱特琳・奧森與心房圖書（*Atria Books*）的團隊。謝謝蘇活版權代理公司（Soho Agency）的艾瑞茗特・懷特利與曼特公司的山姆・亨弗瑞。感謝我的初期讀者卡蘿・道普・莫勒、杰・鄧恩、妮基・瑞施、西薇亞・伯特，以及獨一無二的布米・艾利提。感謝我的寫作小組蘇倫・凱瑟、珍妮・海格、戴娃・克洛斯、茱莉亞・普萊斯・貝倫、米雪兒・沃森：謝謝你們的啤酒與意見。

撰寫本小說時，我從數本書中汲取靈感，尤其是崔西・博曼（Tracy Borman）的《伊莉莎白的女人》（*Elizabeth's Women*）、班傑明・伍里（Benjamin Woolley）的《女王的魔術師》（*The Queen's Conjurer*），以及亞瑟・基尼（Arthur F. Kinney）編纂的《惡棍、無業遊民與強悍乞丐》（*Rogues, Vagabonds, and Sturdy Beggars*）。

本書大部分撰寫於我老大的第二年，以及我老二出生後第一年。沒人為我照顧小孩，就不會有本書。因此我衷心感謝ＢＢＣＤＣ的每一員，尤其是金柏莉・道頓。謝謝娜塔莉・玫恩與莉亞·供薩瓦的娛樂活動，而且是數個小時。如果沒有我日間的工作，我也無法請人看小孩，所以衷心感謝街坊小劇場與美國戲劇藝術學院的好心人士，也謝謝我上百位的學生，使這些工作樂趣無窮。

感謝賽葉思·賀蘭一家堅持不懈的支持。誠摯感謝我的父母，謝謝你們珍視我的心聲，也謝謝我的姊妹與我分享她們的心聲。最後，最最感謝A、K與G，謝謝你們是我的親眷。

高寶書版集團
gobooks.com.tw

TN 283
食罪者
Sin Eater
作　　者　梅根・坎皮希 (Megan Campisi)
譯　　者　羅慕謙
主　　編　吳珮旻
編　　輯　鄭淇丰
封面設計　張　巖
內頁排版　賴姵均
企　　劃　方慧娟

發 行 人　朱凱蕾
出　　版　英屬維京群島商高寶國際有限公司台灣分公司
　　　　　Global Group Holdings, Ltd.
地　　址　台北市內湖區洲子街88號3樓
網　　址　gobooks.com.tw
電　　話　(02) 27992788
電　　郵　readers@gobooks.com.tw（讀者服務部）
傳　　真　出版部(02) 27990909　行銷部 (02) 27993088
郵政劃撥　19394552
戶　　名　英屬維京群島商高寶國際有限公司台灣分公司
發　　行　英屬維京群島商高寶國際有限公司台灣分公司
初　　版　2021年 8 月

國家圖書館出版品預行編目(CIP)資料

食罪者/梅根.坎皮希(Megan Campisi)著；羅慕謙譯. -- 初版. -- 臺北市：英屬維京群島商高寶國際有限公司臺灣分公司, 2021.08
　面；　公分. -- (TN；283)

譯自：Sin eater.

ISBN 978-986-506-168-5(平裝)

874.57　　110009429